ENTRE AS MULHERES

RAFAEL CARDOSO

ENTRE AS MULHERES

EDITORA RECORD
RIO DE JANEIRO • SÃO PAULO
2007

CIP-Brasil. Catalogação-na-fonte
Sindicato Nacional dos Editores de Livros, RJ.

C266e

Cardoso, Rafael, 1964-
Entre as mulheres / Rafael Cardoso. – Rio de Janeiro: Record, 2007.

ISBN 978-85-01-07701-1

1. Conto brasileiro. I. Título.

07-0871

CDD – 869.93
CDU – 821.134.3(81)-3

Capa: Necas

Direitos exclusivos desta edição reservados pela
EDITORA RECORD LTDA.
Rua Argentina 171 – 20921-380 – Rio de Janeiro, RJ – Tel.: 2585-2000

Impresso no Brasil

ISBN 978-85-01-07701-1

PEDIDOS PELO REEMBOLSO POSTAL
Caixa Postal 23.052
Rio de Janeiro, RJ – 20922-970

"Somos bombeiros.
Nada do que é humano nos é indiferente."

LEMA PINTADO NO QUARTEL DO 17º GBM,
COPACABANA, RIO DE JANEIRO, BRASIL

Dedico este livro às mulheres mais presentes na minha vida:
Evelyn, amiga das horas incertas.
Valéria, sempre próxima.
Luciana, editora e amiga.
Eva, a mais constante.
Paty, Tatiana, Zuzu, que me conhecem de outros carnavais.
Elisa, Ellen e Helô, que cuidam de mim.
Minha mãe, Nadya; minhas tias, Cléo e Maíza; minhas primas queridas, Adriana, Alessandra, Andréa, Martha, Valéria; minha sobrinha Anna Helena.

Para Bia, que me fez sentir amado.

SUMÁRIO

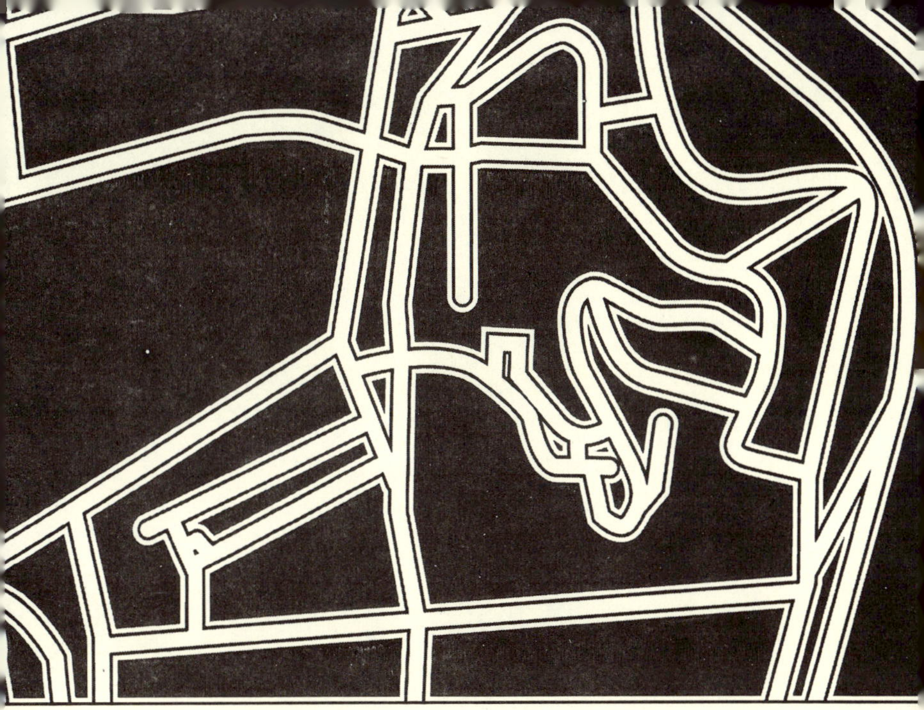

RENATA, CATETE, 34.

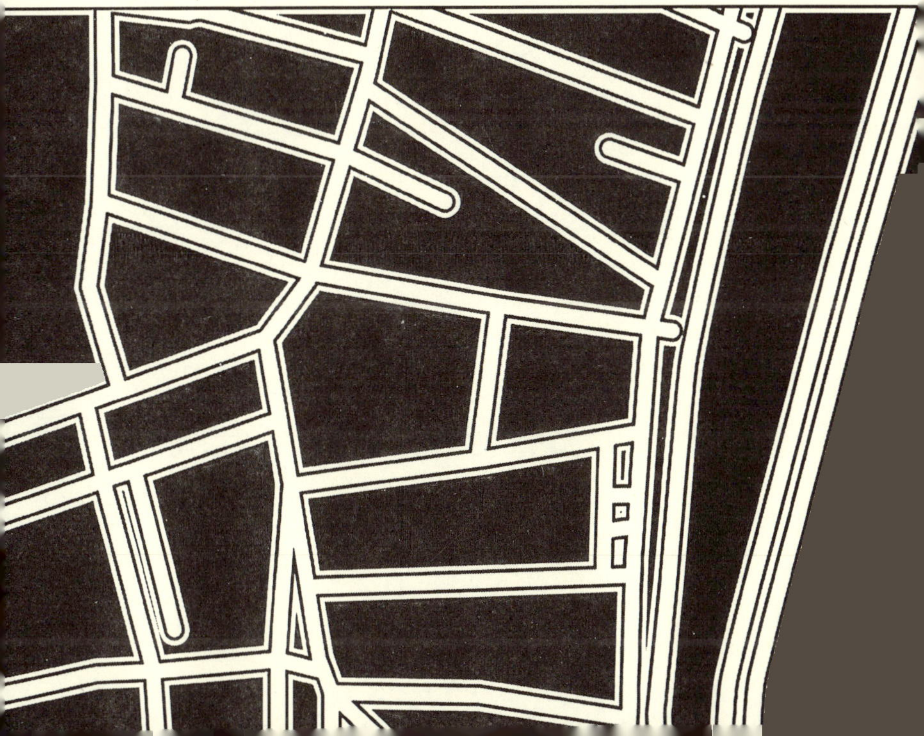

"Ali estava a velha Rua do Catete, e estava como sempre fora, tão cosmopolita e tão carioca, a conservar ainda alguns sobradões de outrora, que resistem heróicos à fúria imobiliária...". Renata fechou o livro e olhou à sua volta. Não é que havia mesmo sobradões de outrora? Achou engraçada a palavra. "Outrora." Muito engraçado, tudo. Estava passando ali pela Rua do Catete, na hora do almoço, quando seu olhar foi atraído pela capa do livro na banca do camelô. Uma silhueta de mulher a emergir das águas, destacada em preto contra o fundo branco, com o título impresso em vermelho — *As cariocas*. Simples, mas eficaz. Renata gostava de apreciar essas coisas, assim de design. Achou intrigante o nome; afinal, ela era uma carioca legítima, da gema, e não se lembrava nunca de ter visto um livro sobre o tema. O nome do autor também lhe chamou a atenção. Sérgio Porto. Não era aquele espaço cultural lá no Humaitá, aonde tinha ido uma vez com Juliana, sua prima, para ver aquela peça horrorosa do Gerald Thomas? Era, era sim.

Mas, então, esse tal de Sérgio Porto era escritor? Pegou o livro e abriu-o na página que inicia com a frase acima. "Ali estava a velha Rua do Catete." Olha só que coincidência! Ela estava na Rua do Catete naquele exato momento! Um friozinho percorreu-lhe a espinha. Depois tem gente que ainda acredita em acaso.

Nada é por acaso, Renata tinha certeza disto. Aquele papel que encontrara no bolso da calça do Maurício, por exemplo. Ela nunca verificava os bolsos da roupa suja dele. Nunca. Não era dessas mulheres ciumentas que gostam de espionar os próprios maridos. Várias vezes, chegara a lavar junto com suas roupas cartões de visita, recibos de cartão de crédito e até dinheiro. Como ele estrilava na hora que descobria! As cédulas conseguiam sobreviver à passagem pela máquina, mas o resto se transformava naquela polpa branca que esfarela e gruda em tudo depois de seca. Ontem, tivera a lembrança súbita de enfiar a mão no bolso da calça cinza que o marido vestira na quinta-feira, dia em que trabalhou até mais tarde. Encontrou um pequeno pedaço de papel amarrotado, onde estava escrito "Jamilly, 4107 4122", numa letra que parecia ser a do Maurício. Quem seria essa Jamilly? O que fazia o telefone dela no bolso dele? Pensou em confrontá-lo, em exigir uma explicação, mas acabou recuando da idéia. Não estava com ânimo para mais briga, para ser chamada de novo de louca. Jogou fora o papel, mas não sem antes guardar o número em sua memória.

Renata tinha uma excelente memória para telefones. Era assim desde pequena: sabia de cor o número da placa do carro e do telefone de todo mundo que conhecia. Era um talento nato, e um de seus maiores trunfos no emprego. Enquanto as colegas precisavam recorrer constantemente à agenda ou à memória do celular para encontrar um telefone, ela os tinha todos na ponta da língua. Isso, no tempo que tinha colegas. Trabalhara nove anos como recepcionista em uma grande firma de advocacia, revezando com três outras meninas no mesmo balcão. Agora, já fazia quatro anos que trabalhava sozinha na clínica odontológica do doutor Paulo Ivo Nascentes de Mendonça e de sua esposa, a doutora Francineide de Jesus Silva Mendonça. Preferia assim. O horário era melhor, ganhava mais e não tinha que suportar a inveja das outras. Além do mais, a doutora Fran era um amor. Tratava-a como alguém da família, não como uma empregadinha qualquer. Nunca esquecia o seu aniversário e nem mesmo o aniversário de casamento. Todo ano, mandava lembranças para Maurício, que ela nem conhecia. É verdade que o doutor Paulo Ivo tinha um jeitão antipático, mas nada que comprometesse muito. Era bem mais velho do que a doutora Fran. Certa vez, ela confidenciou a Renata que ele sofrera muito em Roraima, na época em que foi dentista da Aeronáutica. Vinte e dois anos em Roraima... não dava nem para imaginar!

Renata ainda recordava as broncas que levava na firma de advocacia se demorava muito no almoço. Agora, era outra história. Tirava uma hora e meia, e ninguém reclamava, nem uma palavrinha ou um olhar atravessado. Geralmente, nem almoçava. Acabava comendo um sanduíche natural que trazia de casa ou, se não desse tempo de preparar nada, um salgadinho no jardim do Museu da República ou uma empada junto à estação do metrô, que era mais baratinha. Tinha que emagrecer. Já estava com 58 quilos, três a mais do que gostaria. Aproveitava o tempo que sobrava para dar uma volta até o Largo do Machado, para ver as vitrines e fazer umas comprinhas na Galeria Condor ou na Catete 228. A Rua do Catete tinha um comércio animadíssimo, até mesmo de camelôs que vendiam artesanato, bordados, camisetas. Sempre havia alguma novidade e, com tantos sobrinhos, naturais e postiços, toda semana tinha algum presente de aniversário para comprar. Só este mês, comprara uma camisa do Real Madrid para Cláudio Henrique, um CD do Red Hot Chili Peppers para a Clarissa e um vestidinho bordado à mão para a Jade, filha da Danielly. Os sobrinhos adoravam os presentes da Tia Renata. Sempre titia, nunca mãe. Era sua sina.

Hoje, porém, era um dia diferente. Tinha certeza disto, cada vez mais. Nunca parava nas barraquinhas que vendiam livros, por exemplo. Não costumava ler muito, e muito menos livros usados. Tinha certo nojo. Sebo. Pelo nome, já dava para se ter uma idéia! Mas algo no livro chamara-lhe a atenção do outro lado da calçada. Perguntou quanto era. Seis reais! "Ah, moço, tá muito caro! Faz um desconto pra mim!" Acabou arrematando por quatro, e um sorriso. "Mulher bonita não paga, mas também não leva", dissera matreiro um ambulante na hora que ela ia se aproximando. Mulher bonita, ela? Pelo menos, alguém ainda achava. Se dependesse do Maurício... esse nem a olhava mais! Semana retrasada, na TPM, perguntara a ele se estava gorda. Ele pousou o jornal no colo e percorreu-a de cima a baixo com um olhar enviesado, como quem avalia a oferta de um carro usado que jamais pensaria em comprar. Depois, voltou ao seu jornal, sem responder nada. Nunca se sentira tão menosprezada. Nem ousou repetir a pergunta. Era evidente que a achava gorda e feia, sem nenhum atrativo sexual.

Com o livro enrolado numa sacola plástica de supermercado dentro da bolsa, Renata dobrou à esquerda na galeria e caminhou decididamente em direção à lojinha de doces. Sentou-se sozinha a uma mesa e pediu um expresso e uma torta de musse de chocolate dupla. Dane-se, pensou, ninguém quer nada comigo mesmo. Melhor ter algum prazer do que nenhum. Tinha lido em algum lugar que chocolate substitui orgasmo. Enquanto esperava a torta, não conseguia deixar de remoer a história do papel com o telefone da tal de Jamilly. Por mais que ela desviasse o pensamento, o número teimava em despontar em sua cabeça. 4107 4122. 4107 4122. 4107 4122. Comeu devagar a torta, saboreando cada garfada com um misto de deleite pelo doce e crescente azedume pelas idéias. Jamilly. Com dois "eles" e "ípsilon". Parecia nome de puta. Mas, não, poderia ser uma cliente. Afinal, vendedor tem cliente mulher também. Renata afastou os maus pensamentos e matou o último pedaço de torta com amarga satisfação. Num impulso repentino, perguntou ao garçom se vendia cigarro a varejo. Fazia quatro meses que deixara de fumar, mas justificou rapidamente que um único cigarro não lhe faria mal. Vendia sim. Marlboro e Free. Um Free e a conta.

Tomou o último gole de café e deu o primeiro trago no cigarro. Que delícia! Recostou-se na cadeira e soltou uma baforada para o alto, acompanhando a trajetória serpeante da fumaça com o olhar. Só parara de fumar porque Maurício havia comentado que as mães que fumavam durante a gravidez eram verdadeiras assassinas. Em sua ânsia de ter um filho, Renata entendera isto como uma mensagem cifrada de que era preciso largar o vício antes de pensarem no assunto. Empreendeu um esforço redobrado: emplastros de nicotina e caixas e mais caixas de chiclete. Virou freguesa da barraquinha de balas do lado do Itaú. Após três semanas de muita irritação e sofrimento, conseguiu superar a pior fase. Quando completou um mês sem cigarro, Maurício levou-a para jantar fora para comemorar, porém nunca mais tocou no assunto filho. Com o lento passar do tempo, Renata foi obrigada a concluir que a censura do marido não fora nenhuma mensagem cifrada, apenas um desabafo espontâneo, inspirado provavelmente por alguma reportagem antitabagista vista na tevê. Em sua decepção, não ousou admitir nem para si mesma que parara de fumar apenas por esta razão; mesmo assim, contabilizou um prazer a menos em seu dia-a-dia. Resolveu que voltaria a fumar escondido, só de vez em quando, para matar as saudades.

Baixando os olhos da fumaça para o nível da mesa, não pôde deixar de perceber um lindo par de olhos verdes que veio ao encontro dos seus. Os olhos pertenciam a um rapaz bonito, um pouco desgrenhado, mas bem sexy, o qual a encarava com todas as intenções. Parecia o Chico Buarque jovem. Renata desviou rapidamente o olhar para baixo e fez cara de aborrecida, mas sorriu por dentro. Examinou o relógio, terminou o cigarro e levantou-se para ir embora. No instante em que se ergueu da cadeira, avistou de relance que o rapaz fazia o mesmo. Apanhou a conta sobre a mesa e caminhou até o caixa para pagar. Ele veio atrás. Renata percebeu que seu coração batia mais forte. Há quanto tempo não experimentava essa emoção de ser abordada por um estranho desejável? Será que iria mesmo abordá-la? Talvez fosse apenas coincidência ele ter levantado na mesma hora que ela. Talvez fosse somente pagar a conta também. Talvez tudo não passasse de imaginação sua. Na hora que ela vasculhava a enorme bolsa à cata de sua carteira, o livro caiu no chão. Imediatamente o estranho apertou o passo e resgatou o frágil embrulho. Estendeu-o com um gesto gracioso e um sorriso arrebatador.

— Você deixou isto cair.

Ela tentou manter uma aparência de calma, mas sentiu nitidamente o calor do sangue que afluía para suas bochechas. Sorriu desajeitada e agradeceu-lhe, ainda se esforçando para pôr ordem na bolsa aberta, cujo conteúdo ameaçava derramar-se por inteiro aos pés do gentil cavalheiro. Equilibrando bolsa e carteira com a mão direita contra o abdômen, estendeu a esquerda para alcançar o embrulho. Seu olhar permanecia tão fixo nos olhos dele que errou ligeiramente o alvo, prendendo entre os dedos apenas a beirada da sacola de plástico e deixando novamente o maltratado livro escapulir para o chão. Ele dobrou-se uma segunda vez e apanhou-o.

— Acho que você não está gostando muito desse livro.

O rapaz abriu ainda mais o sorriso que já era imenso. Ela riu, entre desastrada e sedutora. Com um tom afoito demais para a banalidade do comentário, respondeu:

— Não, na verdade, acabei de comprar.

Seus olhos refulgiam de modo a trair os sentimentos que o bom senso preferiria esconder. Seguro, quase arrogante, o moço ergueu o livro na mão esquerda e examinou-o, sem pedir permissão. Com ar ligeiramente triunfal, leu em voz alta o título:

— *As cariocas*. Sérgio Porto. Que maneiro. É bom?

— Não sei, ainda não comecei a ler.

— Você gosta de ler?

— Gosto. Quer dizer, não costumo ler muito. Quer dizer, devia ler mais, né? É o que dizem. Todo mundo diz que... A gente acaba só vendo tevê.

Era gritante o contraste entre seu nervosismo e a tranqüilidade do rapaz, que sorria sempre com doce condescendência e um leve e excitante toque de canalhice no fundo do olhar.

— Eu sou Rafael.

Disse ele, com toda a naturalidade dos encontros predestinados.

— Prazer, Renata.

Respondeu, com o tremor fatídico do devedor perante o oficial de justiça.

— O prazer é meu. Escuta, Renata, você não quer tomar um outro café comigo?

O jeito despretensioso do convite contrastava com sua ousadia, dissolvendo qualquer insolência possível em simples plausibilidade. Sim ou não. Renata sentiu seu pulso disparar. Suas têmporas reverberavam com uma insistência que sinalizava o claro desejo de aceitar.

— Um café? Não, não posso. Acabei de tomar um.

— Eu sei. Eu vi você. Fiquei morrendo de inveja do seu cigarro. Estou tentando largar.

— É mesmo? Eu também! Aquele foi o meu primeiro cigarro em quatro meses!

— E o que te fez abrir a exceção?

— Sei lá. Estava com muita vontade...

— Então abre outra exceção e toma um café comigo.

O sorriso continuava lá, doce e convidativo, assim como o olhar, seguro e decidido. Renata sentiu uma secura súbita na garganta. Pensou em pedir uma água, mas tinha medo de prolongar a permanência à beira do abismo verde daqueles olhos. Como se adivinhasse seus pensamentos, ele emendou:

— Ou então uma água, se você não quiser mais café.

Renata olhou para o chão, depois para cima, como se buscasse ajuda além das escadas rolantes que a confinavam naquele obscuro recesso de galeria comercial. Quem era esse homem? Por que aparecera logo agora, quando todos os fatores de sua vida conspiravam para que ela o quisesse? Será que acharia que estava gorda quando a visse pelada? Reuniu suas últimas forças moralistas e sentenciou:

— Não posso. Tenho que voltar para o trabalho.

Sem dó nem trégua, ele disparou de volta:

— Então me encontra depois do trabalho.

— Por que eu haveria de fazer isso?

— Sei lá. Porque você quer? Eu sei que eu quero muito.

— Por quê?

— Porque você é muito linda e eu gostei de você.

Dita com convicção e tempero impecáveis, a última frase conseguiu superar sua obviedade e atingir, em cheio, o alvo. Renata sentiu seus joelhos tremerem, literalmente. O muro do moralismo ruiu, mas levantou-se em seu lugar a cerca viva da sedução. Ela mesma se surpreendeu com a vivacidade que conseguiu injetar em suas poucas palavras:

— Você é convencido, né?

— Sou.

— E quem disse que eu vou dar mole para você?

— Você é quem vai dizer. Você é a dona da bola.

— Gostei. Sou mesmo.

— Então, você vai se encontrar comigo?

— Quem sabe?

No brevíssimo intervalo que se seguiu, entreolharam-se fixamente com uma gana que Renata sentiu nas entranhas. A densidade do silêncio foi quebrada por ele:

— Vou estar na Adega Portugália, ali no Largo do Machado, às sete horas, esperando você com uma mesa para dois. Garanto que não vai se arrepender.

— Vou pensar no seu caso.

Dito isto, Renata pinçou o livro de suas mãos e saiu andando em direção à velha Rua do Catete, deixando a conta do café e da torta para o tal Rafael pagar.

Chegou esbaforida no consultório. Havia duas pacientes que aguardavam na salinha de espera, e ela se pôs imediatamente a checar fichas no computador enquanto atendia o telefone. O movimento só arrefeceu um pouco lá pelas quatro horas da tarde, e foi aí que o número ressurgiu em sua cabeça. 4107 4122. Avultou enorme e nítido diante de seus olhos, como uma apoteótica visão divina. Aproveitando que a sala estava vazia, Renata discou o número. Devagar. A cada botão que pressionava, era como se desprendesse uma amarra invisível que atava sua alma ao sofrimento. Ao chegar ao oitavo dígito, sentia-se estranhamente eufórica e inebriada, como se tivesse bebido uma garrafa inteira de champanhe. A voz veio baixinha, dura e irritada:

— Alô.

— Alô, eu queria falar com a Jamilly.

— É ela.

Uma ligeira desconfiança transpareceu na resposta, como se a pessoa do outro lado não tivesse muita certeza de que era mesmo Jamilly. O tom era educado, mas seco. E agora? O que iria dizer? Não poderia perguntar pelo Maurício. Seria entregar o jogo. Se a pessoa desconfiasse da razão da ligação, desconversaria na certa e ela ficaria sem nada. Ficou muda. Do outro lado da linha, veio a voz, áspera:

— Quem é?

Tomada pela inspiração misteriosa que rege a vida dos apostadores, Renata arriscou:

— Quanto é o programa?

Pequena pausa, enquanto a demanda era processada.

— Cento e vinte, duas horas, aqui no meu privê.

— Obrigada.

— É só isso?

Estarrecida, Renata pousou o aparelho no gancho. Então, era exatamente o que ela intuíra. Quantas? Há quanto tempo?

Teria sido a primeira vez? Será que ele tinha usado camisinha? Aos poucos, o choque foi dando lugar a uma fúria ardente, que queimava lentamente como soda cáustica penetrando no couro cabeludo, que doía e sufocava como uma bolota de pão seco querendo descer na garganta inflamada. Continuou a trabalhar mecanicamente, anestesiada pela descoberta, e nem viu a tarde passar. Só reparou na hora quando terminou de despachar o último paciente do dia. O relógio marcava 18h30. O tempo exato, calculou.

Nada é por acaso, pensou enquanto descia a Rua do Catete a caminho do Largo do Machado. A calçada iluminada estava abarrotada de gente, aproveitando os restos do dia de primavera e o comércio que ensaiava fechar as portas para a noite. Apertou o passo um pouquinho para compensar o longo tempo gasto ajeitando o rosto e os cabelos. Queria chegar às 19h25, exatamente, para testar a paciência dele e atiçar o desejo. Sabia que ele não esperaria mais do que meia hora. Com vinte e cinco minutos de atraso, sem tirar nem pôr, atravessou, nervosa, o portão duplo de madeira, estilo Velho Oeste. Não o avistou no primeiro momento, já que ele se entocara numa mesa de canto junto à lateral da porta, permitindo ver todos que entrassem sem ser visto de imediato. Por um instante, decepcionou-se com a decadência vazia da casa, povoada apenas por garçons ensebados, homens barrigudos trajando bermudas e pelas imagens mudas de dois televisores. Pensou em virar as costas e ir embora para casa. Quando, afinal, voltou-se em sua direção, deparou com o mesmo sorriso da tarde, agora mais matreiro, e os olhos verdes a atraí-la como feixes luminosos. Um copo de chope pela metade repousava sobre a mesa, junto com um maço de Marlboro Lights. Levantou-se e deu um passo em sua direção.

— Pensei que você não vinha mais.

Mentiu ele, tomando-lhe as duas mãos em cumprimento e plantando vagarosamente beijos firmes e macios sobre cada uma de suas bochechas.

— Mentira, você sabia que eu viria.

Ela respondeu, reparando que ele estava com o cabelo molhado e de roupa trocada. A camiseta preta aderia levemente ao seu torso, revelando bíceps e peitorais mais desenvolvidos do que ela imaginara e tatuagens de Tom e Jerry, uma em cada braço. Que fofo! Renata sentou-se à mesa com toda a sensualidade primária que sabia reunir e fez questão de desligar o celular da maneira mais ostensiva possível. Tomara que o Maurício ligasse mesmo e caísse na caixa postal. Ele que se danasse!

A corrida de táxi até o Hotel Love Time não demorou nem três minutos. Não que Renata estivesse a reparar no relógio. A essa altura, depois de quatro caipirinhas, a hora adiantada era o que menos a preocupava. Tentava lembrar qual calcinha colocara pela manhã, pensava que precisava depilar a virilha e as axilas, calculava os dias que faltavam até ficar menstruada. Durante tudo isso, a língua de Rafael explorava sua boca, alisando o espaço apertado entre as gengivas e os lábios, coçando o céu com deliciosa precisão. O primeiro beijo viera na hora em que se levantaram para ir embora. Ele chegou decidido e tomou-a sem cerimônia em seus braços. Ela o beijou com o fervor furtivo de quem faz sinal-da-cruz ao passar em frente a uma igreja. Era a primeira boca que beijava sem ser a do Maurício em nove anos. O beijo era bom, fogoso e demorado como os beijos de uma outra época de sua vida, que ela acreditava morta e sepultada. Nos últimos anos, seu desejo tornara-se insensivelmente um leito seco. Agora renascia molhado entre suas pernas, na saliva que passava de boca em boca, no suor que grudava o tecido sintético da blusa às suas costas.

No momento em que ela afastou o pau dele de sua boca e conduziu-o com delicada firmeza para dentro dela, tinha a certeza do que queria e a consciência de que detinha a arma da vingança literalmente na mão. Não adianta perguntar como ela sabia; o fato é que sabia. Nem ela saberia explicar como ou por quê. Foi decisivo, é claro, que ele nem fez menção de colocar camisinha; mas, mesmo que tivesse, ela teria encontrado um jeito. A convicção que se apossou dela naquele momento foi tamanha que fez questão de permanecer deitada de costas e de prendê-lo dentro de si pelo máximo de tempo possível, privilegiando a função biológica acima de qualquer consideração relativa ao prazer físico, exíguo. Quando a gravidez foi devidamente confirmada e anunciada, Maurício estrilou de início. Como, se eles transavam sempre de camisinha? Acabou aceitando, acabrunhado pelas estatísticas sobre preservativos falhos e pelas insinuações crescentes de que Renata desconfiava de suas aventuras extraconjugais. O menino nasceu na Casa de Saúde São Sebastião, no Catete, e foi batizado de Rafael.

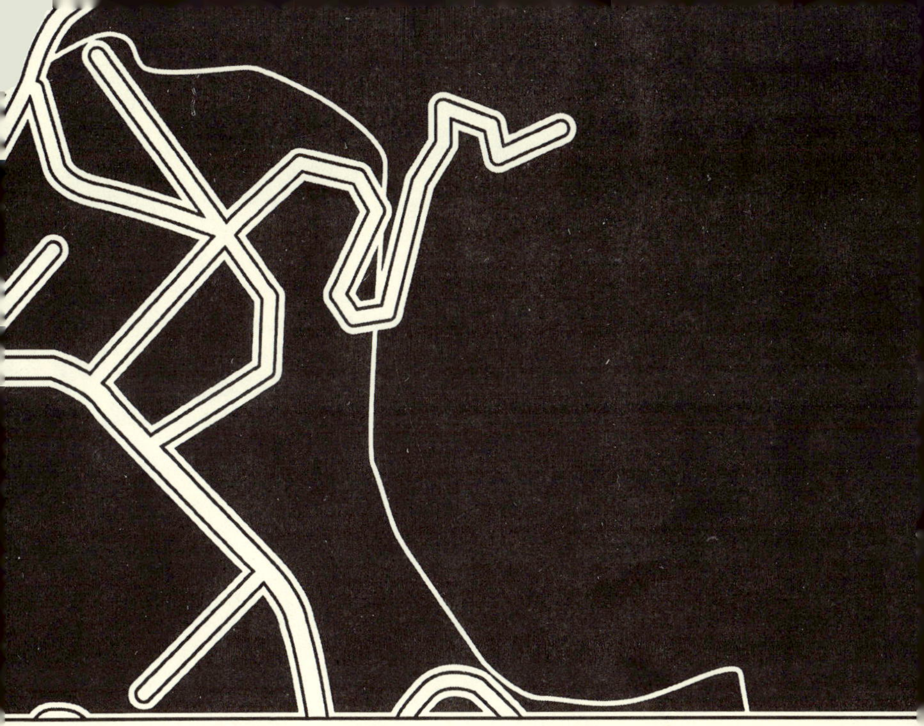

HELENA, GÁVEA, 16.

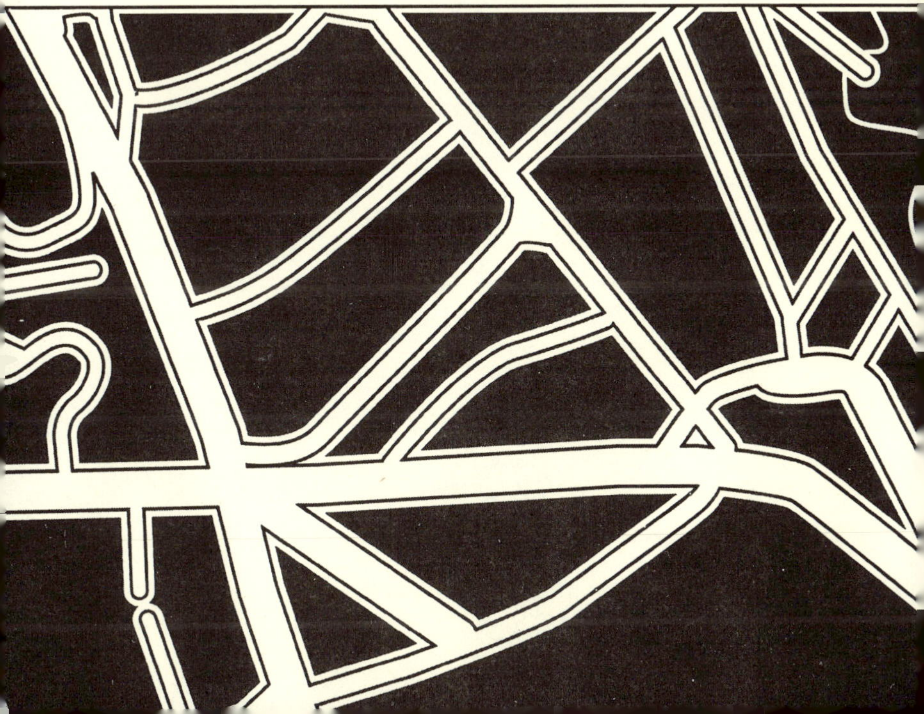

A praia estava uma delícia. Helena jogou a cabeça para trás e deu uma gargalhada, no encanto dourado de seus 16 anos. Ela ignorava que aquele fosse o instante mais perfeitamente feliz de sua existência. Na verdade, nem teria como adivinhá-lo. Essas coisas a gente só reconhece depois, com a consciência nostálgica de quem enumera as oportunidades goradas. Como alguém pode saber que está no auge da vida? O auge é um conceito fugaz. Só existe em retrospecto. Enquanto há vida, há sempre a esperança de uma volta por cima, de recuperar o tempo perdido, enfim, de um novo auge. Somente depois da morte é que a trajetória se faz definitiva e, portanto, legível de trás para a frente. O auge é uma questão apenas biográfica, e os mortos não se interessam por biografias. Deixe os mortos para o lado de lá. Helena estava viva. Muito viva. Com uma intensidade absoluta. Uma unidade de dentro e fora que nunca mais se repetiria com tamanha fluidez. Sem dúvida, era o auge.

Pegou o beck da mão do Bê e deu mais um tapa. Soltou a fumaça para cima, registrando de passagem a bola vermelha do sol que se punha por detrás do morro Dois Irmãos numa explosão de rosa, salmão e cinza. O céu retorcia-se em espirais de chocolate e calda de maracujá, derramava-se marmorizado sobre a massa purpúrea do mar de Ipanema, pontuado aqui e ali pelas silhuetas negras das ilhas recortadas contra o laranja profundo do horizonte. Helena lembrou-se da camiseta listrada que comprara para dar de aniversário a Leo, seu namorado. Achou fantástico que o céu pudesse ficar assim, tão multicolorido quanto uma camiseta. Logo em seguida, percebeu como era idiota essa reflexão. Parecia coisa da empregada da casa dela, com aquela mania de dizer que uma planta era tão bonita que parecia de plástico. Ou uma fruta. De plástico. Fruta. Empregada. Almoço. Fome. Os pensamentos começavam a se embolar em sua cabeça fumada quando foi interrompida pela voz da Manu:

— Olha o Leo chegando aí.

Prancha debaixo do braço tatuado, cabelos louros colados à nuca pela combinação de parafina e horas no mar, Leo surgia das ondas. Helena observou-o a caminhar em direção ao pequeno grupo, pescoço solto, quadris encaixados. É muito lindinho meu namorado, pensou. Epa, peraí! Lindinho? A palavra colou em sua mente, atravessada. Lindinho. Inho. Inho, inho, inho, inho, inho... o sufixo se emendava em uma linha contínua que parecia desfilar pela faixa do horizonte como um daqueles letreiros eletrônicos em que as palavras aparecem do lado esquerdo e somem pela direita. Desde quando o Leo era "inho" qualquer coisa? Fazia seis meses que namoravam, e nunca ela o havia qualificado de nada que fosse menos do que superlativo. No início, fora uma paixonite, daquelas enormes que tiram a fome, custam noites de sono, subtraem o sentido de tudo no mundo que não seja o ser amado. Depois, viera a paixão propriamente dita. O primeiro beijo. A primeira vez. A segunda, a terceira, a quarta e as inúmeras e infinitas transas em todos os lugares e a qualquer hora do dia ou da noite em que as circunstâncias conspirassem para deixá-los sozinhos. Vez ou outra, nem propriamente sozinhos estavam. No quarto da Manu durante sua festa de aniversário. No banheiro da casa do Bê no dia daquele churrasco. No barco do pai do Leo enquanto todos dormiam. De umas semanas para cá, tornara-se um amor maduro, a seu ver. Afinal, seis meses era seu recorde. Durante todo esse tempo, Leo era seu grande amor, o homem de sua vida: alto, lindo, forte, doce, gostoso, enfim, o máximo.

Como, agora, se fazia que ele aparecesse em seu pensamento como apenas um lindinho? A bem da verdade (ela era obrigada a reconhecer), ele nem era tão lindo assim. Não era nenhum Brad Pitt. Era um menino bonito, sem dúvida alguma, mas não deixava de ser um menino. Aliás, verdade seja dita, ela andava meio cansada das bobeiras dele: as criancices (o moleque bebia Yakult todo dia), o ciúme constante (imagina se ela ia dar mole para aquele horroroso do Paulinho Bernardes, só porque era ator da Globo; o cara era um velho, devia ter quase trinta), a mania de ficar grudado com os amiguinhos surfistas (sábado passado, ele tinha largado ela sozinha para ver um vídeo de surfe na casa do Bocão). Leo não enxergava nada além daquele mundinho de praia e onda e maconha e reggae. Aliás, taí uma coisa que ela detestava: o tal do reggae. Ê musiquinha chata! Helena estava em busca de novos horizontes. Queria ser atriz. Fizera Tablado. Agora estava inscrita para começar em março na CAL. Leo não se interessava por nada disso. Não saberia distinguir Stanislavski de Stanley Kowalski. Se perguntassem, ele provavelmente responderia que o primeiro era um anabolizante e o segundo o baixista do Motorhead. Ainda por cima, tinha mania de fingir que sabia o que não sabia. Sempre brigavam por causa disso, por conta dessa cabeça dura dele e dos absurdos que acabava dizendo. Aliás, fora exatamente esse o motivo da última briga, depois da qual eles ficaram dois dias sem se falar. Imagina insistir que Bali era a capital da Indonésia! Tá, tudo bem, ele tinha seu lado gracinha também. Tinha dado a ela aquele imenso Bob Esponja de pelúcia como pedido de desculpas. Sabia ser fofo. Fofo? Fofinho. Taí, o Leo havia se tornado um fofo. Que droga!

Aproximando-se do grupo de amigos, ele foi logo colando os lábios na boca de Helena, que se desvencilhou rapidamente sob pretexto de soltar a fumaça ali contida. Ela viu que ele reparou na brusquidão do gesto com que o afastara. Pairou em seu rosto por um instante prolongado aquele olhar triste de cachorrinho que ele guardava para a intimidade ferida. Bem feito, pensou. Assim ele aprende a respeitar o meu espaço. Nessa hora, passou um menino distribuindo filipetas. Ele chegou junto aos quatro amigos e entregou uma a cada um.

— Aí, galera, festa maneiríssima amanhã na Fundição. Vai lá.

Helena ficou um bom tempo admirando os longos dreads do menino, levemente amarrados num coque. Brotavam vivos e selvagens da negritude reluzente de sua pele como as cobras da cabeça da Medusa. De lá, passou a atenção para o sorriso muito branco e, de lá, foi descendo o olhar discretamente pelo corpo liso até se deter momentaneamente no contraste forte da sunga amarela. Não pôde deixar de reparar no volume que forçava a elasticidade do tecido de lycra. Será que era verdade o que diziam? Riu-se por dentro e voltou depressa os olhos para o chão; em seguida, subiu mecanicamente o olhar de novo pelas pernas do Leo, passando pelas folgadas e coloridas bermudas que cobriam desde os joelhos do namorado até em cima da virilha e alcançou finalmente seu rosto, absorto na leitura da filipeta. Seus lábios se moviam devagar à medida que assimilava as informações. (Que irritante!) Ela mesma passou os olhos pelo papel:

Baile pré-carnavalesco

TECHNO FUNK X-SALADA
Com MC Lucky e convidados
em 2 pistas e Aqueduto Lounge
sábado, 26 de fevereiro, a partir das 22h30
DJ Cassiano (funk & black music)
DJ Rafael (electro & pop rock)
D Doctor J (techno & house)
MC Strike Z (hip-hop)
R$24 inteiro; R$20 c/filipeta; R$12 estudantes
Fundição Progresso — Rua dos Arcos, 24 — Lapa
Classificação 18 anos
Patrocínio: Pintoff Ice Apoio: Governo do Estado

A voz da Manu foi a primeira a se sobrepor ao burburinho geral de final de praia:

— Caraca, minha prima foi no baile do MC Lucky na Rocinha e disse que é tudo!

— Esse Cassiano também é bom. É das antigas mesmo — reforçou Bê.

— Vamos lá amanhã, então — emendou Helena —, esse Rafael, já vi no Circo. Ele é ótimo. Superdançante!

A nota dissonante coube ao Leo:

— Aí, se é funk, tô fora!

— Pô, Leo, não é só funk! Tem de tudo. Vamos lá, vai — objetou Manu.

— É, Leo, deixa de ser radical. Você vai curtir — instou Bê. Mas Leo não arredou:

— Não, cara. Tô fora! Odeio funk. É música de bandido e favelado.

— Então, você não precisa ir com a gente — sentenciou Helena.

A frase, taxativa, pegou todos de surpresa, pois sinalizava uma ruptura clara no até então inabalável namoro dos dois. Quem ficou mais chocado foi o próprio Leo. Arregalou os olhos e chegou a ficar com a boca aberta por um breve instante (que só Helena percebeu) antes de responder, emburrado:

— Tudo bem. Vocês fazem o que quiserem.

Assim dizendo, catou a prancha da areia e começou a se retirar em direção ao calçadão, sem sequer olhar para ninguém. Bê foi atrás dele, deixando Helena e Manu a sós.

— O que foi isso, Lê? Vocês brigaram?

— Não, não. Ih, sei lá. Ah, quer saber? Tô de saco cheio das bobeiras do Leo! Ele é muito criança para mim.

Fitando o horizonte, Helena fazia um esforço visível para conter as lágrimas que brotavam nos cantos de seus olhos avermelhados. A amiga abraçou-a e olhou para o calçadão, onde a figura de Leo já se distanciava. Cabisbaixo, Bê percorria solitário o caminho de volta pelas areias.

Aquela noite, a Fundição bombou. Parecia que estava todo mundo lá. A galerinha do Baixo Gávea em peso e ainda um sortimento de figuras exóticas de todas as tribos. B-boys e funkeiros de subúrbio, mauricinhos e patricinhas da Barra, gente mais velha da cena alternativa. Tudo misturado. Afinal, era a

Lapa, mãe de todas as antologias de crônicas da noite carioca, onde a Zona Norte e a Zona Sul vão para se encontrar em território neutro e parir confusão. Na pista a cargo do DJ Rafael, Helena se entregou às delícias do oblívio eletrônico. Havia dividido uma bala com Manu, e uma suave onda de aconchego a envolvia à medida que os contornos de seu corpo se dissipavam no ritmo inelutável do bate-estaca. A certa altura, fechou os olhos por um instante e deixou-se ir. Fluiu fundo para um lugar úmido de sonho, onde permaneceu por um verão de infância sem fim. Quando os reabriu, após o que parecia ser uma eternidade, surpreendeu-se ao constatar que ainda estava tocando a mesma música. Abraçou-se rindo a Manu e Bê, e assim permaneceram unidos numa única pulsação.

Um pouco depois das duas da manhã, exauridos de tanto dançar, a boca seca de estalar, resolveram tomar uma água. Com algum esforço, conseguiram se desvencilhar da pista espremida, ganhando o ar mais livre do pátio central, ex-chão de fábrica em outra encarnação. Caminharam até o bar e beberam uma garrafinha cada. Assumindo um ar grave, Bê passou o lado de fora do antebraço pela boca molhada, emitiu uma fungada máscula e anunciou:

— Quero dar uma chegada na pista de funk.

As meninas riram e seguiram-no em obediente silêncio até o ponto em que puderam avistar de cima a segunda pista. Era eclética a multidão que se arregimentava sob a condução da equipe do MC Lucky, o qual não estava presente em pessoa. De um lado do amplo espaço predominavam funkeiros; do outro, mauricinhos. Ao mesmo tempo em que todos dançavam, davam-se as costas mutuamente, como se a cena fosse se metamorfosear a qualquer momento em um clipe do Michael Jackson com negões e branquelos a duelarem em passos coreografados em prol de uma utópica integração. Apoiados sobre o guarda-corpo de ferro, ficaram algum tempo a sorver os detalhes da cena dominada pela plasticidade lúbrica de bundas femininas em giro e pela voz estridente e atonal de uma menina que parecia desafiar o peso devastador do grave.

— E aí, Bê, tá a fim de descer lá? — perguntou afinal Manu.

— O quê? — respondeu Bê, vociferando para se fazer ouvir acima do barulho.

— Você quer descer lá? — gritou Manu.

— Sei não, tô achando meio esquisito!

O brado de desconfiança de Bê coincidiu com uma brecha na parede contínua de som. Soando alto demais no silêncio momentâneo, foi ouvido pelos outros companheiros de parapeito. Ouviram um riso, seguido da declaração:

— Bota esquisito nisso!

Os três amigos voltaram as cabeças simultaneamente para a esquerda para identificar a origem da voz sonora que emitira a fala. Tratava-se de um solitário rapaz negro, de seus dezoito, dezenove anos, que continuava com os cotovelos recostados no guarda-corpo, logo atrás de Helena. Ao perceber os três pares de olhos todos a lhe fixarem, o jovem endireitou-se até ocupar plenamente seu 1,80m de altura e abriu um discreto sorriso. Tudo nele clamava serenidade e força, do olhar decidido às mãos poderosas e bem-cuidadas, do singelo escapulário de São Jorge ao aveludado azul incongruentemente limpo do seu tênis Adidas. Lentamente e sem premeditação, Helena girou o corpo até se encontrar frente a frente com ele. Espantou-se de não ter percebido antes sua presença, que agora parecia ser o centro de um campo gravitacional maior do que o próprio espaço da Fundição.

— Prazer. Meu nome é Rarlei. Mas todo mundo me chama de Zulu.

Embora falada para todos, a parte maior da frase permaneceu presa dentro do túnel magnético que grudava os olhos de Helena nos seus. Era natural, portanto, que coubesse a ela responder:

— Eu sou Helena, e esses são meus amigos, Manu e Bê.

Feitas as apresentações, Rarlei voltou a se pronunciar:

— Eu tô saindo daqui para ir num baile de verdade. Vocês querem vir juntos?

— Sei não, cara, tá ficando meio tarde — titubeou Bê.

— Que tarde que nada, Bê, a noite está apenas começando — contestou Manu.

Rarlei sorria tranqüilamente para Helena, aguardando apenas sua resposta. Não havia sombra de dúvida em seu rosto, como se a decisão já estivesse tomada e fosse apenas uma questão de aguardar que eles se dobrassem ao destino.

— Onde é esse baile? — perguntou ela.

— Turano. Meu pedaço.

— E como a gente faria para chegar lá? (A ênfase no "ia" de faria era apenas para fazer jogo duro.)

— Vocês vão comigo. Meus convidados.

— Então vamos lá.

— Vou buscar o carro e encontro vocês lá fora.

Assim dizendo, pôs-se a caminhar em direção à porta com uma leve compressão dos joelhos que fazia seu corpo inteiro gingar num compasso fluido e elegante.

— Vocês estão malucas? — repreendeu Bê.

— Por quê? — reagiram em coro as meninas.

— Ir num baile funk na favela com esse cara? A gente nem sabe quem ele é. Pode ser algum traficante!

— Melhor se for — respondeu Helena —, assim a gente fica totalmente protegido.

— Acho que a gente não deve ir nesse baile, não.

— Se você não quiser, não precisa ir. A gente vai sozinha. Duas meninas indefesas da Zona Sul nas mãos de perigosos bandidos. Já pensou?

A provocação de Manu veio acrescida de risos. Bê imaginou terrores inenarráveis, mas faltava-lhe eloqüência para transmitir às amigas toda a intensidade de sua aflição. Diante do olhar determinado delas, rendeu-se afinal à evidência de que, em breves instantes, estaria no interior do carro do Rarlei rumando para a favela.

— Tudo bem, mas eu tenho que dar uma passada no banheiro antes.

Nenhum dos três escapou do misto de medo e excitação quando parou diante deles um novíssimo Vectra prateado com insulfilm preto nos vidros, rodas de titânio e muito cromado nos canos de descarga customizados. *Pimp my ride* total. Baixando a janela do motorista, surgiu gradativamente, junto com o rosto de Rarlei, uma onda de Tupac a todo volume. Puta que pariu, o cara é mesmo traficante, pensou Bê. A viagem transcorreu em relativo silêncio, camuflado pelos possantes graves que distorciam ligeiramente o som e ritmavam a respiração dos ocupantes do carro. Passando o Sambódromo, entraram à esquerda numa transversal estreita. Direita, esquerda, esquerda de novo. Do banco de trás, Bê tentava enxergar os nomes das ruas, antecipando a necessidade de planejar uma rota de fuga. O único que conseguiu avistar foi Barão de Itapagipe, uma rua de que ele nunca tinha ouvido falar na vida. Maldita sinalização precária! Minutos depois, subiam uma ladeira. Ao final, Rarlei parou o carro em frente a um edifício anônimo e desligou o som. O melô sincopado do baile fazia-se ouvir acima do silêncio dos inocentes vizinhos.

Os quatro desceram do carro, que Rarlei nem se deu ao trabalho de trancar. Estridentes, falantes, saltitantes, Helena e Manu ensaiavam pulinhos, abraçadas. Bê respirou fundo e olhou para seu anfitrião, buscando apoio. Rarlei apenas sorria com ar conquistador. Todo o medo dos três se dissipou em euforia quando passaram pela porta e ingressaram na quadra. O baile inteiro parou para saudar o rei Zulu. Milhares de pessoas se espremiam no espaço, tornado pequeno pelas dimensões apocalípticas do pancadão, e todas olhavam para eles com doses iguais de respeito e curiosidade. Nem mesmo Manu, geralmente a mais blasé do grupo, deixou de se afligir quando diversos jovens armados vieram tomar a bênção com Rarlei. Embora consumisse toda a sua energia o esforço de disfarçar seu próprio pavor, era perceptível a cômica rapidez com que piscava quase sem parar. Somente Helena permanecia incólume diante da reunião de tantos fantasmas midiáticos. Seus olhos faiscavam com uma intensidade que poderia ser descrita como êxtase, se a palavra não ficasse tão aquém do sentimento. Pela primeira vez na vida, ela era capaz de compreender a animação histérica de fãs quando conhecem seus ídolos ou a empolgação de participantes de reality shows. Helena só queria dançar.

Horas passaram como se fossem minutos. Horas de som, de dança, de luz, de corpos em movimento, de suor e cor e olhares profundos de estremecer a alma. Quando, afinal, ela desgrudou os lábios do mágico e prolongado mergulho em que se transformara o primeiro beijo com Rarlei, descobriu que já eram 6h30 da manhã. Procurando pelos amigos, encontrou Manu deitada à sua frente, dormindo profundamente num grande e surrado sofá vermelho, sobre a outra ponta do qual dormiam abraçados um casal cercado por copos de uísque vazios e uma ou outra latinha de Red Bull pelo chão. Ela mal se lembrava como haviam chegado ali, naquele curioso espaço mobiliado que ocupava um mezanino acima da quadra, como se fosse um camarim. Para dizer a verdade, pouco lhe importava. Tanto fazia; bastava que estivesse com ele, com o homem que ela já sentia que conhecia desde sempre. Deu-se conta, no entanto, de uma sensação incômoda de perda, como se não se recordasse onde havia deixado a chave de casa. Depois de alguma perplexidade, lembrou-se de perguntar por Bê. Rarlei apontou para a quadra, onde a multidão havia escasseado para algumas centenas de almas festivas remanescentes. Lá no meio de todos estava seu amigo, dançando animado com uma menina e devidamente vigiado à distância por um soldadinho do morro, o qual registrou com um meneio da cabeça o olhar imperioso do rei Zulu.

— Acho que está na hora de eu ir embora — sussurrou Helena com um jeito resignado e tristonho.

— Por quê?

— Porque eu tenho que levar a Manu — respondeu de forma pouco convincente. Parou, pensou e emendou, os olhos faiscando de tesão: — Porque se eu não for embora agora, pode ser que eu queira ficar para sempre.

— Por que você não fica?

Helena olhou fundo nos olhos de Rarlei e viu que ele estava falando sério. Não era caô. Respirou fundo. Por que não ficava? O que tinha a perder? Tudo! O que era tudo? Casa, dinheiro, carro? Tudo bobagem. A família, os pais? Um bando de infelizes, cujo caminho para a infelicidade ela queria a todo custo evitar. Faculdade, futuro? Não me faça rir! O futuro é uma ilusão para enganar os frustrados; só existe o presente. (A certeza dos dezesseis anos injetava uma lucidez insuportável em seus pensamentos.) Por que não ficar, então? Por que não? Helena testou as águas:

— Quem vai levar meus amigos?

— Mando o Filó colocar eles no meu carro e depositar cada um na portaria de casa, lavadinho e engomado.

— E onde eu iria ficar?

— Comigo, no meu barraco. Você vai ser minha princesa.

— Precisaria passar em casa para buscar algumas coisas.

— Compro tudo novo para você. Tudo que você quiser. Tudo que você sonhar.

O primeiro mês foi o mais difícil. Teve que se esconder, já que era de menor. Seus pais acionaram a polícia, naturalmente, que chegou a fazer uma operação de busca no morro. Mas ela só precisou dormir longe do Rarlei duas noites. Foi o suficiente para que desistissem de localizá-la. Afinal, não era a primeira menininha da Zona Sul que ia viver um romance no morro, e nem seria a última. A polícia tinha muito mais o que fazer, até porque Rarlei mantinha o pagamento do arrego rigorosamente em dia. Mesmo assim, de início, acharam melhor que ela limitasse ao máximo suas saídas da comunidade. Helena sentiu um pouco a falta dos amigos, que só podiam vir visitá-la se ela mandasse buscar, mas estava feliz na nova vida. Assumiu rapidamente sua condição de primeira-dama, e não faltaram assessoras ansiosas por paparicá-la. Eram tantos assuntos para resolver, tantas as tarefas. Nunca imaginou que a vida social da favela demandasse tamanho preparo; mas revelou-se à altura da função. Nascera para ser rainha. E o Rarlei era tudo de bom. O homem de sua vida. Doce, forte, carinhoso, fiel. Um sonho. Contrariando a mitologia das páginas policiais, era inteligente e sensível. O amor de Helena se aprofundara irremediavelmente ao ver a expressão envergonhada de menino que assomara o rosto do rei Zulu no dia em que, limpando uma gaveta, topara com sua carteira de identidade e lera alto seu nome completo: Rarlei Deivisson dos Santos. Parecia que ele ia entrar debaixo da terra de tanta vergonha! Conforme ela confidenciou depois a Manu: se não fosse tão pretinho, teria corado.

Depois do segundo mês, deu para relaxar um pouco os cuidados. Ela passou a sair mais vezes e até voltou a freqüentar a Zona Sul. Nunca sozinha, é claro, porque a polícia não era a única fonte de ameaça. Mas, aos poucos, sua vida foi readquirindo alguma normalidade. No terceiro mês, negociou uma visita aos pais, já menos desesperados, mediante a garantia de que não tentariam constrangê-la a ficar com eles. O tempo foi passando, e não seria exagero dizer que a rotina se instaurou no dia-a-dia de Helena. Após seis meses, a novidade passara e eram poucos os que paravam para apontar sua passagem nas vielas de acesso ao morro. O comportamento de Rarlei mudara também. Estava sempre tratando de negócios e ficava cada vez menos tempo em casa com ela. Inexplicavelmente, já que ela vivia cercada de adolescentes damas de companhia e guardada por meninos armados, ele passou também a ter crises de ciúmes. Acusava-a de sentir saudades da Zona Sul e de querer voltar a namorar o surfistinha-filhinho-de-papai (caíra na besteira de contar-lhe sobre seu namoro com Leo). As crises ficavam mais violentas quando ele cheirava, o que vinha acontecendo mais e mais. A pior briga fora num domingo, um dia ensolarado de janeiro, quando ela acordou sedenta para ir à praia. Não agüentava mais ver da janela o feiúme monótono daquela paisagem de alvenaria exposta e lajes brotando varas enferrujadas para o céu, muitas cobertas com garrafas PET. Queria porque queria que ele a levasse à praia ou, pelo menos, que a deixasse ir sozinha. Ele negou terminantemente as duas opções. Não porque não pudesse, apenas para demonstrar poder.

Por acaso, foi num dia em que ela saía para fazer compras, escoltada como sempre por um pequeno séquito, que sucedeu o trágico desfecho da história. A imprensa noticiou a morte de Rarlei como resultado de uma guerra entre facções, mas qualquer morador saberia narrar em deprimente detalhe a emboscada policial que o pegou desprevenido. (Isto é, se algum morador se prestasse a narrar esse tipo de episódio.) Rarlei viveu num meio que não admite falha tática, e todo comandante tem que estar preparado para a hipótese da traição. Afinal, como reza a velha sabedoria política, o dia do benefício é a véspera da ingratidão. Morreu com a amarga consciência de saber-se traído por antigos aliados. Como consolo, morreu ignorando a extensão completa da lista dos que o traíam. Teria morrido duas vezes se lhe passasse pela cabeça que Helena, no momento em que descia a Rua Aureliano Portugal, percebera o movimento de viaturas do CORE que subiam apressadas na mão contrária. Justiça seja feita; ela chegou a ligar para o celular dele para avisar. Deu fora de área. Dois minutos depois, já na parte plana do asfalto, ainda pensou em tentar outra vez. Estava com o telefone na mão, o dedo pousado em cima do botão de rediscagem. Desistiu no último instante, sem muita certeza do porquê. Sem saber que sabia, sabia no seu íntimo que estava na hora de voltar para casa.

CÍNTIA, GRAJAÚ, 23.

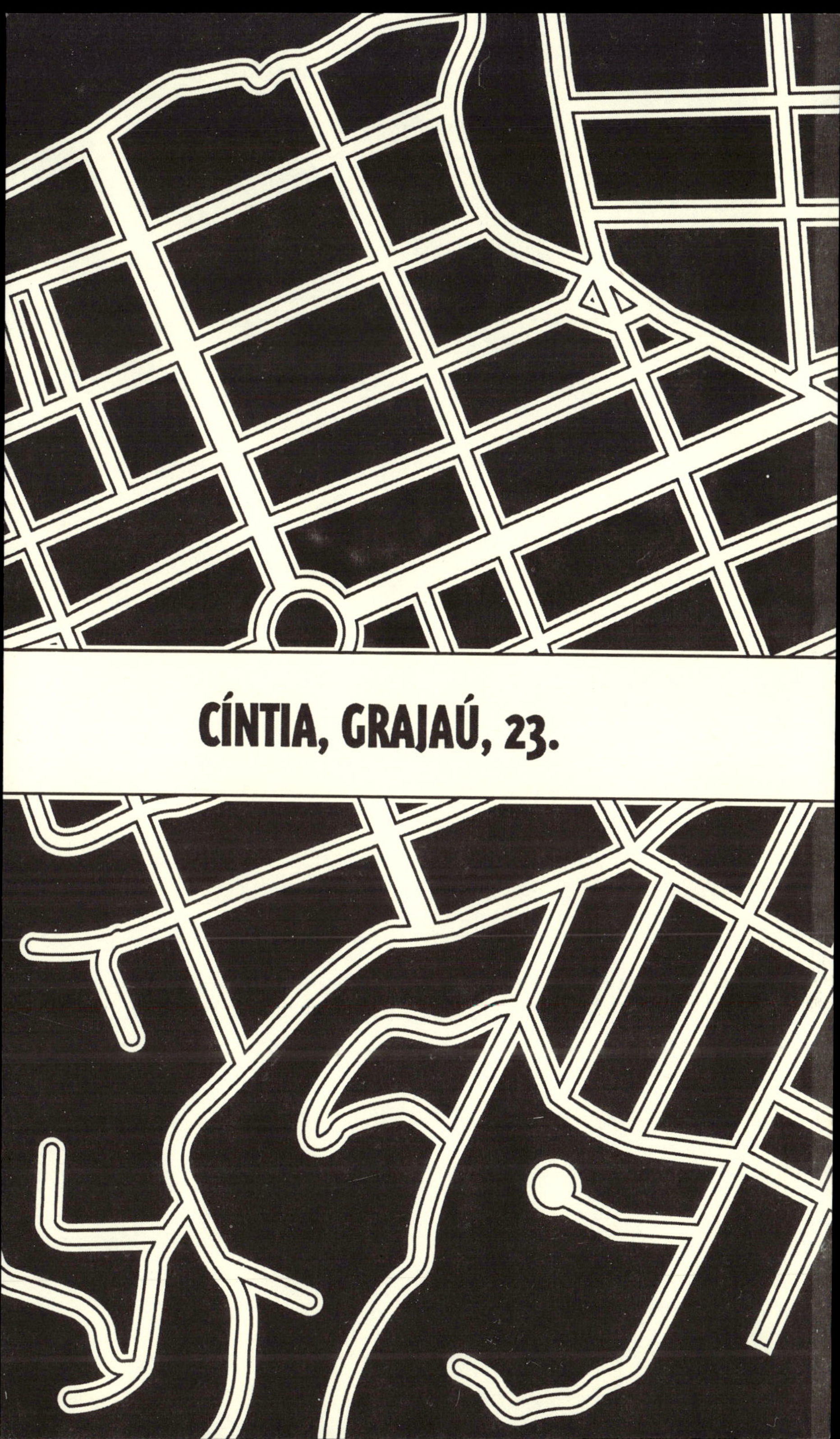

Era o tipo de mulher que todos os homens olhavam na rua. Alta, morena, cabelos pretos lisos, boca carnuda, jeito de menina, corpo de mulher, com coxas grossas e a bunda bem empinada. Princesa suburbana. O posicionamento do rabo-de-cavalo no cocuruto da cabeça não deixava margem para dúvida. As meninas da Zona Sul usavam mais para baixo. Nem a cintura da calça saint-tropez. As meninas da Zona Sul usavam mais para cima. Gostosa, gostosa demais, pensava o homem de terno parado ao seu lado no sinal da Avenida Presidente Vargas. O fato de estar de mão dada com a mãe aumentava o fetiche. Filhinha de mamãe. Princesinha do papai. Deve morar no Grajaú. Pode até ser virgem, pensou ele. Que virgem, que nada! Tudo fachada. Deve ser o bicho na cama, uma onça, insaciável, esperando o homem certo para despertar o lado devassa e fazer da menina, mulher. Ela olhava fixamente para o nada. Fingia não ver o homem que a devorava com os olhos. Se fazendo de santa, prosseguiu em pensamento o terno, com sua cabeça de revista de sacanagem. Provoca, vai, sua putinha! Pensa que não conheço o seu tipo?

O sinal fechou. Os pedestres mais afoitos já avançavam no cruzamento, desafiando os últimos carros que ainda tentavam forçar passagem. Nada dela se mover. Está esperando o quê, queridinha, um convite escrito com caligrafia dourada? O terno estacou também e sorriu para ela, entre irônico e sedutor. Baixou os óculos escuros até a ponta do nariz, fitando-a de baixo para cima. A mãe desceu primeiro da calçada alta e tomou a dianteira, apreensiva com o trânsito. Apertava forte a mão da filha, puxando energicamente, como quem guia uma criança rebelde. Devagar, Cíntia impeliu para a frente o pé esquerdo, pousando delicadamente sua sandália preta no asfalto quente. As unhas pintadas de rosa reluziam ao sol. O outro pé veio em seguida, num movimento inesperadamente abrupto e pesado. O corpo inteiro pendeu para o lado, buscando o apoio familiar no braço enrijecido da mãe. A bacia projetou-se para fora, dura e angulosa, quase em direção ao céu. Em vez do requebrado esperado, a quebra. Cíntia voltou o olhar para trás, por cima do ombro, e examinou com deliberada frieza o rosto do pretendente de ocasião, já comprimindo seus lábios na antecipação de um muxoxo vingativo. A expressão oca do rosto dele bradava, em silêncio horrorizado, o mesmo de sempre: manca, coxa, aleijada! Constrangido, o terno desviou o olhar, apertou o passo e refugiou-se na multidão de transeuntes.

Era sempre assim. Parada ou sentada, desejavam-na. Assim que começava a caminhar, a coisa mudava de figura. Puxada pela mãe, Cíntia transpôs apressada o tumultuado percurso de pistas e calçadas da avenida. Distraiu-se com a suposição mórbida de que o bonequinho do sinal pulsava torto, como se dela caçoasse. O termômetro de rua marcava 36°. Que idéia de jerico essa de vir à Cidade no meio do dia, nesse calor infernal. Será que não havia nenhum outro horário disponível para o exame? Não teria sido melhor fazer logo no hospital público? Era tudo o que a mãe não queria. Todo mundo sabia para que as pessoas procuravam o São Francisco de Assis. E se alguém conhecido as visse? E se o pai ficasse sabendo? O plano de saúde funcional só previa exames naquele laboratório, e só atendiam com hora marcada. Um velho sobrado na Rua do Ouvidor. A porta estreita, a placa escura na parede, com uma seta enviesada apontando a sobreloja. Um lance íngreme de escada. Degraus de madeira gastos. Via dolorosa. Cada degrau: uma perna, depois a outra. Devagar e sempre.

As lembranças avançavam em turbilhão pela cabeça de Cíntia. A transa com Rafael. Nem fora tão boa assim. Ele carregou-a escada acima da garagem do motel até o quarto. Um toque estranhamente terno para um encontro tão sórdido. Conheceram-se na festa de aniversário da Graziela, no Renascença Clube, no Andaraí. Ele estava colocando o som. Na hora do bolo, veio sentar-se à mesa onde ela estava sozinha. Os amigos, todos em volta da mesa principal, cantando parabéns para você. Engatou uma conversa. Perguntou por que ela não fora com os outros. Ela disse que tinha preguiça de ir até lá. Apontou a perna defeituosa com os olhos. Apostou que ele não perderia tempo conversando com ela, se a visse andar. Ele disse que não estava nem aí para isso. Pediu o telefone. Ela deu. Foi tudo bem rápido, assim, antes que acabasse o é hora, é hora, é hora. Rá-tim-bum!

Estava amargurada no dia daquela festa, por causa do fora recente. Namorava o Pedrinho há nove anos. Eram noivos. Conheciam-se desde o tempo do pré-escolar. Foi o primeiro homem a vê-la sem roupa; a primeira pessoa, fora sua mãe, a passar a mão pelo defeito do seu corpo. Fizera isto com suavidade e carinho, como a mãe, como nem o pai jamais ousara fazer. Aos treze anos de idade, escondidos, no quarto de costura da tia, numa tarde de domingo em que todos dormiam na casa. Uma semana antes do aniversário da Graziela, confessou que estava apaixonado por outra. Disse que não podia mais noivar com ela. Cíntia nada respondeu. Apenas olhou fixamente pela janela, com lágrimas enchendo os olhos, enquanto Pedrinho expunha seus motivos. Ele discursou bastante, muito além do que seria decente. Falou que eram muito jovens, precisavam conhecer pessoas novas, viver experiências diferentes, se porem à prova, descobrir suas próprias verdades. Só faltou dizer que queria levar uma vida ao lado de alguém normal, uma pessoa que pudesse fazer caminhadas, nadar, dançar. Não precisou dizê-lo. Cíntia conhecia-o a fundo, talvez melhor do que ele se conhecesse a si mesmo. Sabia que era isto. Pedrinho era normal. Não queria mais ficar preso à "coitadinha da Cíntia, tão bonita...". Queria uma mulher normal também, uma mulher que rebolasse.

A amargura a fez render-se aos encantos duvidosos de Rafael. Sim, era verdade que ele era bonito, estiloso. Totalmente Zona Sul, com aquele topete ridículo, costeletas e os óculos cor-de-rosa. Cíntia sabia o que esses rapazes da Zona Sul queriam com moças do subúrbio, como ela. Era apenas uma fantasia, uma referência mal deglutida a uma peça de Nelson Rodrigues, nem vista de fato, mas entrevista de relance em algum filme nacional da década de 1980, reprisado no Canal Brasil. Ela não era uma pessoa para ele, apenas um arquétipo na galeria das taras nacionais. O fato de ele não se incomodar com seu defeito nada acrescia em termos de confiabilidade. Muito provavelmente tratava-se de uma oportunidade de matar duas fantasias com uma cajadada só. Após uma vida inteira convivendo com isto, sabia que não faltavam tarados dessa espécie também. Porém, o que tinha a perder, a não ser um pouco de dignidade? Afinal, de que valia tanto amor-próprio? A cabeça erguida de pouco lhe servira para manter o amor de Pedrinho.

Ele ligou no dia seguinte. Ela se fez de inacessível, mas deu corda, um pouco, o suficiente para ele não desistir. Ele não desistiu. Era persistente, o miserável. Ligou todos os dias durante uma semana, até ela concordar em sair com ele. Convidou-a para uma quinta-feira. A desculpa é que ele trabalhava à noite, de sexta a domingo. Ela sabia que ele devia ter uma namorada, ou várias, mas não se fez de rogada. Que fosse quinta-feira. Tanto fazia. Aliás, seria mais fácil inventar uma explicação qualquer para tranqüilizar a mãe, que não gostava que ela saísse sozinha, principalmente no fim de semana. Precisava sempre ter companhia: da irmã, dos primos, alguém de confiança. Desde que terminara com Pedrinho, no entanto, não saíra à noite uma única vez. Já fazia duas semanas. Os pais andavam até preocupados. Não houve a menor oposição quando ela anunciou que ia a uma festa de aniversário na Barra, na casa de uma colega da faculdade. Talvez chegasse tarde. Ligaria para avisar, caso resolvesse dormir por lá mesmo.

Marcou com ele no Feitiço da Vila. Território neutro, para ambos. Chegou cedo, para já estar sentada na hora que ele aparecesse. Ele foi de camisa preta, com gola, botas e jaqueta de couro. Percebia-se um esforço nítido de parecer arrumado. Até perfume usava: Issey Miyake pour homme. Ela vestiu uma blusa vermelha, que realçava a cor dos lábios e fazia contraste com os cabelos negros e a pele morena. Conforme esperado por ambos, Cíntia deixou-se seduzir. Ao saírem do bar, ainda observou cautelosa a reação dele quando finalmente viu seu corpo em movimento. Ele agiu com naturalidade, até mesmo com sabedoria, sem focar muita atenção no defeito da perna, mas tampouco desviando o olhar de forma evidente ou explícita. A maioria das pessoas bem-intencionadas agia assim, ignorando sua deficiência com tanto afinco que apenas tornava sua presença mais aguda.

Levou-a para jantar num restaurante caro, de nome francês, cuja existência ela jamais suspeitara, numa rua pequena em Botafogo. O maître cumprimentou-o pelo nome. A arena do matador. Rafael entregou sua jaqueta a um garçom com o punho mole e o dedo em gancho, num displicente gesto de mando. O matador domava seu público. Fazendo esforço para aparentar-se alheia a tanta ostentação, Cíntia aproveitou para gastar bem o dinheiro dele. Não sabia se haveria outra oportunidade e não queria deixar-se arrematar por pouco. Tomaram aperitivos. Da importada, claro. Nem precisava perguntar. Comeram duas entradas. Ela pediu o prato mais caro do cardápio, só para testá-lo. Ele acompanhou o pedido, e ainda mandou vir uma garrafa de vinho francês, depois outra, que ficou pela metade. Ao todo, a conta não saiu por menos de quatrocentos reais, se bem que ela fez questão de não conferir o valor.

Após a sobremesa, ele não perdeu nenhum tempo em conduzi-la até a moto. Emprestou-lhe a jaqueta e ajudou-a a subir na garupa. Em seguida, montou também e deu a partida. Cíntia enlaçou-lhe a cintura e recostou a cabeça no ombro largo, deixando-se levar. O vento frio lambia-lhe as bochechas e despenteava seus cabelos. Estava vazia de qualquer sentimento. Deu-se conta, não sem ironia, de que estava a realizar naquele momento o maior sonho de sua adolescência enclausurada, elaborado nos mínimos detalhes em tantas tardes passadas na solidão do quarto. A moto, a noite fria, a jaqueta de couro. Até trilha sonora tinha. Repassava em sua cabeça "*It's the end of the world as we know it*", do REM. Só faltava o seu amado. Como ele havia feito isso com ela? Rumaram para um motel ali perto. Suíte de luxo. Lençóis macios e frios, toalhas e roupões felpudos, muito brancos. Juras falsas de amor (dele), pronunciadas com toda a verdade de uma carícia alugada. O sexo? Bem, era diferente do que com Pedrinho. Menos amoroso, mas também menos previsível. Mais violento, um pouco. Melhor, pior? Apenas diferente. Nem tão bom assim.

Repetiram o encontro mais três vezes. Sem jantares franceses. Sem suítes de luxo. Da última vez, foi no Hotel Viña del Mar, na Lapa, no meio da tarde, numa terça-feira. Começava a ficar chato. Ele insistia para que ela fizesse coisas que não queria. Ela acabava topando, não sabia bem por quê. Talvez para agradá-lo. Talvez para castigar-se. Talvez por curiosidade. A cada um, sua perversão. Quem era ela para julgá-lo? Não o viu mais depois daquela vez. Como sempre previra, aliás. Não faria a menor falta. Sequer se recordaria dele por muito tempo, se não fosse um imprevisto: a camisinha que rompeu, logo da última vez. Maldita Jontex. Graças a Deus, não engravidara. A menstruação veio normalmente, uma semana depois. A dúvida era outra. Aquela que todos ousam dizer o nome. Até na tevê. Principalmente na tevê. A mais recente encarnação do bicho-papão. Algum tempo depois, acabou contando para a ginecologista, que foi quem exigiu o exame.

Tudo isto lhe passou pela cabeça entre o pé e o topo da escadaria de madeira daquele inglório sobrado da Rua do Ouvidor. Ao ranger de cada degrau cansado, o coração de Cíntia batia um pouco mais forte e sua perna fraca pousava um pouco mais pesada. Seu rosto chegou a ruborizar ligeiramente. A mãe perguntou se estava se sentindo bem. Apenas o calor, respondeu, e o esforço de subir a escada. Ao entrarem na clínica, sentiu todos os olhares se voltarem para ela, permanecendo por mais tempo do que seria o normal para um recém-chegado qualquer. Não havia lugar na sala de espera lotada. Uma moça um pouco mais velha do que ela cedeu duas cadeiras, obrigando o filho pequeno a ficar de pé. Não, obrigada. Não precisa. Não tem problema, não, está quase na minha vez. O defeito, sempre em evidência. Ser diferente é normal (seu mantra de todos os dias). O pior da espera eram os olhares indiscretos. "Coitada, tão bonita", todos pareciam dizer.

A espera da clínica não foi nada, comparada com os dias que se seguiram. E se desse positivo? Cíntia imaginou-se contando para o pai. Como seria sua reação? Desespero? Revolta? Condenação? Difícil prever. Mesmo sendo seu pai, a alma de seu Heráclito permanecia um mistério para ela. Sempre fora velho, desde que se lembrava. Tinha 54 anos quando ela nasceu. Na época em que ela fez primeira comunhão, aposentou-se do serviço público. Consolidou-se definitivamente em sua identidade de ex-funcionário do Detran. Dividia seu tempo entre a poltrona da sala, diante da tevê, e o centro espírita A Caminho da Luz, onde colaborava com obras de caridade. Aos domingos, rumava para São Cristóvão. Passava o dia no botequim com os amigos que restaram de sua vida pregressa. Muito antes de conhecer a mãe de Cíntia, seu Heráclito vivera ali, casado com uma portuguesa. Tivera três filhos: Eduardo, Fernando e Amadeu, os quais morreram juntos com a mãe num desastre de automóvel em 1978. Cíntia sempre atribuíra a esse fato o jeitão ausente do pai. Parecia vagar pela própria vida sem ânimo, como se dela não fizesse parte, como se viesse de outro lugar e de outra época. Escondia-se por trás de uma fachada de homem de antigamente, guardião voluntário de valores ultrapassados. Do guarda-chuva comprido, sempre a postos, à Brasília amarela que dirigia, destoava em tudo dos outros pais. O que diria seu Heráclito de uma doença que não era do seu tempo? Talvez considerasse um sinal do fim dos tempos, talvez não.

A reação dos vizinhos era bem mais fácil de prever. Você soube da Cíntia? Pois é, minha filha, quem diria! Coitada, tão bonita. Será que foi do Pedrinho que ela pegou? Sei não, que eu saiba, ele está muito bem de saúde, muito bem mesmo. Aliás, ela nunca me enganou com aquele arzinho metido. De santa não tem nada! Coitada da Matilde. Ninguém merece uma coisa dessas. Criar uma filha com aquele problema, e agora essa! E o seu Heráclito? Vai ser o quarto filho que ele enterra. Aquilo ali é urucubaca braba! Isola! Se fosse eu, mandava benzer todo mundo. Bando de gente fofoqueira. Uma semana para sair o resultado. Uma semana imaginando as fofocas. Os colegas da faculdade. Os amigos. O Pedrinho. Será que ele ligaria? Certamente, ficaria sabendo. Será que ele deixaria de ligar? Cíntia imaginou sua reação. Primeiro, o choque. Não pode ser verdade! Depois, a dúvida, o medo. Será que eu também tenho? De relance, o desprezo. Safada, vagabunda! Por fim, a pena. Coitadinha. Coitadinha dela. No final das contas, até o Pedrinho ia acabar por tratá-la de coitada. Coito. Coitada. Será que havia alguma ligação? Vai ver que sim.

Pior de tudo era agüentar a mãe. Mais zelosa do que nunca, vinha toda hora examiná-la com aquele ar compadecido que a Cíntia tanto irritava. Nunca devia ter falado com ela. Se arrependimento matasse! É que ela estava lá na sala de espera do consultório, na hora que saiu da ginecologista. Viu a cara de perturbação da filha e não descansou enquanto não extraiu a verdade sobre aquele pedido de exame. Dona Matilde sabia como ninguém inquiri-la, tirá-la do sério, acabrunhá-la. Se, diante de todo o resto do mundo, Cíntia aprendera a portar-se com uma distância altiva que passava por segurança, toda essa fachada desmoronava diante da mãe. Sozinha, em sua presença, regredia à fragilidade daquela tarde longínqua em Cachoeiras de Macacu, paralisada pelo medo, chorando em cima do tronco que servia de ponte improvisada sobre o riacho. A mãe a ralhar com ela. Menina, falei para você não subir aí! Que menina endiabrada! Naquele dia, descobriu que não era como os outros. Tinha três anos. Era sua memória mais antiga. Nunca conseguira cortar esse cordão umbilical de medo que a ligava a dona Matilde.

Você está bem, minha filha? Tem certeza que não está precisando de nada? O mais insuportável era a inflexão caridosa da voz, quase triunfal em sua benignidade. Após anos de embates entre a filha em busca de maior liberdade e a mãe determinada a protegê-la dos perigos do mundo, vencia finalmente o partido do terror. Por trás da súbita doçura dos gestos maternos, o prenúncio de uma nova era de opressão. Está vendo o que acontece com quem desafia as regras? Aqui se faz, aqui se paga! Tão perto, ela chegara tão perto. Quarta colocada no vestibular. Terceiro ano de psicologia na Uerj. Uma de oito selecionados para o estágio no Pinel, dentre mais de duzentos candidatos. Mais um ano, dois, conseguiria emprego, se sustentar, sair de casa. Liberdade, ainda que tardia. Não era justo que seu sonho de autonomia naufragasse agora, e de forma tão patética, tão sem sentido. Sempre supusera, estupidamente, que seria poupada de qualquer outro problema de saúde, já que a vida lhe castigara desde o berço. Crendice. Talvez a mãe e o pai tivessem mesmo razão de acreditarem em sina. Aos poucos, resignava-se. Fazer o quê? Nada, a não ser sonhar com as duas palavrinhas que lhe devolveriam a vida, seu novo mantra, repetido mil vezes ao dia: não reagente, não reagente, não reagente, não reagente, não reagente.

— Está tudo bem, mamãe.

Não estava nada bem. Impossível dormir naquele calor. Por que as noites são mais quentes no subúrbio? Cíntia nunca havia dormido na Zona Sul, mas tinha uma convicção íntima de que era assim. Sem sono, examinava o teto acima de sua cama. Conhecia a história de cada mancha, de cada rachadura. Do que adiantava saber tantas coisas pequenas e desconhecer todas as grandes? Desconhecer apenas, não ignorar. Se ela fosse ignorante, não teria problema algum. Ninguém sente falta do que nem sabe que existe. Ela sabia que existia um outro mundo, grande, belo, vivo, não morto como no Grajaú. Ela o via diariamente na tevê, nas revistas. É lógico que as revistas exageravam, vendiam mitos e fantasias em troca dos caraminguás de seus leitores. Ela não era burra de acreditar que os ricos e famosos não tinham problemas. Mas ninguém podia negar que a Ilha de Caras existe. Que Paris existe. Que há pessoas que se recuperam de uma desilusão amorosa com uma temporada de esqui e compras na Europa. Assim, era bem mais fácil enfrentar o destino cruel: cercada de pequenos prazeres e da solidariedade dos fãs.

Levantou-se da cama e foi até a janela do quarto. Ficou a observar a rua parada, a revisitar sem sono os sonhos acalentados durante anos em longas noites de subúrbio, noites opressas de calor, febre e tesão. Experimentou um impulso lúgubre de descer pelada e postar-se de quatro no meio da Rua Araxá, a bunda empinada para a lua e a vulva molhada a exalar um perfume enlouquecedor de cio. Uma Dona Beja do Grajaú; a nova dama do lotação, sem necessitar de carro nem trocador.

Que viessem fodê-la os motoristas de ônibus, os pais de família, os porteiros, os playboyzinhos e os favelados. Não queria perder a chance de semear sua morte por toda a Zona Norte e de lá para os quatro cantos do planeta. Algo nela iria ganhar mundo, nem que fosse apenas o vírus que ora pervertia suas células juvenis. Não, pensando melhor, não valia a pena dispersar seu desejo de vingança. Concentraria seu ódio num único alvo, algo que desse um sentido póstumo à vida besta que levara. Nada de grandiloqüente, do tipo matar o governador ou outra pessoa famosa. Teria que ser mais singelo e, ao mesmo tempo, bem mais poderoso. Caso viesse positivo o resultado do exame, mataria a dona Matilde e depois se mataria. Estava decidido. Começa em casa o trabalho de gerar um mundo melhor.

No dia previsto, ela ligou cedo para o laboratório. O exame estava pronto, mas ela teria que buscar pessoalmente, já que eles não davam resultados de HIV por telefone. Cíntia preparou-se para sair sozinha. Driblou a mãe dizendo que ia antes à farmácia comprar absorvente. Ao entrar no táxi, vislumbrou a imagem de dona Matilde sentada na mesa da cozinha, toda vestida para ir à Cidade, olhando para o relógio e tentando adivinhar por que a filha demorava tanto para ir à esquina e voltar. Bem feito, pensou. Durante a corrida, Cíntia deixou-se refrigerar pelo ar-condicionado que gelava até os bancos acolchoados do fundo do carro. Se desse negativo, ela mudaria de vida. Sairia de casa. Alugaria algum lugar para morar. Um apartamento pequeno dividido com uma colega. No Bairro de Fátima, na Glória, qualquer lugar que desse para pagar. Nem que fosse um quarto de pensão no Estácio, uma cabeça-de-porco qualquer; no Grajaú é que ela não ficava mais. Hoje mesmo colocaria em ação o plano. Se desse negativo, se apenas desse negativo.

Por favor, Deus, eu sei que você não existe, mas se é que existe, olhe por mim. Ne-ga-ti-vo!

Ela subiu a escada bem mais rápido dessa vez. Não havia por que arrastar os pés, mesmo sendo manca, pensou. Sorriu com seu próprio humor negro. Percebeu que estava com pressa, de fato. De um jeito ou de outro, aquele envelope continha sua alforria. Ou a liberdade da vida em abundância, ou a libertação que vem com a morte. Pelo menos, presume-se que sim. Se houvesse alguma vida depois desta, algum carma a pagar, resolveria isso adiante. Aqui e agora, ela não agüentava pagar mais nenhuma prestação. Mas, e se voltasse pior ainda? Cega, surda, retardada, feia, de cadeira de rodas? Puta que pariu! Aí, ela se matava de novo. Não adianta nem tentar viver num universo sórdido desses, regido assim pelo castigo. Se ela se matasse um número suficiente de vezes, quem sabe voltasse afinal como uma barata? As baratas não sonham, não refletem, não fazem escolhas. Apenas buscam sobreviver. Por isso, não sofrem. Nem quando são esmagadas em portas de armários. Também não são felizes. Simplesmente, são o que são. Pareceu-lhe um tremendo alívio, isto. Ser, apenas ser, e subitamente, um dia, não ser mais.

— Vim buscar o resultado de um exame. Cíntia Barreto Gomes.

— Só um momento.

A moça remexeu numa caixa pequena, abarrotada de envelopes, esfregando um contra o outro numa epidemia contida de angústias e alegrias esperando para acontecer. Depois de uma eternidade, encontrou o que procurava.

Existem momentos em que a gente se sente cúmplice do mundo. Cíntia estava sentada à mesa da Confeitaria Manon, saboreando os últimos goles de um milkshake grande de chocolate. A família da mesa ao lado parecia feliz, ajustada em seus desajustes, os filhos adolescentes amorosamente rebeldes, orgulhosos de suas camisetas de heavy metal recém-adquiridas no camelódromo e caçoando das compras caretas dos pais na C&A. Na outra mesa, um casal dividia um lanche de x-burguer, batata frita e guaraná. A moça alcançou dois guardanapos de papel e limpou amorosamente o ketchup do canto da boca dele. O moço pegou a última batata e deu para ela comer. Cerrando os olhos de prazer, a senhora gulosa do balcão abocanhou metade do mil-folhas numa única mordida. Na trilha sonora de sua mente, Cíntia ouvia um blues distante, daqueles bem confiáveis, familiar mesmo sem ser reconhecível. Sorriu contente, pousou o copo vazio na mesa e abriu o caderno de classificados. Imóveis, aluguel. Lapa, Bairro de Fátima, Cidade Nova Conjugados.

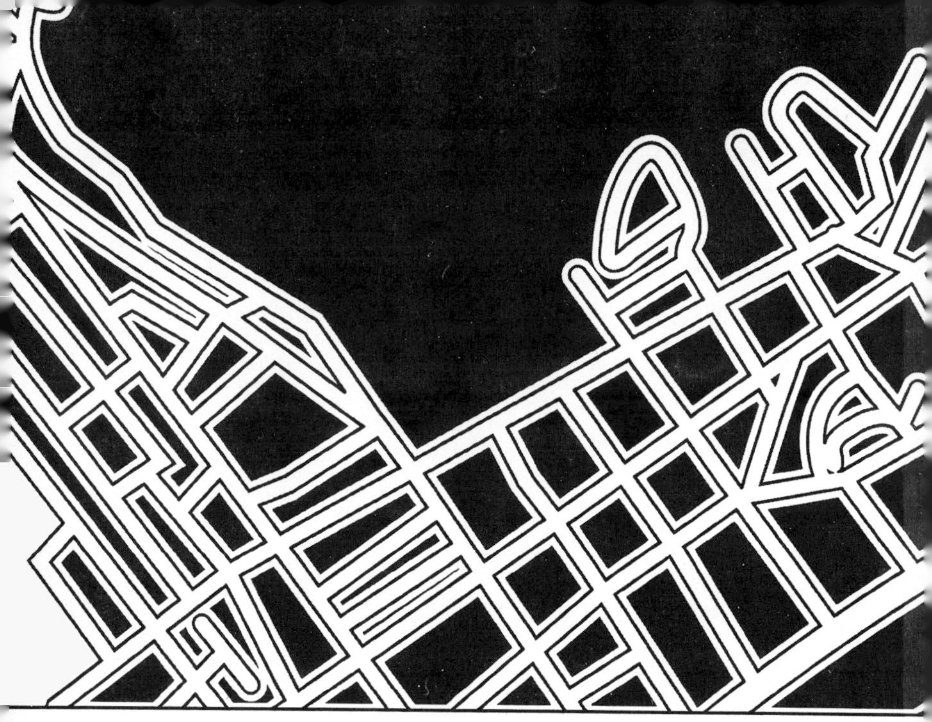

JAMILLY, COPACABANA, 25.

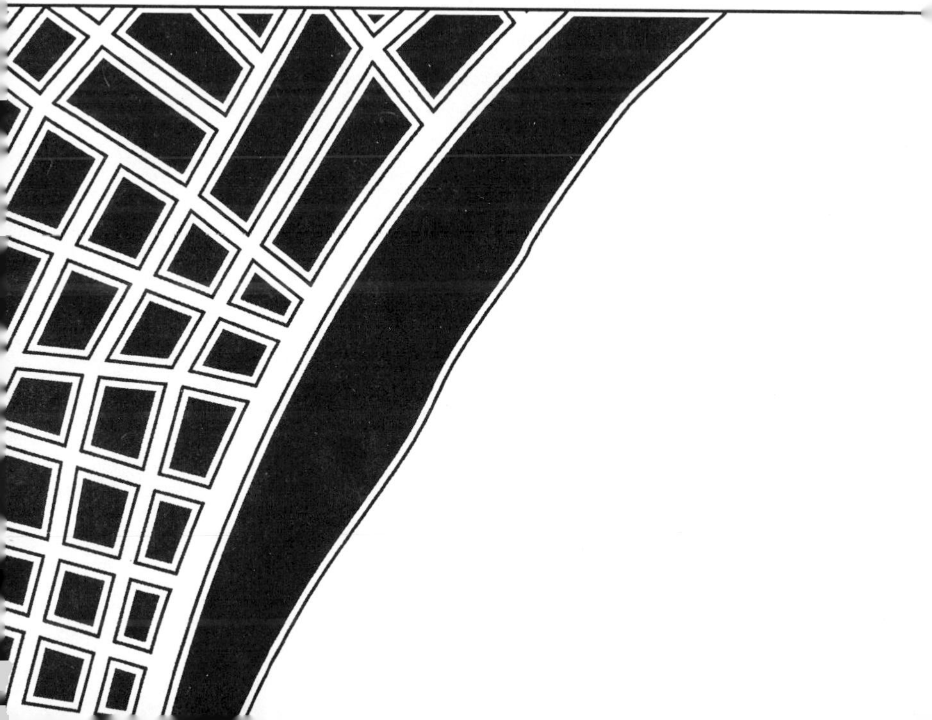

O guichê da Pluma era o de número 64, e a passagem para Santo Ângelo saía a R$146,68. Isso, fazendo o roteiro Rio de Janeiro-Uruguaiana, passando antes por União da Vitória, Concórdia, Erechim, Passo Fundo, Carazinho e Ijuí. Talvez fosse até mais rápido um semileito direto para Porto Alegre, mas aí teria que pegar outro ônibus lá. Além do mais, só o trecho Rio-Porto Alegre sairia quase cinqüenta reais mais caro pela Penha. Cinqüenta reais era um boquete avulso. De jeito nenhum ela ia dar um boquete, assim de graça, para uma companhia de ônibus qualquer. Dinheiro suado, aquele! Não que ela precisasse fazer economia. Não mais. Graças a Deus. Mas não dava para ficar gastando à toa. O dinheiro guardado tinha destino certo: a casa que ela ia comprar. Própria. Sua casinha, onde havia passado a primeira infância em Santo Ângelo, antes do exílio. Antes da morte dos pais biológicos.

Na hora de preencher a ficha de embarque, por pouco não principiou a escrever "Jamilly" na linha nome do passageiro. Que engraçado, logo agora que finalmente se habituara àquele nome ridículo, não iria usá-lo mais. Era que nem horário de verão, ela pensou: quando a gente acostuma, acaba. O nome havia sido herança de uma outra Jamilly, que a antecedera no apartamento. Agora, tinha ficado para trás, em Copacabana, para a próxima que tomasse seu lugar. Seria para sempre o nome secreto de sua porção carioca, ponderou. Maria Eduarda Rossi de Araújo, escreveu, com a letra meticulosa e firme de quem só pega em caneta para anotar recado. Achou estranho ver seu nome escrito assim. Há muito tempo não se pensava como Maria Eduarda. Duda, para os amigos e familiares, que em breve reencontraria na fria madrugada gaúcha, entre as lágrimas culposas da mãe adotiva e o abraço seco do canalha que se fingia de pai. De quem ela continuava querendo distância, mesmo depois de tanto tempo. Em breve, estariam todos juntos, celebrando o Natal. Sim, os estupradores também comemoram as datas festivas.

Passou um homem junto dela e esbarrou com força no seu braço. Virou-se desequilibrada, esperando um pedido de desculpas, mas só encontrou um sorriso de deboche e um olhar velhaco, os quais sumiram rapidamente em seguida na multidão. Quem teria sido? Ele, pelo menos, a reconhecera. O rosto não lhe era totalmente estranho, mas ela costumava evitar olhar muito para o rosto deles. Era uma estratégia de sobrevivência que aprendera logo de início. Quanto menos se encarava o bicho nos olhos, menos se sofria com o resto. Pensando bem, não era verdade que a Jamilly tivesse ficado em Copacabana. Continuava ali, junto dela, naquela luminosidade fluorescente da Rodoviária Novo Rio, como uma alma penada que se recusava a desencarnar. Não via a hora de subir no ônibus e se livrar de vez desse visgo. Ainda faltavam vinte e cinco minutos até à hora da partida. Tudo bem, ela continuaria a ser Jamilly por mais vinte e cinco minutos. Não ia morrer por causa disso. Depois, se daria ao luxo simbólico de sacudir a poeira dos tênis antes de embarcar no carro que a levaria de volta ao futuro perdido.

Fazia cinco anos que pisara pela primeira vez nessa mesma Rodoviária, no tempo em que ainda era apenas Duda, antes de descobrir sua porção Jamilly. Cinco longos anos que iriam recuar, aos poucos, para a insignificância, ela esperava, à medida que a passagem do tempo apagasse seus vestígios. Daqui a um ano, os primeiros detalhes ficariam borrados, começariam a perder sua textura e nitidez. Ela já teria dificuldade de recordar o rosto de uma menina com quem trabalhara ou o nome de qualquer barman de boate da Princesa Isabel. Daqui a cinco anos, o costume suave das coisas boas abriria uma distância tranqüilizadora entre ela e as lembranças amargas do Rio. Mergulhada plenamente em sua vida nova, levaria um susto no dia em que percebesse que fazia apenas cinco anos que regressara. Só? Parece outra vida! Essa constatação da relatividade do tempo a encheria de uma satisfação íntima. Daqui a dez anos, tudo seria uma memória distante, um segredo guardado para sempre, uma ferida finalmente cicatrizada. Ansiosa para saborear logo um antegosto desse doce futuro, dirigiu-se à loja Ponto de Bala em busca de gratificação oral.

— Tem Bib's?

— Só tem esse.

O menino apontou o dedo franzino para uma pilha mingüada de três pacotinhos azuis perdidos em meio ao estardalhaço colorido de confeitos. Chocolate branco. Ela odiava.

— Não tem o vermelho?

— Acabou.

— Nem o branco?

— Tem não, gata, só sobrou esse daí.

O menino acentuou a pronúncia da frase com um sorriso lascivo e um olhar de quero-te-comer. "Gata". Será que ele chamava todas as mulheres assim? Ou era só ela? Será que ainda havia algo nela que suscitasse esse tom desrespeitoso de um empregadinho de depósito de balas de rodoviária? Pensou por um momento em dar-lhe um passa-fora, em queixar-se com o gerente se fosse necessário. Afinal, estava normal: simples e despojada em seu modelito calça jeans, camiseta e agasalho de moletom, sem maquiagem nenhuma e com o cabelo preso num rabo-de-cavalo comportado. Pensando melhor, desistiu de criar caso. Seria perda de tempo, desgaste por nada. No fundo, também, sabia que Jamilly ainda estava presente, que seu corpo exalava algum misterioso perfume de disponibilidade sexual. Não havia recato no mundo que disfarçasse esse cheiro de sedução oferecida e nem bicho macho que ficasse imune a ele, fosse príncipe herdeiro ou boy de escritório. Foi-se embora resignada, sem responder nada, mas sentindo a cada passo o olhar do garoto a queimar-lhe a bunda.

Decidida a minimizar o contato humano durante os vinte minutos que lhe restavam de Jamilly, recolheu-se a uma cadeira de plástico e abstraiu-se do entorno. Outra estratégia vital que havia aperfeiçoado nos últimos anos: a habilidade de se distanciar do tempo e espaço imediatos, de separar a mente do corpo, de fugir na imaginação para outro lugar. No começo, era mais difícil. Precisava concentrar-se nos detalhes da tarefa e ficar atenta aos perigos da situação. Não podia afastar um grão de sua atenção daquilo que fazia; e não conseguia desprender-se emocionalmente daquilo que faziam com ela. Foi o período de maior sofrimento. Precisava beber muito para trabalhar. Precisou gastar quase tudo que ganhava em roupas, baladas, drogas e outros baratos afins que recompensassem seu imenso asco de viver. Com o tempo, conseguiu abrir uma janela para a fantasia. Sim, as putas também fantasiam — não com sexo, é claro, antes com sua ausência. Fantasiam com um mundo em que o amor é casto, um mundo em que os casais felizes e apaixonados, completamente vestidos, dormem em camas separadas, como em filmes antigos de Hollywood. Ginger Rogers e Fred Astaire. Aos poucos, foi ganhando destreza nessa passagem. Ia e vinha do mundo que criara como refúgio com a facilidade sonâmbula de quem levanta da cama à noite para ir ao banheiro.

As drogas ajudavam, é claro, e ela as usava de forma precisa e judiciosa, como um bom artesão maneja suas ferramentas de trabalho. Fumo para relaxar, pó para animar a festa, bala para simular entrega (bom para festinhas particulares, quando tinha de ficar com outras meninas), doce para ocasiões especiais. Havia ocasiões especiais, sim! Legítimas noites de champanhe e comemoração, geralmente alheias. A maioria das celebrações não exige a felicidade verdadeira, apenas sua aparência. Aliás, no comércio do corpo, não se compram intenções, apenas ações. Aqui se paga, aqui se faz. Jamilly era boa no que fazia e, com o tempo, foi conquistando alguma clientela fiel, que a paparicava. Para esses escolhidos, fixou seu cachê num valor de piso. Para os outros, pedia o dobro ou até o triplo. Chegou finalmente a um ponto em que pôde declinar de vez as propostas mais desprezíveis. Deixa esse negócio de catar gringo na praia para as calouras.

Dentre seus clientes constantes, houve alguns que se tornaram, senão amigos, pelo menos amistosos. Confidentes, conselheiros, companheiros. O principal foi Tuca, por cujo intermédio ela conseguiu realizar o sonho maior. Era graças a ele que estava ali agora, prestes a deixar para trás essa vida de Jamilly. Tuca tinha uns 50 anos, moreno claro, cabelos negros lisos quase sempre penteados para trás com gel. Tinha alguma coisa de índio, talvez a falta de pêlos no corpo, mas suas feições eram ibéricas. Parecia meio espanhol, meio cigano. Não era bonito, mas sabia ser cativante, com os olhos vivos e um sorriso safado de inúmeras noitadas. Vestia-se impecavelmente, quase sempre com ternos caros, e cheirava a perfume importado. Tinha dinheiro e sabia gastar. Tuca era traficante.

Conheceram-se na noite, por intermédio de uma colega dela. Ela procurou-o para comprar bagulho. Ele gostou da mercadoria e retribuiu o investimento. Não era o tipo de homem que ficava com garotas de programa por falta de opção. Ele conseguiria uma mulher comum, quantas quisesse, aliás, mas dizia preferir as prostitutas. Sabe-se lá por quê. Jamilly evitava analisar os motivos de seus clientes; parecia-lhe um passo próximo demais do envolvimento. Só sabia que Tuca era gente fina. Ganhava com ele praticamente o que gastava, mas as transações eram sempre efetuadas em dinheiro, de ambos os lados. Nada de escambo. Cada um possuía sua ética profissional. Além do mais, Tuca não era um traficante qualquer, tipo favelado. Atendia à elite e tinha postura de quem pertencia ao meio que freqüentava. Duas ou três vezes, chegou a levar Jamilly em festas e jantares de bacana, como acompanhante. Numa ocasião dessas, apresentou-a inadvertidamente a um cliente de ambos, que ela só conhecia como Samuel, mas que Tuca revelou ser sua excelência o doutor Samir de Souza Freitas, desembargador. Sua excelência permaneceu impassível enquanto Jamilly apertava a mão de sua esposa. Tuca contou depois que o pobre-diabo suava frio, de encharcar a camisa de seda. Eles riam muito toda vez que lembravam dessa história.

A virada em sua vida veio num final de tarde no apartamento do Tuca, em São Conrado. Jamilly se vestia quando o telefone tocou. Era um cliente dele. Tuca fez sinal para que esperasse ele terminar de falar antes de ir embora. Nem precisava pedir. Não somente estava faltando o pagamento, como caía uma chuva torrencial de verão, dessas de alagar rua. Ela não estava com a menor pressa. Enquanto passava uma escova no cabelo, ficou escutando a conversa dele, aos pedaços.

— Lamento muito, querido, mas não tem a menor condição.

Pausa.

— Eu sei que é sexta-cheira. Por isso mesmo! Você tinha que ter pedido antes.

Pausa.

— Sim, mercadoria tem. O problema é a entrega. Só amanhã, ou então se você vier aqui buscar.

Pausa.

— Aí eu não posso fazer nada.

Pausa.

— Você não está entendendo, querido. Todo o meu pessoal está na rua. Estou sozinho aqui. E com essa chuva...

Pausa.

— Não, não posso. De jeito nenhum. Tenho um compromisso que não posso faltar.

A cada nova fala, o semblante de Tuca ia ficando visivelmente mais nervoso. Mesmo abafada pelo fone e a distância que o separava dela, Jamilly conseguia perceber que a voz do outro lado estava aos gritos. Fitou Tuca com uma expressão curiosa.

Ele fechou a carranca, aborrecido. Não estava gostando de levar passa-fora diante dela. Subitamente, um lampejo atravessou seu olhar, iluminando o rosto inteiro. "Peraí um minutinho", ele disse ao telefone e, voltando-se para ela, perguntou:

— Jami, você vai pra onde depois daqui? Copa?

Ela confirmou que sim, com a cabeça.

— Você levaria uma mercadoria no Leme pra mim?

Jamilly raciocinou rápido, fazendo o balanço do potencial de perdas e ganhos. A caixinha registradora fez tim-tim. Novamente, meneou a cabeça que sim.

A parada era bem simples. Ela levava uma mochila e entregava no Leme, no endereço que Tuca indicara. Dentro da mochila, enrolado numa toalha, tinha um embrulho. Dentro do embrulho, duzentos papelotes. Como pagamento pelo serviço, ela ganhava dez papelotes. Tão simples assim. Moleza. E foi mesmo. Jamilly apanhou um táxi na porta do edifício do Tuca, onde havia um ponto. Chegou ao Leme em quinze minutos, desceu na porta de outro edifício, tocou o interfone, subiu, entregou a mochila para um mulatinho franzino, com cara de cheirado, recebeu um envelope lacrado e foi embora. Nem precisou entrar no apartamento. Nem foi convidada. No dia seguinte, levou o envelope para Tuca e recebeu em troca os dez papelotes. Tudo na maior firmeza, sem erro. Ainda aproveitou a viagem para faturar um programa com Tuca, que estava de ótimo humor.

— Você foi bem — ele disse depois.

— Já foi ruim, alguma vez?

— Não. Quero dizer, na entrega. Você foi bem, na entrega.

— Adorei. Posso fazer de novo?

— Vamos ver.

Naquela mesma noite, Jamilly revendeu todos os papelotes para as meninas com quem dividia o privê. Chegou a pensar em guardar um para ela, em fazer uma extravagância, mas entendeu que aquilo representava uma escolha de caminho, um divisor de águas em seu até então truncado destino. Dois papelotes equivaliam ao preço de um programa. Em menos de uma hora de trabalho, tinha faturado o valor de cinco programas. Cinco caras a menos para quem ela teria de abrir as pernas. Era bom demais para ser verdade. Sentira confiança no "vamos ver" do Tuca; pressentia que ele recorreria a ela de novo. O risco valia, sem sombra de dúvida, mas teria que se disciplinar. Nada de esbanjar a mercadoria. Continuaria a usar o mínimo necessário para suas finalidades profissionais, o mesmo de sempre; menos até, se possível. Tudo que faturasse com esses servicinhos extras, iria direto para o fundo de renda fixa. Pela primeira vez desde que chegara ao Rio, vislumbrou a possibilidade de guardar dinheiro suficiente para voltar para Santo Ângelo e comprar a casa sonhada. Decidiu-se ato contínuo: iria agarrar o sonho.

Na quinta-feira seguinte, Tuca chamou-a bem mais cedo do que de costume. Quando chegou ao apartamento dele, por volta de uma da tarde, o movimento estava em plena atividade. Três rapazes de uns dezoito, dezenove anos estavam sentados à mesa da sala de jantar enchendo e pesando saquinhos. Tuca presidia-os, cortando e misturando com paciente precisão dois montes de pó branco, aparentemente idênticos. Se não fosse tamanha a compenetração do grupo, daria a impressão de que eram meninos fabricando sacolé de frutas. Um quarto rapaz, que abrira a porta, ficou parado encarando o decote de Jamilly com um jeito de cachorro magro. Era baixinho, mas bonitinho. Dava pro gasto, ela pensou. Quando Tuca levantou os olhos da mesa e deparou com a cena, fuzilou curto e grosso, quase violento:

— Ô, Ceará, não pago você pra ficar olhando peitinho de mulher, não! Ainda mais mulher que não é pro seu bico. Deixa de ser mané, seu paraíba de merda!

Cabisbaixo, humilhado, o jovem voltou calado à mesa e reassumiu seu posto. Jamilly estranhou. Nunca tinha presenciado esse lado dele, durão. A ameaça sem disfarce na voz. Aliás, nunca vira Tuca interagindo com seus funcionários. Sempre que a chamara antes, estivera sozinho. Buscando um equilíbrio delicado entre sobriedade e sedução, arriscou:

— Oi, Tuca. Você mandou me chamar?

O traficante examinou-a de cima a baixo, como se nunca a houvesse visto, não com frieza mas com o distanciamento técnico de um diretor que avalia o figurino para uma filmagem.

— Chamei sim. Quero que você faça uma entrega para mim. No Centro. Você topa?

— Claro, Tuca. Topo sim.

— Mas tem que ir e voltar agora. Quero você de volta aqui antes das quatro.

— Deixa comigo.

Tuca ergueu-se da mesa e foi até o bar, de cima do qual apanhou uma bolsa de ginástica ostentando o logotipo de um curso de idiomas. Caminhou vagarosamente até Jamilly e entregou-lhe a bolsa, juntamente com um pedaço de papel no qual havia anotado um endereço na Avenida Graça Aranha. Beijou-a delicadamente nos lábios e recomendou com outra voz, a de sempre:

— Vai com cuidado, e volta rápido. Depois, você fica por aqui e a gente vai fazer um programinha. — Despachou-a com uma leve palmada na bunda.

A entrega transcorreu sem nenhum problema. Dessa vez, era um grande escritório de advocacia. Jamilly foi recebida no balcão de granito e aço escovado por uma moça de blusa branca abotoada até o pescoço, saia azul-marinho justa e cabelos pretos esticados rentes à cabeça e presos num comportado coque. Outra moça com o mesmo figurino e penteado, só que loura, conduziu-a até uma ampla sala de espera do outro lado de uma parede de blindex e perguntou se ela queria água ou cafezinho. Jamilly permaneceu dez minutos no frio do ar-condicionado, folheando a *Bravo!* do mês, até que uma senhora de meia-idade, com ar de professora primária, entrou no recinto para levá-la até a sala do doutor André. Atravessou um longo corredor atapetado, curiosamente vazio, e ingressou na pequena sala onde o advogado estudava uma tela de computador ao mesmo tempo que falava alto ao telefone. O doutor André tinha seus trinta e poucos anos e o olhar agitado de cheirador contumaz. Leves gotas de suor afloravam em sua testa, apesar do ambiente gélido. Gesticulava muito enquanto falava. Sem desligar o telefone, tirou um envelope pardo lacrado de dentro da gaveta e estendeu-o para Jamilly, que retirou o embrulho contido na bolsa e pousou-o sobre a mesa. O doutor André fez um leve sinal de reconhecimento com os olhos, levantou o dedão da mão esquerda em sinal de positivo e voltou o olhar novamente para a tela do computador. Compreendendo que a entrevista estava encerrada, Jamilly saiu da sala, fechou a porta e fez o caminho de volta para a entrada. Foi só isso. Às duas e quarenta, estava de volta no apartamento do Tuca. Tempo recorde.

O pagamento foi o mesmo da outra vez. Era um valor fixo, sem essa de comissão ou porcentagem, e o transporte não estava incluído. Mesmo assim, era vantagem para ela ir de táxi por questão de segurança. Tuca ficou bem contente com sua eficiência. Aquela noite, eles comemoraram com um jantar numa pizzaria da Barra, a convite dele. A nova relação de trabalho estava selada. Ele passou a chamá-la para fazer entregas com maior freqüência. Quase sempre, eram em escritórios no Centro ou residências em pontos nobres da Zona Sul. Jamilly levantava menos suspeita nesses lugares do que os rapazes que ele usava para seus serviços mais pesados. Ela passou a se vestir de modo mais sóbrio para as entregas, a fim de inspirar ainda menos desconfiança em secretárias e porteiros. Não que fosse preciso. Jovem, alta, alourada, de olhos claros, ela estava longe do *physique du rôle* que as pessoas de pouca imaginação atribuem ao mundo do tráfico. Ganhou pontos por isso, assim como por sua absoluta integridade na realização do serviço. Nunca pensou em abrir os embrulhos e muito menos os envelopes de dinheiro. Sem nem saber que estava sendo testada, passou ilesa por todas as provas de confiança que Tuca armava com certa freqüência para seus entregadores.

A parte de vendas era mais fácil do que jamais imaginara. Vendia para as colegas, para os clientes, até para amigos dos amigos. Devido às condições em que obtinha a mercadoria, podia vender por um preço um pouco abaixo do mercado. Essa informação logo correu de boca em boca e ela recebia encomendas até de pessoas que nunca tinha visto. Após as primeiras vezes, nunca mais precisou oferecer nada a ninguém. Os compradores vinham a ela. Na única vez em que foi pega vendendo — em decorrência de uma denúncia feita por uma putinha invejosa com quem se desentendera — livrou-se do flagrante pagando boquete para os dois policiais que vieram achacá-la. Ficou também sem a mercadoria, que eles roubaram. Depois disso, aprendeu a manter um perfil baixo e a selecionar os compradores. Passou a tomar mais cuidado. Mas a mercadoria se vendia sozinha, praticamente. Parecia que o Rio de Janeiro era um buraco sem fundo, ávido por ser preenchido por pó em quantidades cada vez maiores. Com o passar do tempo, acabou escoando tudo que conseguia para apenas dois fregueses: o Fofinho, que era chefe de segurança de um inferninho na Prado Júnior, e o Rafael, que era DJ. Ela sabia que ambos revendiam a mercadoria com ágio, mas não se incomodava com isto. Comprazia-lhe a idéia de ser atacadista... ou algo parecido.

Foram um pouco mais de dois anos assim. Com o dinheiro dos programas, Jamilly pagava suas contas, comprava tudo o que precisava e levava uma vida razoável. A renda extra, ela economizava. Nos períodos de alta, Tuca chegava a chamá-la até três ou quatro vezes por semana para fazer entregas. Nessas horas, ela pensava em largar os programas e viver só disso, mas logo percebeu que o movimento era cíclico. Dependendo da época, podiam se passar duas semanas sem nenhum serviço, já que Tuca era cuidadoso e gostava de variar os esquemas de fornecimento. Além do mais, aterrorizava-a a perspectiva de ser obrigada a retomar a vida que levava caso chegasse a parar por um tempo. Parecia-lhe que não teria coragem para começar tudo de novo, sem clientela estável e sem a disciplina mental necessária para suas fugas diárias. A mais cara ilusão de qualquer vício é justamente a crença de que se pode largá-lo a qualquer momento. O ex-viciado que reincide não compartilha nem mais desse pobre consolo, mas sabe, ao contrário, que trilha um caminho definitivo. Seu medo mais secreto era de que estivesse gostando da vida de Jamilly e que, ao parar, fosse obrigada a assumir para si mesma que queria voltar.

Após um ano como avião, o saldo da conta bancária já era suficientemente vultoso para que Jamilly pudesse começar a planejar a volta ao Rio Grande do Sul. Nesse ritmo, seriam mais dois anos, no máximo, até que acumulasse cem mil reais, o que bastaria para comprar a velha casinha da Rua Borges de Medeiros. Gostava de se imaginar sentada na varanda daquela casa, observando os passantes, conversando com o carteiro e os vizinhos, alimentando os cachorros magros que passassem pela rua, mandando solenemente a todos os outros que tomassem em seus provincianos cuzinhos. Especialmente àquele canalha do seu padastro, que lhe profetizara primeiro o destino de puta. Sim, ele teve razão. Ela acabou virando mesmo Jamilly, mas pelo menos nunca deu para ele, nem por dinheiro, nem à força, embora ele houvesse tentado os dois. Desejava-lhe uma morte dolorosa, com requintes de humilhação fisiológica.

Quem sabe, conseguiria abrir uma loja para os turistas que iam visitar as ruínas de São Miguel. Uma lojinha bonitinha, de preferência na Praça Pinheiro Machado, que vendesse artesanato local, queijos e vinhos, apetrechos para chimarrão, talvez coisinhas esotéricas e de decoração. A lojinha da Duda. Ela já via as colchas coloridas penduradas na parede, panos bordados empilhados, sentia o cheiro reconfortante do mate a penetrar nas entranhas da madrugada fria. Quem sabe, um dia, entrasse alguém em sua loja, alguém vindo de longe, talvez um estrangeiro, que soubesse reconhecê-la pelo que era, e não por aquilo que havia feito. Esses sonhos acalentavam-na nos domingos ensolarados de tristeza, ajudavam o tempo a passar mais rápido. E, a muito custo, o tempo passou. Agora, já na plataforma de embarque, faltavam apenas cinco minutos para o ônibus partir. Ela entregou a passagem e a identidade ao motorista, um mulato quarentão que se deteve inusitadamente no exame da carteira. O que será que esse aí vai inventar agora, pensou, encrespando-se preventivamente para mais um pequeno assédio.

— Maria Eduarda... é o nome da minha filha.

O sorriso doce que acompanhou as palavras desarmou suas defesas. Duda sentiu seus olhos se encherem de lágrimas, retidas no sorriso de cumplicidade devolvido ao homem que iria conduzi-la de volta ao lugar que era seu.

GRAZIELA, IPANEMA, 28.

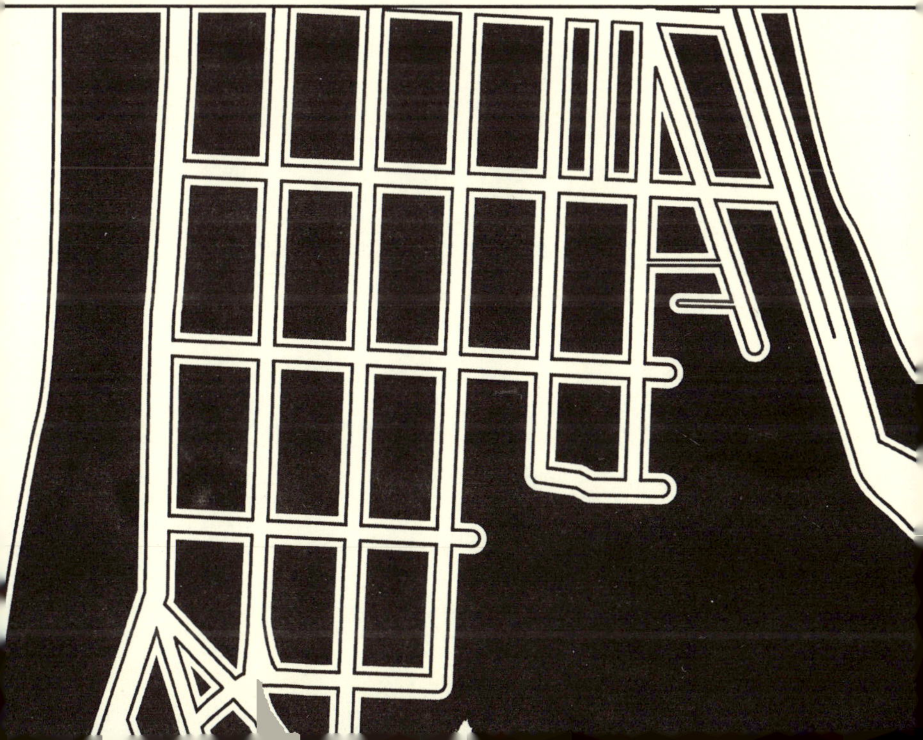

Sentada na beirada da jardineira da Rua Aníbal de Mendonça, Grazi deu um último trago no seu sétimo cigarro do dia. Esmagou a guimba sob a sola do mocassim verde-água. Odiava aquele sapato, que era obrigada a usar junto com a camisa rosinha-bebê de manga comprida e a calça cáqui, como todas as outras vendedoras. Aliás, detestava por inteiro o uniforme que a fazia parecer uma ode à Mangueira em tons pastel. Roupa de suburbana. Era bem verdade que ela morava no subúrbio, mas não precisava alardear o fato para todas as patricinhas de Ipanema. Faltava uma hora para fechar a loja, e ela já não agüentava mais. Pela enésima vez, pensou em pedir o boné. Pela enésima vez também, viu que não ia dar. Agora mais do que nunca, precisava ganhar dinheiro.

Sacou do bolso o papel cuidadosamente dobrado e pôs-se a reler as linhas mal traçadas na hora do almoço:

Cansei de entregar meu coração para você, Anselmo. Entreguei-o na Confeitaria Santo Amaro, por sobre um queijo quente e uma vitamina de morango. Entreguei-o de novo na Casa Cruz, entre uma pilha de envelopes pardos e vários cadernos das Meninas Superpoderosas. Eu que me achava superpoderosa naquele momento, acima da tristeza das pessoas comuns, acabei descobrindo que nosso amor era como aquele plástico-bolha que você gosta de estalar entre os dedos pelo puro prazer de ouvir o "ploc".

Ficou satisfeita com a analogia do plástico-bolha e, de modo geral, com o tom. As amigas sempre diziam que ela levava jeito para ser escritora. Devia ter feito faculdade de jornalismo, isso sim. Não estaria vestindo esse uniforme ridículo agora! De qualquer modo, a carta iria surtir o efeito almejado, com certeza, que era de levar Anselmo a sentir tanta culpa que se resolvesse finalmente a casar com ela. Era o mínimo que ele podia fazer depois de tanto tempo e de tantas mancadas. Comprazia-lhe especialmente o lado perverso da carta, que só ela conhecia: o fato de que era tudo mentira. Jamais entregara seu coração a Anselmo e nunca o faria. Dentro dos limites mais do que previsíveis de sua fraqueza pasmada, ele era confiável. Apenas isto, nada mais. Seria um provedor razoável e um bom pai, mesmo na eventualidade de que o filho não fosse mesmo seu.

— Grazi, estamos precisando de você aqui dentro.

A voz adocicada da Cláudia já começava a irritá-la. Desde que fora promovida a gerente, adotara esse arzinho superior, como se não fosse uma delas. Estava se achando com aquela cabeleira falsa loura de alisamento progressivo! Faça-me o favor! Pelo menos, seus próprios cabelos eram bons de verdade, mesmo sendo escuros. Cláudia não perdia uma chance de se identificar para as clientes como universitária. Assim mesmo.

Não dizia "sou estudante", mas "sou universitária". Administração na Estácio. Grande merda. Qualquer um pode se formar na Estácio; basta pagar a mensalidade. Com paitrocínio, é fácil. Agora, vinha chamá-la para voltar ao batente depois de quantos minutos? Cinco? Era muita folga! Aliás, era isto mesmo... *sua* folga, à qual tinha direito por lei. Ficaria mais uns minutinhos ali fora; a Cláudia que se danasse.

Seu pensamento voltou a Anselmo. Será que ele teria a coragem de não assumi-la quando soubesse que estava grávida? Seria possível, depois de quase cinco anos de namoro? Por que razão? Não tinha como ele ficar sabendo da história do Rafael, a menos que fosse pela boca do próprio. Quanto a isto, ela estava tranqüila. Rafael pertencia a outro mundo; jamais os dois iriam se cruzar. E, mesmo que viessem a se encontrar, que possível interesse teria o Rafa em revelar a verdade? Comi sua namoradinha, viu! Pode ser que o filho dela seja meu. Imagina! Aquilo ali não prestava uma vírgula, mas não era louco. A última coisa que ele queria era assumir qualquer responsabilidade. Negaria tudo mesmo sob tortura. De qualquer maneira, Anselmo era um tapado, nunca desconfiava de nada. Das outras vezes, fora igual. Todo o seu cuidado em apagar as pistas, em esconder os vestígios, havia sido absolutamente desnecessário. Um desperdício de talento, para dizer a verdade.

Mesmo assim, ela não pretendia deixar nada ao acaso. Sabia que Anselmo só agia sob pressão, ou melhor, reagia quando sentia que não existia outra saída. Ele sempre deixava tudo para a última hora; só pagava conta no dia do vencimento; pedia um tempo para reavaliar a relação uma semana antes do Carnaval, infalivelmente. Por outro lado, não suportava a perda de qualquer coisa que fosse. Quantas vezes assistira-lhe a comer goiabada Cica em lata, de cara amarrada (ele detestava goiabada), só porque viera na Cesta de Natal do sindicato? E aquele dia que perdeu cem reais na rua? Parecia que ia chorar de tanto desespero. Falou daquilo sem parar durante dois meses. Foi patético! O teste maior, ela fizera no ano passado quando ele veio com aquela conversa de dar um tempo no domingo antes do Carnaval. Disse curto e grosso que, por ela, poderiam dar um tempo definitivo. Acabaram passando o Carnaval na casa da tia dela em Saquarema, vendo desfile de escola de samba na televisão. Doce vitória!

Por isso tudo, havia bolado a estratégia da carta. Se chegasse para ele e simplesmente anunciasse a gravidez, estaria entregando-lhe o poder de decidir se queria ficar com ela ou não. Ele poderia pedir um tempo para pensar, e era aí que morava o perigo. Tinha que pegá-lo desprevenido, desarmá-lo emocionalmente, deixá-lo na defensiva. Como? Simples. Terminaria com ele, assim do nada. Pretexto é que não faltava. Ele não tinha a menor competência para esconder suas escapulidas, e ela nem se dava mais ao trabalho de saber quem ele andava pegando (contanto que usasse camisinha, né?). Isto não a interessava minimamente. Contudo, sabia que sempre havia alguém, alguma coleguinha do serviço ou mesmo uma piranhuda dessas que freqüentavam os bares onde ele bebia com os amigos. Era aquela velha história: ela não precisava saber por que batia, ele saberia por que estava apanhando. Aí viria falar com ela, arrependido, pediria perdão, juraria que só amava a ela. Naquele momento, entre prantos e repreensões ("Não encoste a mão em mim!"), ela soltaria a bomba-mor. "Anselmo, estou grávida!" Debulhar-se-ia em lágrimas, e ele cairia feito um patinho. Coisa de novela mexicana. Olé!

— Grazi! Cláudia está chamando você.

Agora era a chatinha da Luísa, com aquela cara de boneca assustada. Dava até pena de ver o terror miúdo em seus olhos arregalados. Como era possível ter tanto medo da ridícula da Cláudia? Deus que me livre e guarde! Era humilhante a forma que a Luísa se deixava mandar. Grazi acendeu mais um cigarro e pôs-se a considerar suas opções. Se ao menos pudesse contar com o pai, chutaria emprego e Anselmo, juntos, e tentava batalhar uma vida melhor. Mas o Jorge, para que prestava? Nem para ser chamado de pai! Desde que sua mãe o abandonara, resignara-se ao fracasso. Em algum lugar de sua fantasia, acreditava ser músico ainda. Noite após noite, retirava-se para o quartinho de empregada no fundo do apartamento, ao qual se referia pretensiosamente como "meu estúdio". Ali, instalara o velho teclado dos tempos em que fazia apresentações em bares de Niterói e da Tijuca, lá pelos idos de 1975, ou algo assim, antes dela nascer. Nem tocar, tocava mais ultimamente. Passava horas, dias, semanas tentando ligar o maldito pianinho a uma mesa de som que comprara em segunda mão de um colega na Rua República do Líbano. Sim, porque na vida real seu pai era balconista de uma loja de equipamentos de som. De músico mesmo, tinha apenas a carteirinha da Ordem.

Grazi mal se lembrava da mãe. Vagas memórias de infância — um cheiro suave, um calor distante — que ficariam sem rosto não fosse a foto no porta-retrato branco de cerâmica pousado sobre a estante de seu quarto desde sempre. A única que havia sobrevivido à fúria destruidora do Jorge, que fizera, segundo seu próprio relato, uma fogueira na área de serviço com as fotos da mulher que o trocara pelo incerto, deixando para trás a filha de um ano como lembrança constante. Grazi conhecia aquela foto de cor e salteado. Estudara-a milhares de vezes, confidenciara-lhe seus segredos de menina, arremessara contra ela suas mágoas de adolescente, espelhara nela suas angústias e desilusões de mulher. A mãe enigmática, silenciosa e bidimensional, congelada num único clique com seu exagero de gorro vermelho e cachecol xadrez e uma indisfarçável cara de irritação por estar sendo fotografada. Os cabelos pretos e lisos lembravam os seus, mas os olhos amendoados pertenciam a outra ascendência, a um mundo exótico e distante, cheirando a Oriente. Ela, Grazi, era a cara do Jorge, com seu nariz batatudo e sólida extração suburbana, fonte cotidiana e permanente de decepção a cada vez que se enxergava no espelho. Queria ter sido que nem a mãe, diferente o suficiente para conseguir abandonar tudo aquilo que lhe era familiar.

Longe de ser como a mãe, vira-se obrigada aos poucos a assumir o lugar deixado vago por ela. À medida que crescia, Jorge apressara-se em despejar sobre ela a carga de responsabilidade que nunca quisera para si. Aos cinco anos de idade, já tinha a chave de casa. Aos nove, preparava o lanche para os dois. Aos doze, pagava as contas e controlava as despesas. Aos quinze, arrumou um namorado motoqueiro de trinta que sentava na poltrona do Jorge e mandava-o comprar cerveja no botequim. Ela se comprazia em constatar a debilidade do pai, incapaz de confrontar o macho que ela colocara para dentro de casa, nem mesmo para pedir que fechasse a porta do quarto enquanto comia sua filha. Quando o macho se cansou dela e foi embora um ano e meio depois, Jorge nem ensaiou reassumir sua posição de homem da casa. Permaneceu no quartinho de empregada, dedilhando diariamente seu órgão ridículo, alheio a tudo e a todos. Após uma vida inteira sendo mãe de seu pai, Grazi se viu finalmente incumbida de ser também pai de si mesma. Botou ordem na casa e saiu em campo. Foi aí que encontrou Anselmo, em quem depositou sua frágil esperança.

Vai ver foi por tudo isso que ela cismara com o Rafa. Ele era músico ou, ao menos, algo parecido. Complexo de Electra total! A fantasia do pai que ela queria ter tido — descolado, esperto, seguro de si. Será que não havia nenhuma chance dele gostar da notícia, de assumir ela, ou pelo menos o filho? Pára de sonhar, garota! Aquilo ali não é pro seu bico. Ainda lembrava da primeira vez que o vira, quando o contratara para botar som em sua festa de aniversário, no Renascença Clube. Aqueles olhos verdes maravilhosos. Aquele corpinho sarado. Que tesão! O mais engraçado é que viera do Jorge a indicação. Rafa era freguês dele na loja; pediu-lhe um cartão para dar à filha. Ponto para o Jorge! Não soube ser pai, mas, em compensação, arranjou alguém para engravidar a filha. Mais uma figura paterna ausente, para completar o ciclo. "O mundo gira e a Lusitana roda." Tudo bem, batendo uma realidade, o Rafa nunca que ia assumir o filho, não de bom grado, mas bem que podia bancar a despesa para que ela tirasse a criança. Era uma. Plano B, caso Anselmo desse para trás.

A brasa do cigarro brilhava ardente no entardecer do dia cinzento. Grazi soltou uma longa baforada para o alto e contemplou a fumaça a subir. Excelente invenção, o cigarro. Ela adorava a sensação de poder que lhe dava ter um pedacinho de fogo entre os dedos. Deleitava-se com o breve sufoco ao puxar fumaça para dentro dos pulmões, seguido do alívio pleno da expiração. Apreciava, sobretudo, a clareza mental proporcionada pela nicotina. Após dois cigarros, tornavam-se mais precisos os contornos da situação. Nada de sentimentalismo. Nada de culpa. Não era ela a responsável por essa merda de vida em que nascera. Tinha que tomar o destino nas mãos, friamente, se não quisesse terminar igual ao Jorge. Vamos dizer que o Anselmo topasse a parada, que futuro poderia proporcionar para o filho dela? Ele, naquela vidinha medíocre de bancário, ralando para pagar o financiamento da Caixa. Ela, em casa, no mesmo Méier de sempre, cuidando da criançada. Depois do primeiro, viriam outros, provavelmente. Afinal, o que mais ela teria para ocupar seu tempo? Novela das oito? Fofocar com as vizinhas? Domingão na praia e pagode com churrasco, na melhor das hipóteses. Sentiu um calafrio percorrer-lhe a espinha. Não, definitivamente não dava! Precisava tomar alguma atitude drástica.

— Grazi. Vem cá, agora.

Era a Cláudia, autoritária, assumindo o personagem gerente de loja aborrecida. Foda-se ela. A voz simulando falsa urgência, respondeu:

— Já tô indo.

Cláudia ainda ficou parada na porta dois segundos, tempo suficiente para fuzilá-la com o olhar. Grazi tinha mais com que se preocupar do que a bronca da princesa universitária do Irajá. Administração na Estácio! Faça-me o favor! Olhou o relógio. Fazia dez minutos que estava ali. Melhor entrar. Não estava preparada para encarar o desemprego, pelo menos não hoje. A afobação toda da Cláudia era por causa de três freguesas. Duas delas, era a Luísa quem atendia. Meninas de Ipanema, quinze para dezesseis aninhos, assíduas da loja. Vinham quase todo dia, mas raramente compravam alguma coisa. Mesmo nessa tenra idade, já sabiam muito bem exigir tudo que queriam. Esta era a diferença entre a Zona Sul e o subúrbio, raciocinou Grazi, a consciência de possuir direitos infinitos contra o pavor diário de ter cobrada suas obrigações. A uns, tudo se dá; outros, sempre devendo. Não adiantava reclamar. O mundo era assim. O Brasil, pelo menos, era assim. Do resto do mundo, ela só sabia pelo *Fantástico* e o *Globo Repórter*. A terceira freguesa, ela não conhecia. Uma coroa, dessas bem tratadas e esticadas, cheirando a perfume francês (seria Cacharel?) e movida a filé de linguado e salada verde. Era elegante, tinha que admitir. Ao ver Grazi se aproximar do provador, Cláudia mal conseguiu conter seu ar de alívio. Só faltou jogar em seus braços as pilhas de saias e blusas que segurava, com nítida impaciência, anunciando para a coroa:

— Esta é Graziela, dona Yvete. Ela vai atender a senhora enquanto eu ligo para a outra loja.

Dona Yvete não perdeu seu tempo averiguando a troca da guarda. Continuou a se examinar no espelho, concentrada em ver se a saia acentuava ou disfarçava sua barriga.

— Me passa a 40, queridinha.

Claúdia, Luísa, Graziela... tanto fazia, chamaria a todas de "queridinha", imaginou Grazi. Despiu a 42; vestiu a 40. Contraindo a barriga, ponderou o resultado da mudança. Ela está um pouco velha para usar isto, pensou Grazi. A leve dúvida que atravessava a fronte impassível de dona Yvete seria imperceptível para a maioria das pessoas; para a vendedora, era a deixa que faltava para o coup de grâce. Farejou no ar o ponto vulnerável da presa. Com entusiasmo, ma non troppo:

— Vestiu tão bem!

Pela primeira vez, dona Yvete desgrudou o olhar do espelho e voltou-o para a moça que lhe atendia. Examinando-a rapidamente, imaginou perceber uma avalista à altura de sua confiança — pobre, porém de bom gosto. A expressão estampada no rosto de Grazi combinava em doses precisas franqueza inteligente e admiração ingênua. Aperfeiçoada em horas diante do espelho ao longo dos últimos anos, funcionava sempre a contento.

— Você acha mesmo?

Na medida exata, sem excessos nem floreios, Grazi cerrou os olhos e fixou um horizonte invisível, como se medisse algum detalhe imperceptível no reflexo de dona Yvete, depois os voltou ao encontro da interlocutora e confidenciou num sussurro:

— A senhora está mais jovem assim.

Contendo um sorriso levemente malicioso, aguardou que suas palavras surtissem o efeito desejado. Dava quase para ouvir a resistência da outra a ruir.

— Pode separar esta, que eu vou levar. E deixe-me ver aquela blusa azul.

Após duas blusas recusadas e uma certeiramente sugerida, Grazi havia conquistado a confiança de dona Yvete. Era fácil. Bastava identificar o perfil da compradora, entender o que ela desejava e, depois, encurtar o caminho. Após três anos de batalha, sabia que era boa vendedora, e essa consciência tornava-a mais segura perante gerentinhas como Cláudia. Afinal, era preciso reconhecer que ela vendia sempre mais que as outras. Dona Yvete gostava de falar, e Grazi sabia ouvir. Logo ficou sabendo que ela morava no Itanhangá, que procurava um conjuntinho para ir ao chá beneficente de uma amiga na quinta e, *last but not least*, que tinha um filho de 30 anos, bonitão. O que ele fazia? Tinha largado a faculdade de Direito. E agora? Trabalhava na noite, com festas. Como DJ? Achava que sim, não entendia dessas coisas. Como se chamava? Rafael.

Grazi fingiu não ficar sobressaltada com a informação. Será que era ele mesmo? Seria possível que o destino a colocava frente a frente com a futura avó de seu filho? Como era mesmo aquela reza para São Cipriano? Discretamente, procurou saber mais detalhes. Mudou de assunto. Mostrou conjuntos. Teceu elogios à elegância de dona Yvete. "Não me chama de senhora, querida; envelhece tanto." Entre uma saia e outra, aproveitando que a coroa estava diante dela só de calcinha, celulites à mostra, confeccionou confissões íntimas. Disse que estava terminando com o namorado, que tinha conhecido outro rapaz, que estava apaixonada. O problema era que seu pai não podia saber. Era muito conservador. Jamais poderia ter com ele uma conversa tão franca quanto estava tendo ali, agora, com aquela estranha. E a mãe? Ela não tinha mãe... nunca a conhecera. Permitiu que lágrimas enchessem seus olhos, mas reteve-as antes de caírem. No breve silêncio, abanou as chamas do calor humano que fazia amolecer o coração da velha.

Dona Yvete gastou mais de seiscentos reais em roupas, pelo menos metade dos quais para ajudar a vendedora, com quem tanto simpatizara. Além da comissão polpuda, deixou duas coisas bem mais preciosas para Grazi: seu telefone, escrito no verso do cheque, e a certeza de que era mesmo mãe do seu Rafael. Assim que se foi, a vendedora começou a matutar um plano. Tendo em mãos nome, telefone, CPF e RG, seria fácil descobrir o endereço da casa. Com isto, escreveria uma carta chorosa à mãe dele, declararia amor ao filho e ao neto ainda por nascer, proporia exame de DNA. Rafael ficaria totalmente insensível, é claro. Aí, o golpe de mestre: iria pessoalmente falar com dona Yvete. Ao ver quem era a aventureirazinha, a velha não podia deixar de ficar balançada. Entenderia tudo, que era seu filho o homem que havia desgraçado a vida da pobre menina sem mãe. Na melhor das hipóteses, talvez quisesse adotar a criança. No mínimo, pagaria o aborto e lhe daria dinheiro para abafar o caso. De início, ela recusaria, chocada. Diria que preferia ficar com o bebê, a qualquer preço, mesmo passando dificuldade. Depois, sucumbiria ao bom senso e à experiência de dona Yvete. Não seja tola, menina. Você é jovem, precisa viver sua vida. Debulhada em lágrimas, sucumbiria à proposta indecente. Quanto valeria a superação de seu desgosto amoroso e sua moral católica? Dependia do grau de recato que ela conseguisse passar de antemão. Agora, sim! Progredia de novela mexicana para uma trama digna de novela das oito. Melhor assim.

Grazi saiu animada da loja. Afinal, um plano digno de seu talento. Se conseguisse triunfar nesse primeiro papel, talvez até se dedicasse à carreira de atriz. Por que não? Tanta lourinha burra fazendo tevê. Ela era o contrário. Podia não ser especialmente bonita, mas levava jeito para a coisa. Com o dinheiro da dona Yvete, poderia fazer um curso de teatro. Tinha certeza que logo se destacaria dentre as demais. Cheia de energia, resolveu-se a caminhar até Copacabana, onde pegaria o 455 no ponto final. Não estava disposta a ficar trocando de ônibus hoje, e assim ia sentada. Além do mais, gostava de caminhar pela Visconde de Pirajá. Teria algum comércio aberto, apesar da hora adiantada, e ela não estava com pressa nenhuma para chegar ao Méier. O início de noite ainda era claro, por causa do horário de verão, e o ar aveludado de novembro parecia acariciar-lhe a pele. Grazi evoluía efusiva pela calçada, embalada pela alegria de seu novo sonho de vida. Cruzou com uma menina a caminho da academia, com o rabo-de-cavalo alourado a balançar ritmicamente de um lado para o outro. Geralmente, evitava olhar as patricinhas de Ipanema, para não ser esnobada, mas, para sua surpresa, esta reduziu o passo e lançou-lhe um sorriso de cumplicidade, como se fossem amigas, ou ao menos colegas de academia. Grazi sentiu, em seu íntimo, que sua sorte começava a mudar.

Na altura da Praça Nossa Senhora da Paz, resolveu atravessar a rua para dar uma espiada no Fórum de Ipanema, namorar as vitrines da Bumbum e da Yes, Brazil. Na sua ânsia de aproveitar o sinal fechado, não reparou no carro que dobrava a toda velocidade a esquina da Rua Maria Quitéria. Ouviu primeiramente a freada, depois a buzina e recuou o corpo apenas a tempo de não ser atropelada pelas rodas enormes do Pajero preto. Seu antebraço chegou a ser atingido pelo espelho retrovisor, que fez um estalo audível ao se chocar com o osso. Grazi permaneceu parada na calçada por um longo instante, segurando o punho atingido com a mão esquerda e tentando recuperar seu fôlego interrompido pelo susto. Seu corpo todo tremia e o coração batia com tamanha intensidade que mal ouviu as invocações da meia dúzia de transeuntes que se juntaram em torno dela para indagar se estava tudo bem. Apenas meneava a cabeça que sim, tentando responder aos fragmentos discursivos que lhe chegavam até o interior da mente. "Esses motoristas... bem... você consegue... não têm respeito... coitada... ajudar... anotar a placa... espaço, gente... calma, respira, calma... tudo bem, querida, tudo bem." Apareceu entre suas mãos uma garrafinha d'água, que ela bebeu obediente, e um banquinho de madeira sobre o qual foi sentada, antes que desmaiasse.

Teria perdido a consciência? Não saberia dizer. Após alguns minutos, voltava a si. Um senhor de meia-idade quis acompanhá-la até a farmácia, para tomar alguma coisa, mas ela disse que não, que estava melhor e podia ir sozinha. A essa altura, já eram mais de dez pessoas prestando socorro, e tudo o que Grazi queria era se afastar dali. O choque inicial já passara, dando lugar a um vago senso de vergonha de ver a pena que inspirava aos outros. Despediu-se da comitiva improvisada e retomou seu caminho. Pensava mesmo em entrar na primeira farmácia, embora não tivesse muita certeza para quê. Devia ter uma entre a Vinicius e a Farme. Na metade do quarteirão seguinte, sentiu uma pontada aguda no abdômen. Depois, outra.

A dor forte obrigou-a a estacar no meio da calçada. Curvou-se um pouco, levando as mãos à barriga, e assim permaneceu por alguns segundos. A dor passou. Retomou os passos. Mais dez metros, outra pontada, ainda pior. Depois, outra, e mais outra. Grazi arrastou-se até a Livraria Letras & Expressões. Passou apressada por entre as pessoas que vasculhavam revistas e subiu sorrateiramente até o banheiro do primeiro andar. Quando desceu, cerca de quarenta minutos depois, lívida e cambaleante, já não era a mesma de poucos quarteirões atrás. Acabava de deixar em Ipanema seu sonho de uma vida melhor.

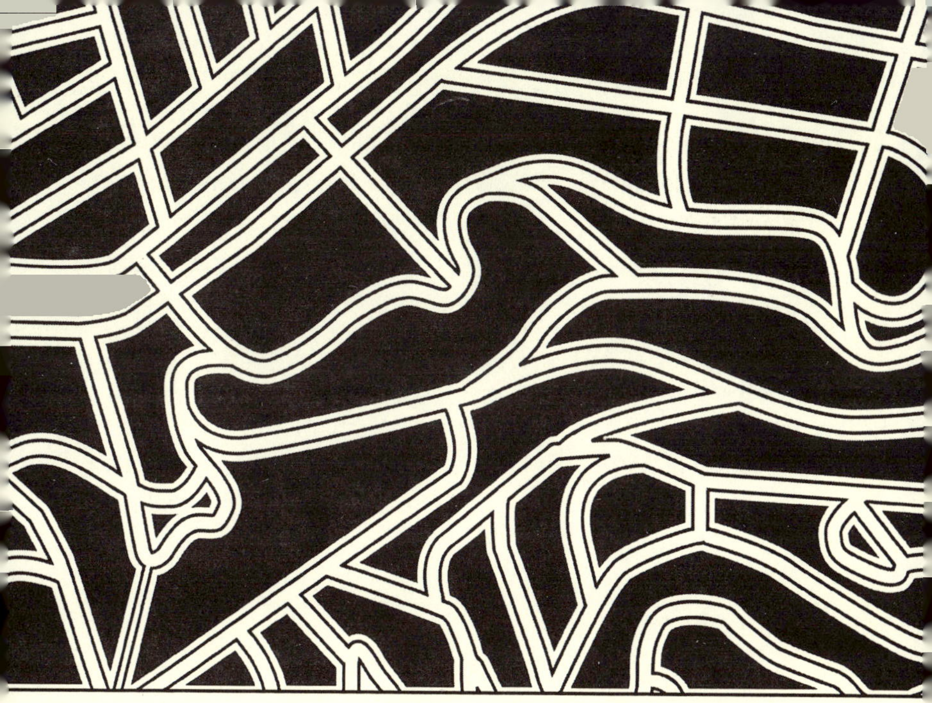

ROSANA, ILHA DO GOVERNADOR, 50.

No acostamento do viaduto, um carro parado. Uma figura solitária acena. É um homem. O que ele quer? Que se passe ao largo? Será que o carro está enguiçado? Nenhum triângulo de aviso à vista, mas isto é normal. Será que está pedindo socorro? Sim, é ajuda que ele pede, com certeza. Socorro! Socorro! Agita os braços, nervoso, como aquele boneco biruta de posto de gasolina. Os carros em velocidade ignoram o sujeito. Rosana reduz um pouco para ver melhor. O automóvel é um Audi grafite, reluzente, placa de Curitiba. É um senhor de meia-idade, de terno cinza, boa aparência. Hoje em dia, isto não quer dizer nada. Pode ser um truque, um assaltante. Mesmo assim... Ela diminui bem. Aproxima-se devagar. Examina melhor a figura. Cara de estrangeiro. Cinqüentão. Boa-pinta. Porte atlético. Até bonito, os cabelos prateados fazendo um belo contraste com a pele queimada de sol. Fixa-lhe o rosto. A boca forma uma palavra, inaudível por cima do barulho viário, mas clara, inteligível, gritante. "Socorro!" Algo nos olhos. Um quê de desespero.

Toca-lhe a alma. Lembra alguém conhecido. Quem? Seu avô Vito, claro. Alfineta-lhe a consciência. Perdera o enterro porque passava o carnaval em Petrópolis. Naquele tempo, não havia nem telefone em casa, muito menos celular. A chance de saldar a dívida antiga. Rosana pára o carro, subitamente. Baixa o vidro uma fresta. "Está tudo bem?", pergunta, tímida. "Pelo amor de Deus, deixe-me entrar", vem a resposta. Aquela voz, rouca e italianada. Ressoa em algum lugar distante. Dilacera seu coração. Sente uma cumplicidade inexplicável. Num impulso, destrava as portas. Em menos de um instante, ele está dentro do carro, sentado ao seu lado. "O que houve?", indaga agitada. Entre comando e súplica, o estrangeiro vocifera: "Dirija! Dirija, por favor!" Agora, não há mais outra coisa a fazer. Ela dirige.

O estranho recosta-se no banco de passageiro e fecha os olhos. Sorrateira, Rosana fita-o de esguelha. Embora visivelmente aliviado, permanece em sua face uma expressão contrita de dor. Prosseguem em silêncio seu caminho conjunto, logo deixando para trás a Ilha do Governador. Deve estar vindo do Galeão, especula. Vai ver chegou agora, há pouco, de viagem. Alugou um carro, dirigiu alguns quilômetros, começou a se sentir mal. Pudera, com esse calor! Será melhor levá-lo a um hospital? Difícil saber, sem perguntar. "O senhor está passando mal?" Nenhuma resposta. Ele permanece de olhos fechados, respirando em silêncio, como quem descansa após uma longa jornada. Parece dormir. Tomara que não tenha de levá-lo ao hospital. Não tem tempo para isso. Precisa pegar a loja de noivas aberta. Até chegar à Presidente Vargas, estacionar o carro, caminhar do estacionamento à Rua do Ouvidor... trinta minutos. O tempo contado. Nem um minuto a perder.

Juliana jamais iria entender. Não, mamãe, não consigo entender como a senhora pára no meio da Estrada do Galeão para socorrer um estranho, colocando em risco sua própria vida. Sim, porque vamos combinar, não se faz uma coisa dessas no Rio de Janeiro hoje em dia, com seqüestro relâmpago, bala perdida, guerra do tráfico, blitz falsa. Ainda por cima, no dia antes do meu casamento! Sabendo que estou contando com a senhora para buscar as plaquinhas de porcelana pintadas que vamos oferecer aos convidados como brinde e que só ficaram prontas em cima da hora, no dia em que a loja não tem como mandar entregar porque a perua deles está na oficina e as caixas não podem vir sacolejando de moto. Ah, mamãe, francamente! No fundo, só pode ser porque a senhora é contra meu casamento com o Júnior. Já não tenho mais a menor dúvida. A senhora nunca escondeu a antipatia por ele, mas nunca pensei que chegasse a esse ponto. De prejudicar a própria filha, por puro egoísmo. Isto é perseguição. A verdade é que a senhora sempre preferiu o Julinho... e assim por diante. Rosana já imaginava o discurso todo; Juliana jamais iria entender.

Não era que ela antipatizasse com o Júnior. Nada disso. É verdade que achava ele um grosso, sem educação. Como o pai, aliás, pensando que podia passar por cima de todo mundo só porque era irmão de bicheiro. E vereador... em Caxias, ainda por cima! E olha que eles nem moravam em Caxias, mas na Ilha mesmo. Eram vizinhos de rua. Não morria de amores pela família do futuro genro. O pai empreiteiro, novo-rico, bronco, arrotando grandeza, gabando-se dos conchavos políticos escusos. Autoritário até no nome: Júlio César. A mãe, aquela perua oxigenada, enfeitada de dourados. Deise Samara. Ex-cantora evangélica de São Gonçalo. Agora, alçada à condição de socialite da Zona Norte, disputando espaço na coluna social de *O Dia*. Sempre a exibir aquela bunda imensa em saias apertadas demais. E o pior é que todos os homens olhavam para a bunda gorda dela, inclusive o Valter, seu marido — o paspalho. Nunca mais lhes dirigira a palavra depois daquele episódio do churrasco que ofereceram para inaugurar a piscina nova. Aquilo não era forma de se tratar uma mulher como ela, de família tradicional da Ilha. Durante sete anos, não mais lhes dirigira a palavra... até que fora obrigada a fazê-lo no dia da festa de noivado da Juliana. Aí, não teve jeito. Tinha outro jeito? *Noblesse oblige*, como diziam as freiras do Sacré Coeur.

O problema é que ela tinha certeza que Juliana não amava o Júnior. Não podia amá-lo. Não era possível. Como a sua única filha poderia amar um homem que era bruto, que a destratava diante dos outros, que a fazia sofrer? Quantas vezes não enxugara as lágrimas dela, queixosa de que Júnior não ligava, ou saía com os amigos para a farra, ou então desconfiada de que a traía com outras? Quantas vezes? Eram tantas que perdera a conta! Não aceitava ver a filha casada com um homem assim. Que não a amava. Que não a faria feliz. Desconfiava que Juliana estivesse deslumbrada pelo dinheiro deles, pela ilha em Angra, pelos barcos, pelos carros importados. Mesmo sendo mãe, não podia deixar de reconhecer o traço mercenário da personalidade da filha. Desde pequena, fora assim: fascinada pela riqueza, pelo luxo, pelo poder. A vida como uma novela das oito. Juliana sempre desprezara as mocinhas das tramas e torcera pelas vilãs. Quanto mais alpinista social, mais ela se identificava. Desde pequena.

A respiração do estranho torna-se ofegante. Permanece de olhos fechados. Continua dormindo, aparentemente. Um sono conturbado. Murmúrios. Vira violentamente a cabeça de um lado para o outro. Deve ser um pesadelo. Espera aí. Sua boca começa a espumar. Uma baba esquisita, esverdeada, brota-lhe dos lábios. Rosana sente um aperto no estômago. "O senhor está bem?" Nenhuma resposta. Sem perceber, ela pisa mais forte no acelerador. O homem começa a engasgar na baba. Seu corpo projeta-se para a frente em pequenos espasmos involuntários. Um, dois, três, quatro... ah, parou, que bom... não, cinco espasmos, que se fazem acompanhar de engulhos. Uma tosse surda e sincopada toma conta de sua respiração, preenchendo o ambiente fechado do carro, ecoando impossivelmente nos bancos estofados. Rosana sente o sangue pulsar em suas têmporas, viscoso e dolorido, como uma trilha sonora de filme de terror. Concentra-se na direção, evitando atentar para seu passageiro, impelindo o carro para a frente na Linha Vermelha. Passa o pavilhão de São Cristóvão à direita; deixa à esquerda o Cemitério do Caju. Quando olha de novo para o lado, de relance, percebe a mudança. Quietude. A tosse parou. O estranho parece não respirar mais. O ambiente se enche de um odor morno e enjoativo. Ela engole em seco e relaxa ligeiramente a pressão do pé no acelerador.

"O senhor está bem?" A pergunta soa-lhe estridente e estúpida no silêncio ensurdecedor do carro; fica pendurada no ar como uma acusação. É só o que faltava, mamãe! A senhora me socorre um gringo perdido em plena Linha Vermelha, e ele morre no carro! E agora, Rosana, e agora? Ajudai-me minha Nossa Senhora Auxiliadora! Valei-me, Sagrado Coração de Maria! As preces não são pronunciadas em voz alta, mas ressoam em sua cabeça como imagens refletidas ao infinito numa galeria de espelhos, o desenho das letras imprimindo-se no tecido nervoso de sua própria carne. Calma, calma, calma, calma. O que fazer agora? Hospital? Delegacia? Não, delegacia não! Ela sabe que não dá para confiar na polícia. Afinal, foram policiais que vieram buscar seu irmão naquela longínqua manhã em 1982. Jorginho. Nunca mais voltou. Sua mãe sempre falou para ele não se meter em política de sindicato. Disseram que ele morreu numa tentativa de fuga. Pois sim! As visitas ao IML para reconhecer o corpo. Depois, ao prédio da Rua da Relação para a entrevista na corregedoria. Acompanhando sua mãe, inconsolável. Deu para conhecer bem como eram os policiais. O caso arquivado. Ficou por isso mesmo. Não, delegacia não. Nunca mais! Ia acabar sobrando para ela, ainda mais que o documento do carro estava vencido. Valter não fizera a vistoria para não pagar as várias multas por falar ao celular enquanto dirigia. Mês que vem a gente paga, dissera. Deixa passar o casamento da Juliana, essa despesa toda.

Poderia abandoná-lo no hospital. Passava em frente ao Souza Aguiar e o empurrava para fora, sem ao menos parar o carro. Alguém haveria de acudi-lo. E se ele não estiver morto? Poderia se machucar ainda mais com a queda. Aí seria homicídio. Não. Mesmo morto, não ia dar certo. Final da tarde, trânsito lento, dezenas de transeuntes. Haveria testemunhas. Alguém anotaria a placa, com toda a certeza. Seria pior. Aí é que ela não escapava mesmo dos policiais. Seria achacada para o resto da vida. Além do mais, não existia a menor dúvida de que estivesse morto. Aquela tosse. Aquele cheiro. Aquele silêncio. Já é quase como se não tivesse mais ninguém no carro, apenas uma enorme bolsa cheia de carne estragada. Não deixa de ser. Não é uma pessoa; é uma coisa sem vida. Ai, minha Nossa Senhora! Ave-Maria, cheia de graça, o Senhor é convosco, bendita sois vós entre as mulheres... cruzes, quase perco a saída! Rosana desce o viaduto para a Presidente Vargas, seguindo o trajeto para a loja de noivas. É claro que já não vai mais. Mesmo assim, segue caminho. Algum caminho tem que seguir.

Alguma coisa vai ter que fazer para se livrar do corpo. Melhor dizendo, do cadáver. Desovar um cadáver. Parece fala de filme policial. Nunca na vida imaginou que fosse passar por essa. E no dia anterior ao casamento da filha. Juliana jamais iria entender. Onde estava mesmo? Ah, sim... entre as mulheres. E bendito é o fruto de vosso ventre, Jesus. Santa Maria, Mãe de Deus, rogai por nós pecadores, agora e na hora de nossa morte. Amém.

A hora de nossa morte! Minha Santa Efigênia! Passa a Prefeitura, o Sambódromo, a Central do Brasil, o Campo de Santana. O carro segue a trilha de viagens passadas, como um cavalo que conhece o caminho de casa. A mente de Rosana vasculha febril a memória em busca de um porto seguro. Continua na pista central até a Candelária, faz o contorno, pega a Primeiro de Março, entra na Visconde de Inhaúma, sobe a Marechal Floriano. Que roteiro é esse, inusitado e ao mesmo tempo tão familiar? Qual recanto obscuro do passado a conduz a um destino ainda nebuloso? Ela não sabe bem para onde se dirige, mas tem certeza de que já está a caminho. De onde? Do refúgio, ora! Um pouco antes do Centro Cultural da Light, um pequeno anúncio luminoso desperta sua atenção, desses pirulitos que encimam as placas de indicação de rua. Hotel San Diego, Rua Senador Pompeu, 190. Meu Deus! O velho e bom Hotel San Diego! Ainda existe. Aleluia! Rosana firma a empunhadura no volante, insensivelmente, pisa de leve no acelerador e continua o caminho de volta para a Central do Brasil. Obrigada, minha Santa Efigênia, obrigada!

Hotel San Diego. Quantos anos fazia? Vinte? Mais de vinte? Deixa ver: Julinho devia ter 6 anos à época, e Juliana 4. Então é isto: vinte e um anos. Ela trabalhava na Embratel, ali na Alexandre Mackenzie. Eram colegas de equipe, ela e Felipe.

Saíam sempre juntos para almoçar no Sentaí ou no Bar do Jóia. Até o dia em que resolveram deixar de lado o almoço, aproveitando para dar uma escapadela até o San Diego. Foram no carro dele, rindo muito, os corações disparados, como dois colegiais fazendo gazeta. Como era gostoso o Felipe. Carinhoso, cheiroso, doce e ao mesmo tempo másculo. Cheiro de macho, jeito de macho. Abraçava-a forte e deslizava delicioso por cima dela, para dentro dela. Nossa Senhora Santíssima! Só de lembrar, já era pecado! Seu corpo estremecia todo de prazer. Nunca fora assim com o Valter, nem no começo quando namoravam. Depois que nasceram as crianças, então, a coisa degringolara de vez. Àquela altura, quando conheceu Felipe, ele nem a procurava mais. Fazia meses que não transavam. Ela pouco se incomodava. Não fazia mesmo muita falta. Com Felipe, tudo isto mudou. Desde a primeira vez que ela se viu espelhada nos olhos negros dele, que sentiu seu desejo a arrepiar-lhe a pele, sabia que queria entregar-se a ele, recostar sua cabeça contra o peito liso que apenas adivinhava por baixo da camisa entreaberta, colar seus lábios nos lábios dele. Era uma sensação incômoda, ameaçadora e ao mesmo tempo inebriante, a que ela resistiu por meses, durante muitos almoços, até que se sentiu pronta para se entregar. Felipe era paciente; soube esperar. Até aquela noite quente de janeiro, fritando bolinho na cama (vira para um lado, vira para o outro), quando ela finalmente tomou a decisão. No dia seguinte, conheceu o Hotel San Diego e o quinhão de amor a que teve direito nessa vida.

O que será que acontecera com Felipe? Fazia pelo menos uns dez anos que não tinha notícias dele. Sabia que continuava casado, como ela. A última vez que se cruzaram foi no Jardim Zoológico, ela com Valter e as crianças, ele com a mulher e os dois filhos. Nem chegaram a se falar. Apenas um sorriso cúmplice de reconhecimento e um leve aceno de cabeças. Ocupado em receber o troco do picolé, Valter nada percebera. Isto, já fazia uns quinze anos. Muito tempo depois, soube por uma amiga em comum que se mudara com a família para o interior de São Paulo. Para Pindorama, ou Amparo, ou algum buraco assim. Depois disso, nunca mais soube de nada. Ficou apenas a lembrança, devidamente arquivada, compartimentada. Alocada em um espaço discreto de sua geografia afetiva, tão escondida do roteiro usual de sua vida quanto o Hotel San Diego, encafurnado no estardalhaço poeirento de caminhões e gente da Senador Pompeu.

Aproximando-se da Central, dobra à direita. Em meio à confusão de ônibus e vans, Rosana calcula as chances de pegar o sinal aberto. Se o carro da frente andasse logo, ela alcançaria o cruzamento a tempo. É uma mulher num Celta com um plástico de Hello Kitty colado na traseira. Deve ter filhos pequenos. Por que ela não anda? Tem um espaço enorme à sua frente. Vamos, Hello Kitty, vamos! Se você não está com pressa, eu estou. Finalmente, a outra começa a avançar. Uma van vai se enfiando na frente, e a Hello Kitty freia para dar passagem. Não é possível! O sinal já está amarelo. Vamos! A van arranca e Hello Kitty segue atrás hesitante. Anda, anda! O sinal fica vermelho. Fura, fura! Vai, fura, que eu furo também. O Celta freia bruscamente para dar passagem aos pedestres. Hello-Kitty-filha-da-puta!

Rosana fica emparedada entre um táxi e um ônibus, exposta ao olhar indiscreto de qualquer curioso. Dezenas de pedestres se espremem entre os veículos para atravessar. A poucos metros de distância, surge um guarda de trânsito tentando colocar ordem na bagunça; ele orienta Hello Kitty a dar ré para desocupar a faixa. Alguns apressados contornam o carro, a fim de ultrapassar a massa. Tensas, as mãos de Rosana apertam o volante. Ela cerra os dentes com força. Abaixa os olhos para não cruzar com o olhar de ninguém. Toc, toc, toc! Que susto! Alguém bate no vidro, causando nela um sobressalto que talvez seja apenas interno, talvez visível. Ela já não sabe mais dizer. Eleva o olhar devagar, temendo encontrar o guarda, mas depara apenas com um menino vendendo bala. Checa automaticamente se os vidros estão fechados, as portas travadas. Meneia a cabeça que não. O menino ainda insiste, examina atentamente o interior do carro, o morto ao seu lado. Ela prende a respiração. A decepção no olhar; nada de valor. Ele volta as costas para o carro e segue adiante. O sinal abre, finalmente. O emaranhado de carros avança devagar, e Rosana ingressa na terra prometida da Senador Pompeu, ainda rodeada de caminhões e entregadores a empurrarem carrinhos de mão. Poucos metros à frente, a visão do Hotel San Diego reacende a esperança. Graças ao bom Deus!

Na entrada da garagem, recebe a chave de um porteiro treinado para se abster de olhares indiscretos. Sua expressão, entrevista de relance, revela o tédio característico de quem freqüenta motéis apenas para ganhar um mísero salário mínimo. Mesmo assim, Rosana teme que a combinação de óculos escuros e mão trêmula seja o suficiente para despertar alguma suspeita. Mal sabe ela, a única tremedeira que preocupa o porteiro é a da própria mão, em sôfrega antecipação de sua quinta dose de genebra do dia. Pega a chave. Estaciona o carro. Desliga o motor. Solta o cinto de segurança. Permanece sentada no silêncio escuro da garagem, sorvendo a sensação deliciosa de seu primeiro suspiro de alívio desde a hora em que resolveu parar o carro na Estrada do Galeão. Olhando para o relógio, surpreende-se ao se dar conta de que não faz mais de vinte minutos que tudo isto aconteceu. Parece uma vida. Recosta-se no banco. Descobre-se banhada em suor, apesar do ar-condicionado. E agora? O que fazer? Ela não raciocinou além deste ponto.

Lenta e deliberadamente, como se o esforço lhe custasse toda a aplicação que um atleta contundido dedica à fisioterapia, Rosana gira o corpo para a direita e encara o ocupante do banco de passageiro. À exceção do rastro de saliva opaca que lhe escorre queixo abaixo, parece dormir tranqüilo. Estende a mão e, pela primeira vez, toca-lhe o rosto — de início, a testa com o dorso, depois a lateral do pescoço com a ponta dos dedos, como quem checa uma febre. A pele fria e úmida não deixa dúvida. Um forte arrepio sobe-lhe a espinha, sacode-lhe o corpo, como que transmitindo sensivelmente a textura daquela ausência. A morte chega pelas mãos. Rosana contém o choro, susta o grito, prende mesmo o espirro que ameaça se formar no espaço entre sua respiração ofegante e a dor que lateja insistentemente atrás de seus olhos. Bem que o Valter podia ter pago as multas e feito a vistoria. Bem que o Julinho podia estar lá para ajudá-la a carregar o corpo. Bem que a Juliana podia entender que ela era humana e frágil. Mas, Valter era um paspalho, sempre foi. Julinho nunca estava lá quando precisava. Juliana jamais iria entender. Por que não? Por que não, hein? Não lhe devia a vida, o parto, o peito, o sustento? Naquele momento, sente ódio de Juliana, sua única e ingrata filha. Secretamente — tão secretamente que o negaria se a idéia não passasse por sua mente numa fugacidade aquém de qualquer registro — chega a desejar que fosse ela morta ali do seu lado. Aí, sim, dançaria feliz a dança da vitória. Pensamento renegado. Rogai por nós, Santa Mãe de Deus.

Rosana desce, dá a volta no carro e abre a porta, metódica e decidida como uma secretária executiva. Toma os pulsos do morto entre as mãos e tenta arrastá-lo para fora do carro, mas o estranho não se move com facilidade. Maldito italiano, deve pesar mais de oitenta quilos! Também, com esse tamanhão todo! A essa altura, Rosana já resolveu que seu defunto era mesmo italiano. Era, ou é? A gente continua tendo nacionalidade depois que morre? *Scusi, Lei è italiano?* Lança mão do italiano rememorado da infância e dos filmes de Fellini na adolescência. Seu defunto (sim, é seu, por que não?) nada responde. *Perchè non parla, signore prosciutto?* Ela ri, internamente, da piada e da situação. Fita-lhe o rosto. Até que seu defunto era bonito. Suas mãos lembram as do Felipe. Quem sabe, se tivessem se conhecido em circunstâncias melhores? Rosana não resiste à tentação de alisar-lhe os cabelos grisalhos. São macios e surpreendentemente viçosos. Dizem que os cabelos continúam a crescer durante meses.

Vencendo a repulsa, abraça-lhe o tronco, entrelaçando as mãos por trás de suas costas, e dá um primeiro puxão. Mal o ergue do banco e ele volta à mesma posição de antes, assim que ela pára de fazer força. Outro puxão, mais forte, termina com um resultado ainda pior, já que seu pé desliza e faz o joelho se chocar contra a borda do carro. Dor, latejando, o corpo confirmando a realidade em meio a tanta bizarrice. Machucada e cansada, Rosana deixa-se largar abraçada ao peito do defunto, estranhamente acolhedor. Depreende-se dele o odor perfumado em excesso da riqueza. É sedosa a sensação da gravata contra seu rosto, e ela roça a bochecha de leve na aspereza do linho do paletó. Por um breve instante, é bom estar ali. Mas, não, não pode. Agir, agir, reagir. Agarrando-se com toda a sua força ao estrangeiro, deixa seu corpo pender para trás e vai deslizando banco abaixo aos poucos, até que desmorona para fora do carro e dá com o traseiro no chão. O tronco do estranho fica em balanço por um instante, suspenso no limiar entre o dentro e o fora, e finalmente se esparrama sobre o corpo dela, imprensando-a entre o carro e o canto da garagem estreita.

Presa, apavorada, Rosana se debate sob o corpanzil morto, lutando para se desvencilhar a todo custo. Creio em Deus Pai, creio em Deus Pai, creio em Deus Pai Todo-Poderoso! Apesar da invocação, o italiano permanece sobre ela, o rosto enterrado inconvenientemente entre seus seios, os sapatos elegantes ainda enganchados na porta do automóvel. Sente falta de ar. Um princípio de pânico. Isto é que é o peso da responsabilidade. Pensamento improvável. Lembra-se que a loja de noivas já deve estar fechando. O desespero monta. Ela se põe subitamente a chorar. Como é possível que tenha vindo parar aqui? Deitada no chão da garagem do Hotel San Diego debaixo de um defunto? Está tudo errado, está tudo errado em minha vida! Ai, minha Nossa Senhora Auxiliadora! O que eu fiz para merecer isso? As lágrimas já vêm em cascata; seu nariz enche de coriza; o choro se torna incontrolável. Rosana permanece assim, chorando, por algum tempo, até as lágrimas se esgotarem. Quanto tempo? Tanto faz. Perde a noção do tempo, infinito e absoluto no sofrimento. Fora de si, o não-tempo.

O tempo passa. Refeita um pouco, ela respira fundo e começa aos poucos a rolar seu corpo de um lado para o outro, usando o peso do morto como lastro, até que afinal consegue deslizar aos pouquinhos para a esquerda, raspando muito seu traseiro no chão frio e sujo. Quando se desvencilha de vez, a cabeça do italiano bate pesadamente no piso de cimento com um craque abafado que lhe causa arrepios. Rosana senta-se, ofegante, e observa o filete de sangue que brota da testa dele, maculando a serenidade do rosto empalidecido. Ergue-se dolorosamente, espana a poeira do vestido e repara numa pequena gota de sangue respingada sobre sua gola. Dobrando-se, junta os pés do defunto e empurra-os para o chão. Desvencilhado afinal da lataria, o corpo do morto espreme-se torto no canto da garagem. Entalado entre a lateral do carro e a parede, mais parece um gato a dormir com a cabeça encaixada nas patas. Suada e exausta, Rosana resolve subir a pequena escada até o quarto, onde poderá usar o banheiro e telefonar para avisar onde está. Abrindo a porta, depara-se com a cama grande e convidativa. Venham a mim, venham a mim. Resolve deitar um pouquinho, só um minutinho para descansar, só para fechar os olhos por um instante.

Quando acorda, está escuro. Cata o celular na bolsa para ver a hora. Oito e trinta e seis. Já é tarde. Liga para casa. Atende o Valter.

— Oi, Rô, quer falar com a Juliana? Ela já chegou.

— Não, não quero falar com a Juliana. Quero falar com você.

A própria Rosana percebe que sua voz está diferente, estranhamente calma e decidida. Voz de mando. Imagina a expressão perplexa, do outro lado da linha, por trás do silêncio explícito de Valter.

— Meu carro enguiçou na Presidente Vargas. Tive que chamar o socorro mecânico. Mas já está tudo resolvido. Estou saindo daqui agora para ir para casa.

— O que houve com o carro?

— Ah, não sei direito. Alguma coisa de sistema elétrico. O rapaz me explicou, mas eu não gravei nada. Você sabe que eu sou nula com essas coisas de carro.

Outro silêncio.

— Juliana está perguntando se você buscou as plaquinhas.

— Não.

— Não, como não? Peraí que eu vou passar o telefone para ela...

Rápida passagem.

— Mamãe! Como assim você não pegou...

Rosana aperta o botão vermelho e encerra a ligação. Em seguida, desliga o celular. Um problema de cada vez.

Depois de tomar banho e ajeitar minimamente o vestido, ela ainda tem o cuidado de passar batom e escovar os cabelos. Fricciona a mancha de sangue em sua gola, com a leve pressão de um lenço embebido em água de colônia. O absurdo tem uma lógica, raciocina. Algo havia mudado nela em função desse episódio. Ainda não sabe exatamente o quê, mas irá descobrir. Liga para a portaria e liquida a conta, em dinheiro, para não deixar rastro. Desce até a garagem e encontra o italiano exatamente na posição em que o havia deixado, o que lhe provoca um leve espanto. Seu antebraço direito está estirado atrás da roda dianteira. Ela tenta deslocá-lo dessa posição, mas o membro já está rígido. Sem chance. Rosana dá a volta calmamente, abre a porta da garagem, entra no carro, liga o motor, engata a ré. O barulho da roda passando por cima do braço é bem menor do que ela imaginava que fosse ser. Apenas um leve sobressalto, mais do que esperado, sem nenhum crepitar incômodo. Acelera na estreita passagem que dá acesso à rua, entrega a chave para o porteiro e ganha o mundo exterior. Ao virar à esquerda, por muito pouco não atropela um jovem que atravessa a rua apressado. Ela freia em cima e buzina enérgica; o rapaz se segura a poucos centímetros de ser atingido. Seus olhares assustados se cruzam. Rosana não consegue deixar de reparar nos olhos dele. Ela abaixa o vidro e repreende-o:

— Vê se toma mais cuidado na hora de atravessar a rua!

— Desculpa, eu estava distraído — gagueja ele.

— Não quero matar ninguém. Ainda mais alguém com olhos tão bonitos.

Ambos sorriem, unidos pela cumplicidade que às vezes surge entre estranhos. Rosana sobe o vidro e retoma seu caminho. Este, sim, seria um bom partido para Juliana.

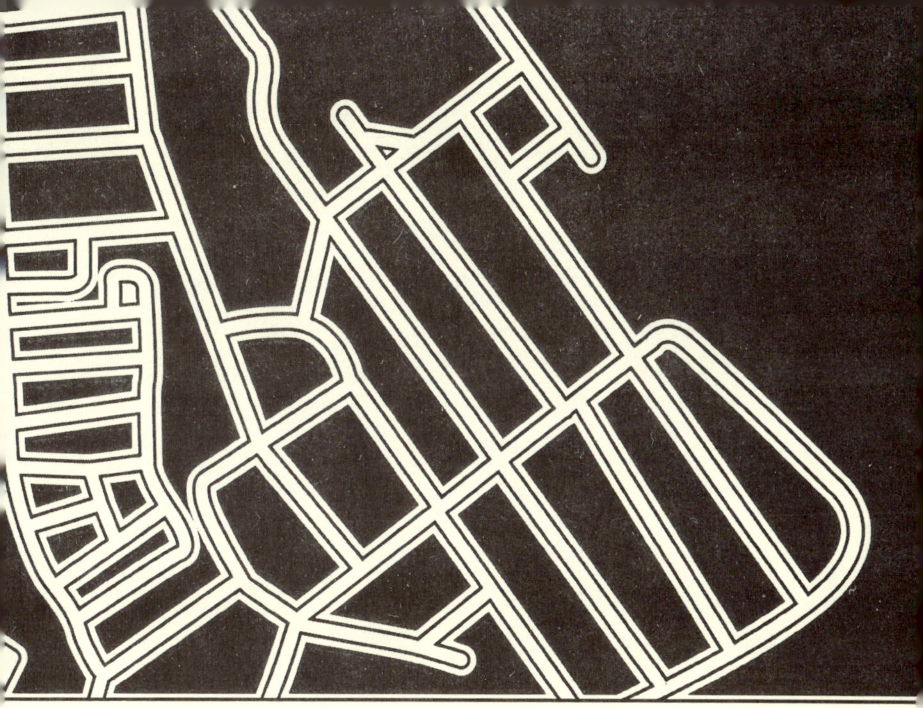

BEL, JARDIM BOTÂNICO, 41.

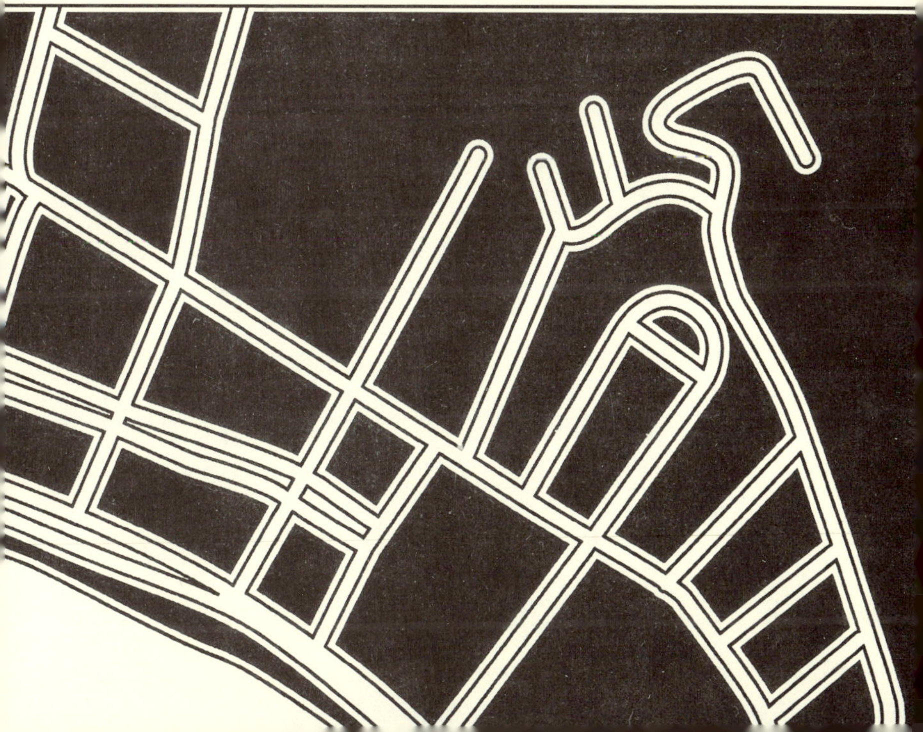

No espelho do banheiro, Bel examinava detidamente os cabelos. Será que era a luz? Ela acendeu a luminária pequena junto ao espelho. Não, não era a luz. Definitivamente, não era a luz. Estava diferente mesmo. Quando criança, era toda lourinha, com cachinhos de anjo barroco e até mesmo direito ao ocasional laço de fita, de preferência vermelho para contrastar. Seus cabelos foram escurecendo aos poucos. Aos cinco anos, já eram lisos e castanho-claros em sua maioria, permeados por uma farta minoria de fios amarelos e dominados por uma única onda rebelde. Aos dez, as mechas louras haviam escasseado, embora ainda fossem em número suficiente para garantir um ou outro reflexo dourado quando beijados diretamente por um raio de sol. A exposição quase contínua à luz derramada da praia, dos doze aos dezoito, garantiu um recrudescimento de sua louridão juvenil, ajudada por doses judiciosas de parafina. No seu tempo de cocotinha de surfista, foi apelidada de "Bel Lourinha" — para distinguir da outra da turma, a "Bel Baixinha" — o que lhe propiciava certo senso de superioridade, nunca confessado, mas sempre presumido. No início de faculdade, viveu sua apoteose platinada. Insuflada pela rebeldia jovem e o distante chamado de Londres (*"London calling to the faraway towns..."*), entregou-se a uma breve fase oxigenada, cabelos curtos e espetados.

Desde então, assentara-se aos poucos em sua cor definitiva: um castanho suave, mais para escuro, lembrando mel de eucalipto, como muito bem o definira seu ex-marido Adriano, nos tempos primeiros de namoro. Resistiram bravamente, contudo, uma dezena de fios louros, distribuídos aleatoriamente por sua cabeleira, como testemunhas discretas de uma outra vivência capilar. Um a um, esses distintos sobreviventes vinham sendo engolidos em anos recentes pela maioria silenciosa. Ao completar 40, no ano passado, Bel constatara que restava apenas um: o último fio louro, que nascia na frente, num ponto logo atrás do lado esquerdo de sua testa, e descia pela lateral de modo propício a ser enganchado atrás da orelha com um gesto charmoso e displicente da mão. Agora, agorinha mesmo, há poucos instantes, lavando seu rosto como em todas as manhãs, com apricot and walnut scrub da Boots, percebera algo estranho no espelho — uma presença intrusa em seu rosto muitíssimo bem-cuidado. Aproximou-se para um exame mais detido, e constatou a verdade chocante. O último fio louro havia de fato se tornado o primeiro branco.

Prendeu a respiração. Sentiu um ímpeto secreto de chorar, logo reprimido. O que iria fazer? Afastou cuidadosamente o fio de seus vizinhos e, pinçando-o entre as pontas dos dedos como uma mariposa pelas asas, ficou a observá-lo, não sem certo desprezo. Manteve-o assim suspenso por um longo momento. Finalmente, deu uma tesourada precisa o mais perto possível do couro cabeludo, tomando cuidado para não arrancá-lo pela raiz. Dizem que nascem mais sete. Ela não queria pagar para ver. Amanhã mesmo compraria uma caixinha de hena próxima de sua cor natural. Por enquanto, seria esta a solução. Fazer o quê? Talvez tintura mesmo. Ela sempre achara brega, mas, hoje em dia, todo mundo usa. Bel continuou a se examinar sob a claridade implacável da luz do banheiro. Conferiu o desgaste do tempo, diariamente combatido com os melhores cremes e loções que suas dívidas no cartão permitiam comprar. A mesma ruga solitária na testa, os mesmos pés-de-galinha nos cantos dos olhos, um recrudescimento de cravos na ponta do nariz. Precisava marcar uma limpeza de pele.

Constatada a extensão dos estragos, mirou-se mais de longe. Estava bem para sua idade. Observou a curva farta dos seios, ameaçando escapulir sensualmente da borda da toalha que vestia. Os homens continuavam a olhar para ela na rua, não havia dúvida. Sim, mas homem olha para qualquer uma que passa. Ainda mais homem brasileiro. Ainda mais da raça carioca. É verdade que seus amigos também diziam que ela aparentava bem menos. Sim, claro, mas seus amigos eram atores, como ela. Não contavam. Atores nunca são sinceros com relação a coisas assim. É sempre: "querida, como você está linda!", mesmo com um pé na UTI. Quantas vezes ela não tinha sido culpada disso? Continuando a inspeção no espelho, teve uma inspiração súbita. Puxou algumas mechas de cabelo para baixo, a fim de cobrir a testa. E se colocasse uma franjinha? Será que não ganharia um ar mais jovem? Ponderou o resultado da simulação, mas logo desistiu. Não, franja não! Tudo, menos franja. A franja na mulher de quarenta é o equivalente feminino do homem careca que usa rabo-de-cavalo. Sinal inconfundível de desespero de causa. Ou de falha de caráter.

Pôs-se a considerar os avanços da cirurgia plástica. Havia lido numa revista sobre uma nova técnica que permitia à paciente voltar para a casa no mesmo dia, sem internação. Como se chamava mesmo? Plástica sem corte, algo assim. Será que funcionava? Será que era muito caro? Poderia perguntar ao primo de Adriano, que era cirurgião. Caso funcionasse, ela faria? Ponderou bem seu reflexo. Decidiu que não teria coragem. E se ficasse com cara de plástica depois? Angélica Betocchi havia colocado botox e ficara totalmente sem expressão durante meses. Deixou de ser escalada para um longa só por causa disso. É claro que todo mundo ficou sabendo. Ator é muito fofoqueiro! Passaram a chamá-la nos bastidores de Angélica Botoxi. E olha que não era umazinha qualquer; era a Angélica Betocchi! Bel contemplou o que seria dela numa situação parecida. Imaginou o telefone em silêncio absoluto. Nenhum teste, nenhum comercial. Quer dizer, não que ele estivesse tocando sem parar agora. Encenou um olhar para a porta do banheiro, apurando os ouvidos para captar o toque agudo do telefone. Constatou apenas o silêncio, pontuado pelo barulho amortecido de uma britadeira ao longe.

Fazia cinco dias desde aquele encontro com o Caio Marcos na festa de aniversário da Fernandinha. Chegara ao cúmulo de perguntar-lhe se não teria um papel para ela na nova novela das sete. Assim, na lata. Sim, era cara-de-pau, mas por que não? Afinal, ela não tinha intimidade para isso? Pessoas que já se viram peladas não precisam de rodeios, mesmo quinze anos depois, não é mesmo? Fitou novamente sua imagem no espelho, buscando afirmação, mas a pergunta ficou pendurada no silêncio. É verdade que talvez não devesse tê-lo feito diante daquela horrorosa da Alessandra Regina (quanto mau gosto, meu Deus!), mas os dois não se desgrudavam um minuto. Caio apenas sorriu aquele sorriso enigmático dele e respondeu: "Foi bom você falar nisso. Vou te ligar ainda essa semana." Na hora, Bel interpretou isto como um sim. Minutos depois, ao se afastar do casal, já não tinha mais tanta certeza. Meia hora mais tarde, viu Alessandra e outra qualquerzinha, juntas num sofá, a rirem e cochicharem maldosamente. Teve a nítida impressão de que falavam dela. Logo em seguida, Caio juntou-se a sua mulherzinha e prepararam-se para ir embora. Antes de partirem, houve uma troca de olhares entre os três. No rosto de Alessandra, escárnio e triunfo; no de Caio, algo próximo da pena. Mesmo treinada para estar sempre atenta à própria expressão, Bel não saberia dizer que cara fizera.

Pena. Dali para a frente, era tudo que ela podia esperar dos homens, pelo menos dos homens como Caio, que só queriam de uma mulher o frescor da pele viçosa e a dureza da carne juvenil... de preferência, encimadas por uma cabecinha vazia tingida de loura. No meio em que vivia, experiência de vida não era nenhum substituto para uma bundinha arrebitada. Bebeu desbragadamente àquela noite. Tomou tudo e todas. Acabou no banheiro cheirando com um monte de gente que mal conhecia. Quando terminou o pó, as pessoas começaram a voltar aos poucos para a festa. Sobraram somente ela e o DJ, um metido a moderninho, mas com olhos meigos de cachorrinho pedinte. Achava que o nome dele era Leonardo, ou algo assim. Treparam ali mesmo no banheiro, ela sentada em cima da pia com a saia puxada para cima, ele com as calças arriadas em volta dos pés. Um horror... nenhum carinho, nenhuma dignidade. Vida louca. O tipo da coisa que ela jurara que não faria mais depois dos quarenta. Precisava dar um bom exemplo para a filha. Clarinha tinha treze anos e começava a censurar o comportamento da mãe.

Tudo bem, passou. O passado a ninguém pertence. Era o que dizia Ângela, a intelectual da família. Bel pensou em ligar para a irmã. Quem melhor para ouvir suas confissões, e aliviar suas angústias? Talvez até pudesse aconselhá-la acerca de uma marca de tintura para cabelos. Ângela vivia trocando a cor dos seus, que ora eram ruivos, ora pretos, ora abóbora. Houve até uma fase verde, na época em que fazia mestrado em Antropologia. Ultimamente, andava mais contida. Há uns dois anos, mantinha-os na cor natural. Havia mudado muito desde que começara a namorar o Flávio. Parecia mais assentada, mais segura de si. Pensava até em engravidar; mas antes, dizia, precisava terminar o doutorado. Era melhor andar rápido! Com 34 anos, já estava forçando o limite do relógio biológico. *Pushing the envelope*, como dizem os ingleses. Doutorado, para quê? Ela devia é casar logo com o Flávio, que ganhava o suficiente para sustentar os dois. Este sim, era esperto. Advogado de marcas e patentes. Uma boa coisa na vida de Ângela.

Seu pensamento foi interrompido pelo tilintar estridente do celular — "*Fly me to the moon*" naquela entoação eletrônica enjoada. Onde estava com a cabeça quando deixou o Adriano programar aquele toque ridículo? Precisava trocar com urgência. Só não tinha coragem de admitir para ele que não sabia mexer no próprio aparelho. Era a confirmação de tudo que ele sempre dizia sobre ela. Não reconheceu o número no visor. Atendeu desconfiada.

— Alô.

— É a Bel?

— É sim.

— Oi, linda, tudo bem?

— Quem é?

— Sou eu, Rafael.

— Quem?

— Rafael. Da festa da Fernandinha. Não vai me dizer que não tá lembrando de mim?

Bel sentiu seus ombros endurecerem e suas mandíbulas trincarem. Meu Deus, o cara do banheiro! Não era Leonardo, era Rafael. Procurou estalar o pescoço. Como é que ela foi dar o número do celular para ele? Precisava maneirar na bebida. Mesmo! Gaguejou:

— Ah... sim... oi... tudo bem?

— Beleza. E você?

— Tudo... tudo bem.

— Você tá podendo falar?

— É... mais ou menos... tô meio enrolada...

Só se fosse enrolada na toalha. Suas têmporas latejavam com a memória corpórea do dia seguinte àquela noite maldormida. A cabeça aguada, o corpo lento e impreciso. Vodca com prosecco... mistura desgraçada. Não que ela tivesse medo de ressaca. Desenvolvera uma receita infalível: dois Engov, um paracetamol 750mg e um copo de suco de tomate temperado. Com um dedinho de vodca, claro. *Hair of the dog that bit you*, como dizem os irlandeses. A lembrança provocou-lhe um arrepio. Precisava tomar tino. Envelhece a pele. Dá olheiras. Meu Deus, meu Deus, como foi se meter numa furada dessas? Pó, nunca mais, definitivamente.

— Só tava ligando para saber quando a gente vai se ver de novo...

— Se ver?

— É. Tô louco de saudade de você. Fiquei, tipo assim, ligado na sua, gata.

Gata. Ele disse "gata". Que horror! Bel ficou sem resposta. Ao mesmo tempo que lhe dava asco a voz de sedução barata do outro lado da linha, percebeu que sentia em seu íntimo certo deleite. "Ligado na dela." Que meigo! Quantos anos ele devia ter? Uns 28, 29? Por aí. Era bem bonitinho... e estiloso, sem dúvida alguma. Qualquer amiga sua morreria de inveja. Por mais cafajeste que fosse, não era de se jogar fora. O conflito interior deixou-a paralisada. Parecia que seu amor-próprio jogava uma partida de xadrez contra sua vaidade. O amor-próprio perdia.

— Ei, você tá aí?

— Ah-hã. Vem cá, posso te ligar de volta mais tarde?

— Claro, linda. Mas se você não ligar, ligo eu. Não vou desistir, assim, fácil.

Ainda com o dedo pressionando o botão vermelho, pesou momentaneamente as conseqüências de ser vista em público com seu menino troféu. A idéia não lhe pareceu de todo desagradável. Será que ela devia ter dado mais papo? Talvez, mas não faria mal algum deixá-lo esperando, sofrer um pouquinho com a angústia da dúvida. Não queria que pensasse que ela era fácil. Peraí! *Rewind.* Como assim, pensar que era fácil? Acorda, mulher, você deu para ele no banheiro de uma festa! Mais fácil do que isso, não existe! Bel sentiu-se envergonhada com essa formulação fria e calvinista de seus atos. Sempre conseguia ser sumamente desagradável consigo mesma quando queria, e parece que ela queria sempre. Era incrível! Depois de tantos anos de terapia, continuava a se censurar do mesmo jeito — como se fosse o Adriano, como se fosse o finado pai. Vinte e cinco anos ainda não eram suficientes para apagar a memória de ser xingada de piranha por ele. Quanto tempo seria preciso ainda? Imitando, sarcástica, o jeito debochado de Clarinha, pronunciou alto: "Pelo menos uns dois ou três anos sem dar uma de piranha, né, mãe?"

Olhou o relógio. Estava quase na hora de Clarinha chegar da escola. Não queria que a encontrasse ali, ainda envolta na toalha, às duas da tarde. Partiu disparada em direção ao quarto, com o propósito de se vestir. Abriu a gaveta da cômoda e retirou uma calcinha branca e uma camiseta comprada há poucos dias. Vestiu a mesma calça jeans da noite anterior. Ao se mirar no espelho, teve a impressão daquele figurino ser um pouco juvenil demais. Aquela calça surrada. O tênis All-Star que pretendia calçar também não ajudaria. E o decote da camiseta era cavado demais. Clarinha certamente diria que ela estava querendo mostrar os peitos, como sempre. Deu-se conta, subitamente, que sentia medo da filha. Por quê? Bel sentou-se na beirada da cama e se pôs a pensar no assunto. Será que agora iria passar a sofrer censura da filha também? Era uma perspectiva pesada demais. Não tinha culpa se os seios da menina não estavam se desenvolvendo. Ainda era tempo; ela tinha treze anos. É verdade que seus próprios seios já eram bem grandinhos aos treze, mas Clarinha puxara à família de Adriano. Era outro biotipo. Ela que não podia deixar de tomar partido dos atributos que Deus lhe dera. Afinal, era atriz; seu corpo era instrumento de trabalho. Ergueu-se da cama, decidida a não se deixar acanhar pela revolta adolescente da filha. Passando diante do espelho, mirou-se de novo. Resolveu trocar a camiseta por uma blusinha de abotoar, mais comportada, por via das dúvidas.

As relações com Clarinha haviam piorado muito nas últimas semanas, desde que surgira a possibilidade de se mudarem. Quando se separou de Adriano, sabia que isso iria acontecer um dia. Pertencia à sogra o apartamento em que moravam. À sogra, não; à mãe de Adriano. Se sogra não é parente, então ex-sogra não é nada. Ainda mais aquela ex-sogra! De início, a velha concordara em deixá-la ficar, mais para facilitar a vida do filho do que por qualquer consideração com a neta. Afinal, fora Adriano que instigara a separação, que trocara a família por outra. Convenceu a mãe a ceder o apartamento para a ex-mulher e a filha morarem, "temporariamente", enquanto não se chegava a uma combinação definitiva. O temporário foi ficando permanente, como de costume em se tratando de Adriano. Após três anos, até Bel, desconfiada de início, se acomodara com o arranjo. Foi só se acostumar, porém, que as coisas mudaram. Baixou a guarda, créu! Perversidade natural das coisas, como dizia seu pai. De repente, do nada, a velha resolveu-se a vender o apartamento. Alegava que precisava do dinheiro para pagar uma operação de catarata. O filho gastador não tinha condição de arcar com a despesa. Até aí, era verdade, já que muitas vezes ele atrasava até o colégio da filha. Pediu que Bel entregasse o imóvel, o quanto antes. Fazia três semanas, isto.

Bel olhou para o relógio de novo. Lembrou-se de ligar para a agente, que já devia estar no escritório nessa hora. Respirou fundo, e discou devagar, para não errar. Não que fizesse diferença. Era apenas superstição. Atendeu a Juciara.

— Ju? Oi, querida, é Bel Andrade. A Susana tá por aí?

— Oi, Bel. Ela tá numa reunião. Não pode atender agora.

— Ah, é? Que horas você acha que termina a reunião?

— Não tem previsão. Você quer que eu diga para ela ligar para você?

— Você faz isto por mim, meu bem?

— Claro. Deixa comigo.

— Você é um amor. E o Christian? Já fez três meses?

— Quatro! Tá enorme, um bitelão. Você nem vai reconhecer.

— Ai, que lindo! Manda uma foto dele pelo e-mail.

— Mando sim. E pode deixar, assim que ela sair da reunião, eu ligo para você.

— Obrigada, querida! Não esquece de mandar a foto.

— Pode deixar.

Que bom que a Clarinha não estava por perto para ouvir. Iria ironizá-la por puxar o saco da secretária. Não era verdade. Era mesmo um bebê muito fofo. Além do mais, não custava ser simpática. Era uma lição de vida que sua filha bem que podia aprender. O quanto antes, melhor. Às vezes, quando estava de mau humor, a menina amarrava tanto a cara que lembrava o azedume da avó.

Tomara que a Susana ligasse com alguma proposta. Toparia qualquer coisa a essa altura, até ponta em infommercial de grelha elétrica. "Ai, meu marido sempre reclamava que minhas costeletas de porco eram duras e ressecadas." Que fosse. Estava com três mil negativos no cheque especial e, em breve, precisaria pagar aluguel. De onde iria tirar esse dinheiro? Era deprimente tanta dureza a essa altura da vida. Não tinha nem para ir ao teatro, nem pagando classe. Só mesmo em estréia dos amigos, convidada. Pena que os comerciais estavam todos em São Paulo agora. Tirando a Globo, o Rio era um marasmo cultural. Bel voltou o pensamento para o problema da moradia. Para onde iriam? Jardim Botânico e Gávea estavam fora de cogitação. Muito caro, o aluguel. Ipanema e Leblon, idem. Podia procurar alguma coisa em Botafogo ou Laranjeiras. Era mais baratinho, um pouco. A idéia de morar além-túnel a deprimia. Não queria ficar longe do bochicho da Zona Sul. Tinha muito ator morando na Barra atualmente. Afinal, era mais perto do Projac. Como se isto fizesse alguma diferença para ela! Fazia quase dois anos que não aparecia na Globo. A última vez fora uma ponta na novela das sete. A secretária do personagem do

Marcos Limeira. Uma única fala: "O doutor Menezes não se encontra. Quer que eu anote o recado?" Não ia ganhar nenhum prêmio por isso. Não, a Barra era muito longe, e o aluguel devia ser tão caro quanto a Zona Sul. Que tal Copacabana? Era uma. Sempre simpatizara com o Bairro Peixoto. Aquela praça tão charmosa! Crianças brincando. Taí, o Bairro Peixoto não seria o fim do mundo. Era perto de tudo e, ao mesmo tempo, não tinha aquela coisa deprimente de Copa. Talvez fosse uma solução.

Escutou o barulho da chave na porta. Clarinha chegando. Fingiu ignorar a presença de Bel, que despontara no corredor para recebê-la. Foi direto para a cozinha, onde pegou uma caixa de Toddyinho da geladeira, e encaminhou-se para o quarto, sem dirigir palavra à mãe.

— Oi, filha, não vai falar com sua mãe?

Clarinha respondeu à interpelação com um único olhar de ódio, fuzilado por detrás da fresta da porta do quarto que, em seguida, fechou. Após dois ou três segundos, o silêncio do apartamento foi preenchido pelo som abafado de uma música barulhenta, vindo do interior do quarto da menina. Bel estacou no meio do corredor, sem reação. Era a primeira vez que a filha lhe negara a cortesia mínima de um cumprimento. Sentiu vontade de chorar. Lembrou o cabelo branco. Conteve-se novamente. Clarinha, sua amada Clarinha, a criatura que ela parira com tanto sofrimento, deformando o próprio corpo, sacrificando sua vida para dar vida a alguém. Sem condição de processar sua tristeza, converteu-a em rancor. Caminhou até a porta do quarto e começou a bater com força, gritando:

— Clara, abra essa porta, agora! Quero falar com você.

O volume da música foi subindo aos poucos, competindo com os urros raivosos da mãe.

— Se você não abrir já essa porta, juro que vou fazer uma loucura.

A música mantinha-se a todo volume. Bel aproximou o ouvido da porta. No meio do barulho ritmado que dominava o interior do quarto, jazia um silêncio profundo como a parede úmida de uma cripta. Um presságio mórbido fez com que Bel recuasse um instante. Procurou aguçar os sentidos para adivinhar algum movimento humano. Só ouvia a música, constante e sincopada. Incerta, rodou o corredor a passos pequenos, cravando as unhas nas bochechas. Estacou diante do quarto da filha. Procurou novamente um sinal de vida. Voltou à tona, esmurrando a porta cerrada com toda a força e gritando o nome dela. O empenho em fazer-se ouvir acima do som era tamanho que, de início, nem percebeu o toque irritante do celular.

"Fly me to the moon, and let me play among the stars." Assim que identificou a incongruente melodia, correu para atender, o coração batendo forte. Quem sabe era o Adriano ou alguém que pudesse socorrê-la. Sabia que não era ele, mas qualquer pretexto servia para abandonar aquele cerco inútil ao quarto da filha. E se fosse a Susana? Não teria condições de falar com ela. Não, não era. Juciara sempre ligava primeiro para o fixo. Então, quem poderia ser? Vai ver era o maldito do Rafael, de novo. Coisa mais inconveniente! Dessa vez, mandava-o pastar. *"Show me what the weather's like on Jupiter and Mars."* Fuxicando na bolsa, encontrou finalmente o aparelho. Não, não era o mesmo número de antes. O mostrador dizia: "número confidencial". Ué, que isso? Atendeu, hesitante:

— Alô?

— Alô, Bel?

A voz era familiar, mas demorou um longo segundo para que ela a ligasse a um rosto.

— Caio?

— Sou eu. Tudo bem?

Estava difícil ouvir, por cima da música alta. Seu coração batia forte. Bel lançou um olhar incisivo para o quarto da filha, entre o ódio e a preocupação. Parecia que a angústia de não saber o que acontecia estava prestes a rasgar-lhe as entranhas. Quedou-se imóvel, dividida entre a ausência presente da filha e a presença ausente da voz de Caio. Uma frieza calma invadiu-lhe o peito.

— Bel? Tudo bem com você?

Preparava-se para dizer ao Caio que não podia falar naquela hora, que ligaria de volta, quando o volume da música aumentou subitamente, vazando pela porta aberta. Clarinha emergiu do quarto e atravessou o corredor até o banheiro. Bel não conteve o suspiro de alívio, que imaginou ser audível do outro lado da linha.

— Tudo... tudo.

— Posso ligar depois se você estiver ocupada.

— Não, nada. Que boa surpresa você me ligar!

YVETE, BARRA, 63.

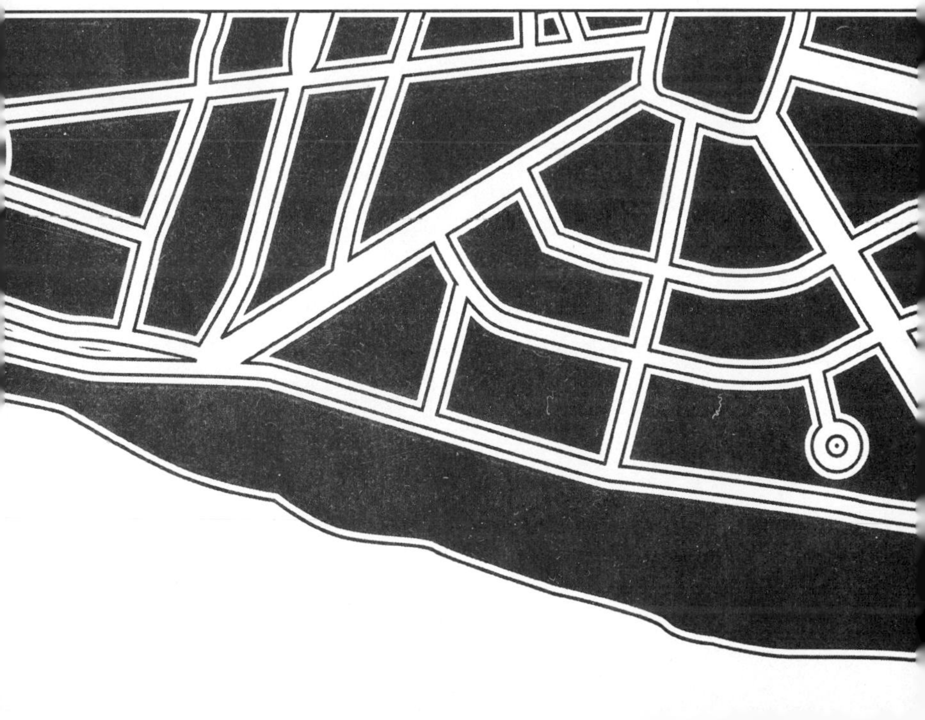

Yvete apressou-se ao sair da loja na Aníbal de Mendonça. Aquela vendedorazinha havia-a atrasado com sua conversa. Pena que era de extração social baixa, senão a apresentava ao filho. Ele bem que iria gostar, do jeito que apreciava um rabo-de-saia barato. Entrou no carro e falou para o motorista:

— Vamos para casa, seu Wilson.

Casa, era na Barra, num dos condomínios mais antigos do Itanhangá. Em dezembro completaria dezoito anos que moravam ali. Otávio, seu marido, havia lhe ofertado casa e cachorro como um duplo presente de aniversário e Natal, visto que Yvete fazia anos no dia 26 de dezembro. O cachorro, um Labrador dourado, ela apenas tolerara para agradar ao marido e ao filho. Felizmente, já fazia alguns anos que o saudoso Bob passara para o grande canil no céu. Em compensação, a casa fora amor à primeira vista. Dois andares, seis quartos (duas suítes), três banheiros, três salas, escritório, salão de jogos, dependências completas, sauna a vapor, piscina, quadra de tênis e um jardim.

A paixão dela nos primeiros anos fora o jardim, sobretudo as hortênsias que lembravam sua infância em Teresópolis.

O carro deslizava macio pelo Elevado do Joá, surpreendentemente vazio naquele final de tarde de quarta-feira. Seu Wilson era um motorista seguro, coroa já, com 54 anos. Tinha seis netos, lá em Vilar dos Teles ou sabe lá em que buraco ele morava. Yvete tinha impressão que era Vilar dos Teles, mas podia ser outro nome assim. Pensando bem, quem morava em Vilar dos Teles era a passadeira. Seu Wilson morava em Belford Roxo. Isto mesmo! Belford Roxo. Segundo ele, não era nem um pouco perigoso. Perigosa era a Zona Oeste, ele dizia. "Zona Far-Oeste", como costumava chamar. Uma peça, seu Wilson! Também, ele conhecia uns lugares da Zona Oeste que Yvete nem cogitava de ir — para depois do Recreio dos Bandeirantes e Jacarepaguá. "A senhora não quer ir lá, não, dona Yvete. Só tem poeira, pistoleiro e charanga velha!" Ela adorava o linguajar coloquial de seu Wilson. Repetia com freqüência suas falas para as amigas no chá das terças. Ele era sua conexão com a vida do povo. Verdade, ela era obrigada a reconhecer que a Barra hoje não é mais o que foi vinte anos atrás. Perdeu um pouco o status, mas daí para dizer que era um faroeste... só mesmo o pândego do seu Wilson!

A Barra é o grande laboratório social do Rio de Janeiro — onde Zona Norte e Zona Sul se fundem em Zona Oeste, formando uma nova geração de carioca que não sabe dizer onde fica a Avenida Rio Branco, e nem quer saber. É o alisamento progressivo da classe social. Adolescentes espinhentos de todas as raças, correndo pelas praças de alimentação dos shoppings grandes e pequenos, fazendo bagunça, comendo x-tudo, azarando, sonhando em ser modelos e artistas de tevê, fugindo de seus pais caretas. Pais de antigamente, de um subúrbio que não existe mais, vestindo camisa social de manga curta, para dentro da calça, mesmo em dias de calor. Óculos quadrados e cabelinhos engomados em guerra declarada contra as madeixas soltas de seus filhos surfistas ou mesmo as carecas dos lutadores de jiu-jítsu. Votos para o PFL, e a preservação da família católica brasileira. Há exceções, é claro. Quem se detém por mais do que alguns instantes no quiosque de açaí, consegue captar as mensagens de socorro grafadas com caneta Pilot em tênis All-Star. "Renata. Rock girl." Tradução: salve-me desse inferno em vida.

O pensamento de Yvete vivia muito distante de tais elucubrações sociológicas, mais características de seu filho. No exato momento em que seu Wilson virou o carro para atravessar a cancela do condomínio, ela contabilizava se precisariam de mais copos para o churrasco de aniversário do Rafael. Era verdade que as cervejas eram long neck, mas ela achava tão feia essa mania de beber no gargalo. Coisa de gentinha. Tudo bem que os amigos do Rafael não se importassem lá com questões de etiqueta, mas ela tinha que dar um bom exemplo. Imagina se dissessem por aí que na sua casa as pessoas eram obrigadas a beber da garrafa porque não havia copos. Isso, não podia admitir. Só de pensar na possibilidade, fez uma careta, mas a desfez rapidamente em seguida, ao se lembrar das recomendações do médico. "Tenta manter o rosto o mais relaxado possível durante o período de recuperação. E nada de chorar! A senhora não pode ficar de olhos inchados." Ele era um amor, o doutor Simões. Tão jovem, e já com pós-graduação nos Estados Unidos, em Stanford. Um achado, mesmo. Ela precisava comprar uma lembrancinha para a Déa, para agradecer a indicação.

Finalmente, chegaram. Enquanto Yvete aguardava impaciente que o portão eletrônico terminasse de deslizar sobre o trilho, reparou na figura de Danielly, que já aparecia dos fundos da casa. Estava gostando muito dessa tal de Danielly — outro achado! Sobressaíra-se, em apenas quatro meses, com relação a todas as outras empregadas da casa. Era inteligente, despachada. Bastava explicar uma vez que ela nunca mais errava. Às vezes, nem era preciso pedir nada; antecipava-se às vontades de Yvete. E era discreta, não folgada como as outras. Nunca ficava cantando alto pela casa ou fazendo futrica na cozinha. E nem era crente ou macumbeira. É verdade que era pretinha, daquelas reluzentes que nem feijão molhado, mas era bonita, com um sorriso fino e dentes fortes. Ainda bem! Yvete não suportava gente feia trabalhando em sua casa. O carro mal foi entrando na garagem, e Danielly aproximou-se do vidro:

— Boa tarde, dona Yvete.

— O que foi, Danielly?

— Fiz a conta dos copos de cerveja e vi que vamos precisar comprar mais uma dezena. A senhora quer que eu providencie? Posso ir com seu Wilson comprar agora.

— Não, não vai ser preciso. Vou sair logo mais para ir com meu filho no BarraShopping, e aí eu mesma compro.

— Posso ajudar a senhora com os embrulhos?

— Pode, sim. Leva esses para o meu quarto.

— Com licença, dona Yvete.

Ê, batuta! É assim que ela gostava! Que educação, que postura, melhor do que muita gente supostamente de classe mais alta. Não é que ela exigisse subserviência, como acusava o Rafael; era uma questão de decoro. Afinal, por sua vez, ela não respeitava também as empregadas? Não assinava suas carteiras, pagava-lhes férias e décimo terceiro? Não era todo mundo que fazia isso.

Uma hora, já! Daqui a pouco, Rafael chegaria para o almoço. Se bem que ele sempre atrasava. Yvete pôs-se a ponderar: quanto tempo fazia que o filho não almoçava com ela? Uns três meses, pelo menos. Poxa, tudo isso? No mínimo! A última vez foi no aniversário dela. Esse menino nunca mais fora o mesmo desde que saíra de casa. Imagina largar a faculdade para trabalhar com música! Isso, ela não podia aceitar. Música não era profissão para gente decente, ainda mais essa coisa bas-fonds de trabalhar na noite. Nem músico de verdade era! Que instrumento sabia tocar? As aulas de piano, das quais fizera tanta questão, abandonou depois de um mês! Agora, a mesma coisa com a faculdade. Tinha esperanças de que ele voltasse atrás. Afinal, ainda era possível reabrir a matrícula. Ela não entendia o que havia de errado com esse menino. Já era a terceira faculdade que ele começava! Primeiro, foi Direito, que ele chegou a cursar por três anos na PUC. Depois, aquela maluquice de Desenho Industrial, mais um ano e meio jogado fora. Aí, largou tudo e passou por aquele período impossível, o pior pesadelo da vida dela. Imagina, ter que esconder bebida e dinheiro do próprio filho! Graças a Deus, o Otávio conseguiu tirá-lo daquele meio, mandando-o para os Estados Unidos. Depois que voltou, parecia que ia se acertar, finalmente. Passou no vestibular para Comunicação na Federal, conseguiu um trabalho na produtora do filho do Miranda, começou a ganhar seu próprio dinheirinho. Parecia mesmo que ia se acertar. Aí veio essa história despropositada de ser discotecário de festa. Sinceramente, não conseguia entender. Um rapaz de boa família, com trinta anos completos, discotecário de festa.

Quanto aborrecimento por causa desse menino! Yvete sentiu vontade de tomar um pequeno aperitivo antes do almoço. Unzinho só, para relaxar. Não, não e não! Ela havia prometido ao Otávio. Só por hoje. Só por hoje. Tudo bem, mas alguma providência ela teria que tomar. Não dava para enfrentar o Rafael assim com os nervos em polvorosa. Não era justamente para essas ocasiões que o doutor José Antônio havia receitado o Lexotan? Com certeza que sim. Um meio comprimido, pelo menos (a outra metade ela guardaria para mais tarde, caso precisasse). Os passos na escada anunciaram a chegada de Danielly.

— Dona Yvete?

— Sim, Danielly, o que é?

— O seu Rafael já chegou. Está aguardando a senhora junto à piscina.

— Obrigada. Diz a ele que já vou descer.

— Sim, senhora.

Yvete estacou ao se aproximar da porta de vidro que abria para o deque. Sentado numa das mesinhas à beira da piscina, Rafael recebia uma lata de cerveja das mãos de Danielly. Sorria de um modo sugestivo e, visto de relance, parecia que prendia entre as suas a mão que estendia o copo, o qual recusou, preferindo beber da lata. Yvete estremeceu por dentro. Deu-se conta de que era a primeira vez que o filho se deparava com a nova empregada. Será possível que, a essa altura, esse menino ia começar a agarrar as criadas? Ah, não, isto ela não iria permitir! Pelo menos, que escolhesse uma que ela não tivesse pena de mandar embora. Danielly desvencilhou delicadamente sua mão e retirou-se em direção à copa. Muito bem, menina! É assim que se faz.

— Meu filho querido! Que bom que você está aqui! Venha dar um abraço em sua mãe.

Rafael ergueu-se vagarosamente da cadeira, com toda a pressa de quem vai fazer exame de reto. Impávido, deixou-se abraçar. A diferença de altura fazia com que o rosto dela alcançasse apenas até o seu pescoço. Yvete foi obrigada a ficar na ponta dos pés para conseguir beijar o rosto do filho. Afastando-se, levou um susto. Apontou horrorizada para a mão dele.

— O que é isso, meu filho?

— É uma tatuagem, mamãe. Você já deve ter visto algumas por aí.

— Outra, Rafinha? Já não bastavam essas monstruosidades nos seus braços?

— É, mais uma. Me dei de aniversário.

A cara de Yvete assumiu uma expressão mista de nojo e dor, como se alguém a obrigasse a engolir uma gilete revestida de cocô.

— Ai, meu filho, você sabe que isto não sai depois...

— E daí?

— E daí que é coisa de gentinha.

— Sua amiga Dora Menezes tem uma borboleta no ombro.

Dora Menezes, amiga sua? Por favor! Não precisava ser filho para saber interpretar a cara da mãe, sobrancelha direita ligeiramente arqueada e canto esquerdo da boca puxado para baixo na antecipação de um muxoxo que não viria. Deixava claríssimo que considerava o exemplo citado a prova mais eloqüente de sua tese.

— Você não vai conseguir me aborrecer hoje. Hoje é nosso dia de fazer comprinhas juntos, só os dois.

— Pois é, mamãe, andei pensando. A gente não precisa ir até o BarraShopping à toa. Eu já sei o que quero, e o vendedor me disse pelo telefone que pode mandar entregar aqui. Dá até para pagar pela internet.

— Ah, não, Rafael! Você prometeu que iríamos passear juntos. Pelo menos uma vez, quero ter o prazer de ir até a loja e escolher o presente com você, como na época em que você era pequeno. Você ficava tão contente! Parecia que ia arrebentar de alegria. Não imagina como tenho saudade daquele tempo!

Não precisava ser mãe para saber interpretar a cara de tédio e quase desespero do filho. Estava claríssimo que ele preferia ser devorado por uma alcatéia de lobos.

— Mas por que você não quer ir? Está com vergonha de ser visto com sua mãe?

— Não, claro que não. É que detesto shopping. Acho uma espécie de criptonita da alma.

Yvete fez questão de ignorar a analogia. Não queria estimular a propensão do filho para o contemplativo.

— Foi você que teve a idéia de ir ao BarraShopping, não eu! Você sabe muito bem que eu preferia cem vezes ir a Ipanema ou mesmo ao Fashion Mall.

— É que essa loja de informática só tem lá.

— Você faz o que quiser, meu filho — respondeu Yvete, erguendo os olhos para o céu como quem diz: Deus sabe que você sempre faz! — Eu tenho mesmo que ir ao BarraShopping porque preciso comprar copos de cerveja para o seu churrasco no sábado. Mas, pode deixar, o seu Wilson me acompanha. Não quero aborrecer você com isto.

A tempestade estava armada, o céu emocional pronto para desabar. Ainda passou pela cabeça de Rafael perguntar por que precisavam de copos se a cerveja era long neck, mas ele recuou do precipício no último instante. Prometera a si mesmo que não se deixaria mais infantilizar pela mãe agora que completara 30 anos. Ele iria ao BarraShopping e faria tudo exatamente como ela queria. Quem sabe, assim, ela ficasse um pouquinho feliz?

O carro encostou junto à calçada em frente à entrada principal do shopping.

— Seu Wilson, depois de estacionar, o senhor vai às Lojas Americanas para mim e compra uma dúzia de copos de cerveja. Dos melhores que eles tiverem. Toma aqui cinqüenta reais. E me traga a nota, viu!

— Sim, senhora, dona Yvete. A senhora quer uma dúzia mesmo ou uma dezena? A Danielly falou que era uma dezena.

— Tanto faz. O senhor vê como eles vendem lá, se vem em embalagem de seis, ou de dez.

— Se vier de seis, eu compro duas?

— Sim, seu Wilson, compre duas.

— E se venderem a unidade? Compro dez ou doze?

— Compre doze. Copo nunca é demais.

Enquanto o carro se afastava, comentou, como se fosse consigo mesma, mas alto o suficiente para que fosse ouvida pelo filho:

— Não sei se seu Wilson se faz de burro ou se está ficando gagá.

Rafael caminhava em aborrecido silêncio. Entrando no shopping, dobrou automaticamente à esquerda, mas foi logo interpelado pela mãe:

— Vamos pelo lado de cá, senão eu me perco.

O filho pensou em objetar, mas desistiu. Com um movimento brusco, rodopiou para a direita e apertou o passo. Deram a volta no shopping inteiro, até retornarem finalmente para bem perto do ponto de partida. Na loja de informática, a transação foi rápida. Yvete fez um esforço para ficar calada, com medo de revelar sua ignorância e assim acabar irritando ainda mais o filho. Na hora em que finalizava a compra, perguntou se ela não queria ver como funcionava o aparelho.

— Deus me livre! Não entendo nada dessas coisas.

— Você não vai nem querer saber o que é?

— Depois você vai dizer que estou me intrometendo, atrapalhando. Prefiro nem saber.

— É um tocador de MP3 com 20Gb de memória e recurso touch pad.

— E isto serve para quê?

— Para armazenar e escolher músicas.

— Ah, sim. Que bom, não?

Pois sim, pensou Yvete, R$1.600 por um gravador metido a besta. Mas fazia-se necessário abrir a bolsa para fazer as vontades do menino. Quem sabe, assim, ele ficasse um pouquinho feliz?

— Vamos tomar alguma coisa, ali adiante, no café? Estou precisando descansar as pernas.

— Tem um café mais legal lá do outro lado... — principiou Rafael, logo desistindo do propósito quando deparou com a cara de vítima da mãe, parecendo um faminto a quem se propõe esperar mais meia hora até que o molho fique no ponto.

— Onde mesmo, meu filho, láááá do outro lado?

— Não, pensando bem, acho que fechou. Vamos aqui mesmo.

O café estava bem cheio, e não havia nenhuma mesa disponível. Foi quando Rafael percebeu o braço que acenava para eles. Tia Soninha, irmã mais nova de seu pai, e sua priminha Joana, de doze anos.

— Olha lá a Tia Soninha.

— Quem?!?

Pelo tom escandalizado da interrogação, Rafael entendeu que as velhas feridas continuavam abertas. Não resistiu à crueldade de repetir o nome da cunhada desprezada:

— Tia Soninha.

— Quem? A irmã de seu pai?

— É, sua cunhada. Vamos até lá.

Sem esperar resposta, pôs-se a caminhar em direção a elas, deixando a mãe a titubear no limiar da área com mesas, como uma moça sem par em baile de debutante. Indecisa de início, Yvete viu-se obrigada finalmente a segui-lo. A menina Joana, empolgada com a presença do primo querido e raramente visto, levantou-se e foi ao encontro de Rafael, gritando seu nome e agarrando-se ao seu pescoço. Ele, por sua vez, colheu a pequena em seus braços e completou a breve caminhada até a mesa.

— Nossa, como você está grande! Oi, tia, tudo bem?

— Senta aqui com a gente. Tem dois lugares sobrando. E não me chama de tia! Envelhece.

Rafael foi sentando, sem sequer lançar um olhar para a mãe. Cabisbaixa de início, Yvete foi erguendo o corpo a cada passada, erguendo e inchando, até chegar à mesa de nariz empinado e olhar atravessado.

— Como vai, Yvete. Você está boa? Você se lembra da Joana, não lembra? Essa é a Tia Yvete, Joana. Você nem deve saber, mas ela é sua madrinha.

Joana olhou para a tia com curiosidade passageira e, em seguida, voltou a atenção para o primo. Yvete cumprimentou a parentela com frieza distante. Observou, de esguelha, que a menina Joana tinha ficado bonitinha. Mas parece ser inconveniente, que nem a mãe, pensou.

— E aí, Rafa, fazendo o maior sucesso, hein? A Joana procura o seu nome toda semana na *Vejinha*.

— É, eles dão uma cobertura boa pra gente.

Só podia ser, refletiu Yvete, era típico, a Sônia estimular esse tipo de comportamento. Não fazia o menor esforço para disfarçar sua irritação.

— Você quer beber alguma coisa, Yvete?

— Só uma água, sem gás.

— Que isso, Yvete? Não estou te reconhecendo! — Dando uma olhadela irônica no relógio — Nem um vinhozinho? Já deu sete horas.

Se os olhares matassem, o BarraShopping teria testemunhado sua primeira chacina.

— Não, obrigada. Não bebo mais.

— Muito bem, Yvete! Que ótimo para você!

— Meu filho, pede uma água para mim. Não estou me sentindo muito bem.

Tão logo a moça trouxe a água, Yvete sacou da bolsa seu porta-medicamentos dourado e engoliu apressadamente a outra metade do Lexotan. Limpou a garganta de forma recatada e olhou fixamente para o tampo da mesa, demonstrando visível concentração.

— Você está bem, Yvete?

— Ah, sim. Obrigada por perguntar, querida. É apenas um remedinho para a pressão. Tenho sofrido um pouco do coração ultimamente.

— Desde quando, mamãe?

— Ah, meu filho, não quero preocupar você com isso.

À medida que a conversa entre os três ia evoluindo, Yvete começou a se sentir realmente enjoada. Passados uns quinze minutos, sacou o celular e instruiu seu Wilson a vir apanhá-la na entrada do shopping.

— Meu filho, vou ter que ir embora. Não estou passando muito bem. Mas quero que você fique aqui. Seu Wilson me leva.

— Não, mamãe, imagina! Vou com você.

— Não quero atrapalhar. Vocês parecem ter muito o que conversar.

— Nada que não possa ficar para outra hora. Se você está passando mal, não vou deixar você ir embora sozinha.

Assim dizendo, Rafael ficou de pé e preparou-se para acompanhar a mãe.

Quando entraram no carro, Yvete afundou no banco esperando que a fria maciez do couro lhe impregnasse a alma. Seu rosto estava coberto de pequenas gotículas de suor, as quais lhe emprestavam um ar cansado e insalubre. Rafael reparou que sua mãe começava a ficar velha. A idéia lhe causou alguma perturbação. Pela primeira vez, deu-se conta que a mãe terrível contra a qual sempre se insurgira iria, em poucos anos, se tornar um ser frágil e dependente. Ele deixaria em breve de ser a eterna vítima e seria obrigado a se tornar protetor... ou carrasco, quem sabe. Carrasco seria mais divertido. Ficou a observar a palidez de sua pele esticada, salpicada por incipientes manchas na região da testa, e a vermelhidão arroxeada das finíssimas veias que cercavam suas narinas. Ela respirava devagar e fundo, de olhos fechados e com a boca ligeiramente entreaberta. Um leve frêmito percorreu-lhe a espinha, e ele se viu inundado, a contragosto, de um indisfarçável sentimento de pena. Protetor; estava mesmo condenado a ser protetor. De repente, Yvete abriu os olhos bem abertos e esticou a mão para a frente com toda a energia de um soldado chamado às armas. Imperiosa, interpelou:

— Seu Wilson, o senhor se lembrou de comprar os copos?

— Sim, senhora, estão aqui no banco da frente.

— Passe já para cá, para eu ver.

Sem retardar o movimento do carro que já se aproximava da saída do shopping, seu Wilson passou-lhe sem cerimônia uma sacola das Lojas Americanas. Yvete abriu-a com avidez e retirou uma de três embalagens contendo quatro copos de cerveja da Cisper, daqueles de vidro prensado com a marca da fôrma visível nas laterais. Bem vagabundos.

— Seu Wilson, não é possível! Esse era o melhor que eles tinham?

— Bem, dona Ivete, tinha um outro mais caro, mas só vinha na embalagem de dez. Como a senhora queria doze, peguei três desse aí.

— Mas que incompetência! Vamos voltar agora mesmo e trocar!

A voz se tornou mais estridente devido à sua fúria. Nesse momento, Rafael intrometeu-se no diálogo e ordenou:

— De jeito nenhum! Vamos para casa, seu Wilson. Agora!

Pasmada, Yvete encarou o filho, subitamente autoritário. Balbuciou:

— Mas o que é isso, Rafael?

— Mamãe, a senhora está passando mal. Não tem o menor cabimento voltar lá para trocar esses copos. A senhora tem que ir para casa descansar.

— Mas, e o churrasco? Como os convidados vão fazer para tomar cerveja? Esses copos, eu me recuso a apresentar.

Encarou-a com aquela dureza inapelável nos olhos que os pais reservam para as piores travessuras dos filhos e sentenciou, friamente:

— As cervejas são long neck, mamãe. Eles podem beber no gargalo.

Duramente atingida, Yvete ainda contemplou a possibilidade de chorar, mas lembrou-se em seguida do doutor Simões. Ela jamais se perdoaria se botasse a perder uma cirurgia de nove mil reais. Recostou-se em silêncio enfurecido. Quando chegasse em casa, tomaria um uísque. O Otávio que a perdoasse.

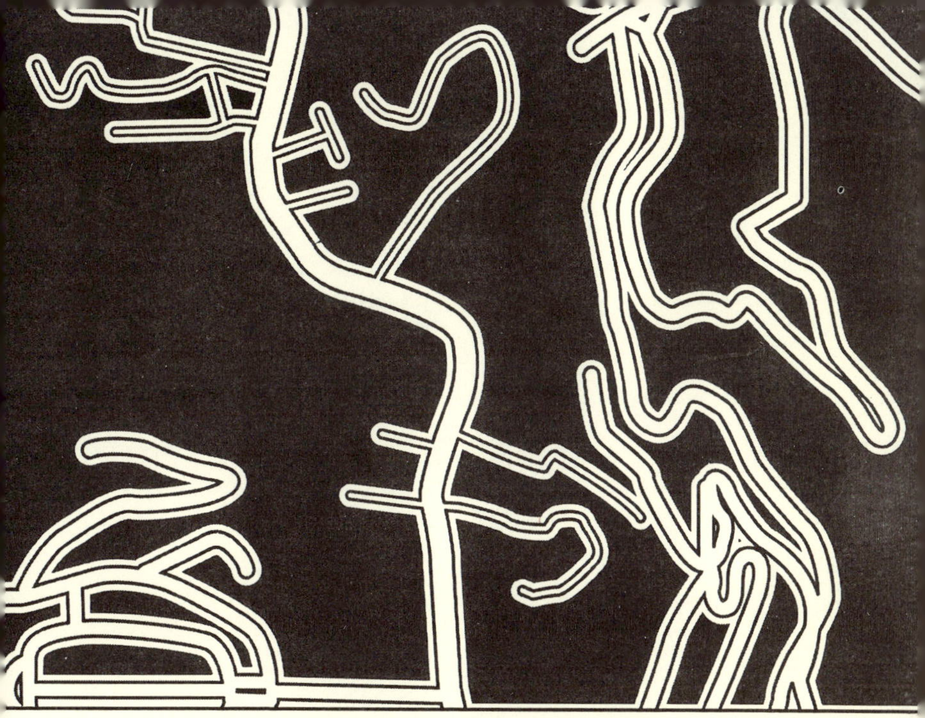

ANA, LARANJEIRAS, 29.

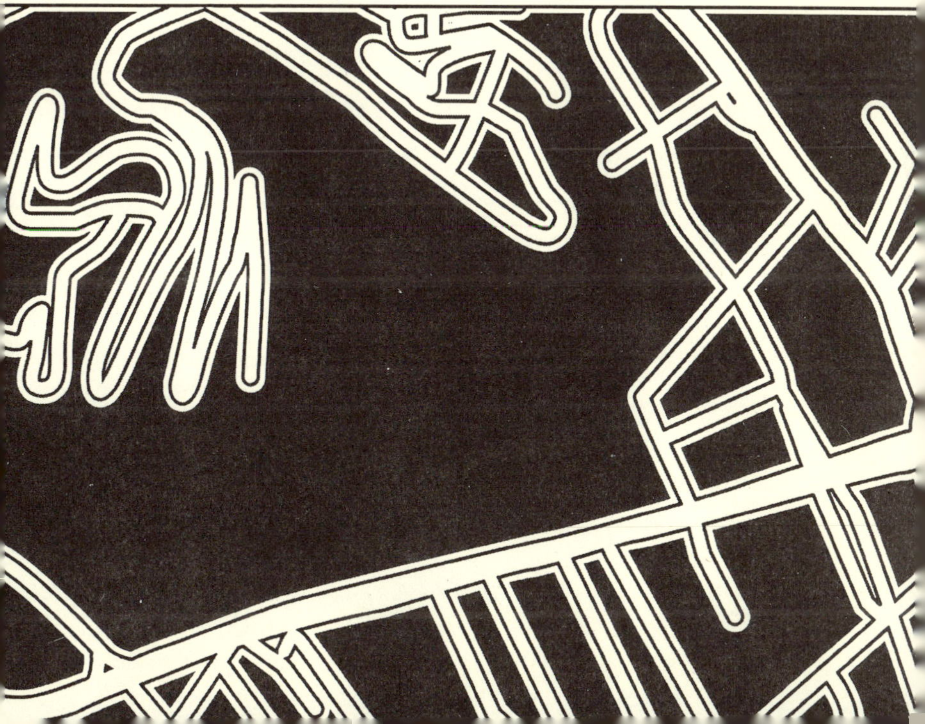

"Mulher bem mulher, a mais mulher das mulheres", assim definiu Álvaro Moreyra a terra carioca em 1923. Foi o cronista do Rio antigo quem primeiro a batizou de "cidade mulher", em seu livro homônimo. A consagração definitiva do apelido viria treze anos depois, na voz aveludada de Orlando Silva, interpretando a marchinha que deu nome ao filme Cidade Mulher *(1936), de Humberto Mauro. Composta por Noel Rosa como parte da única trilha sonora que faria para o cinema, um ano antes de sua morte, a música canta a "Cidade de amor e ventura/Que tem mais doçura/Que uma ilusão/Cidade mais bela que o sorriso/Maior que o paraíso/Maior que a tentação/Cidade que ninguém resiste/Na beleza triste/De um samba-canção". Com tantos padrinhos ilustres, nasceu bem-nascida a cidade mulher.*

Cidade mulher é o caralho! Hoje, estou mais para cidade TPM. Se eu vir mais um cartum comparando os morros do Rio de Janeiro às ancas de uma mulata, juro que vou vomitar. Aliás, vamos combinar, essa história de mulata é o ó. Desde quando mulata é profissão? Só aqui, no suposto cartão-postal do Brasil. Aqui é tudo assim, ao contrário do que deveria ser. Especialmente nesta merda de jornal que eu trabalho. Aqui, é notícia de destaque uma atriz global conferindo o cofrinho da colega na festa de lançamento da novela. Fazer piada de gay é crônica de costumes. Chamar alguém de negão é tratamento carinhoso. Ah, antes que eu me esqueça, e aquela frase lastimável que sai de tempos em tempos no Segundo Caderno? "Filho de peixe, peixinho é." (Traduzindo: promover filho de famoso, compadrio e autopromoção é.) Arrrgh! Me poupem, por favor. Não agüento mais! Não foi para isso que estudei jornalismo, que fiz o curso da Abril, que me pós-graduei em comunicação na USP. Se eu me lembro bem das aulas de ética jornalística, existia uma questão do tal do jabá. Alôôô!!! Não é jornalismo estampar uma matéria na última página do primeiro caderno anunciando a coleção de DVDs vendidos juntos com o jornal. Não é jornalismo dar capa do caderno de cultura para anunciar a programação da emissora mãe. Não é jornalismo colocar foto do dono do jornal visitando a redação. Isto não é notícia; é merchandising. Chamem o Dines, por favor!

Mas, fazer o quê? Minha editora me encomendou 1.500 toques sobre o tema "cidade mulher". Aquela vaca. Se sente ameaçada por mim, só porque eu tenho mestrado, e ela não. Aliás, *só* por isso, não. Porque eu tenho mestrado, porque sou mais inteligente do que ela, mais bonita do que ela e, principalmente, vinte anos mais nova do que ela. Isto ela não perdoa, de jeito nenhum. Aliás, nenhuma delas, essas peruas frustradas de 50... só espero que eu não fique assim. Vive me qualificando, ela. "Ana paulistinha", "Ana doutora", "Ana, a de preto". É que tem outra Ana no caderno. Aliás, o que não falta por aqui é Ana. Mas, essa é a queridinha dela: uma loirinha burrinha patricinha que é sobrinha de alguém. O pior foi o dia em que explicaram para ela que eu freqüento o meio indie. Passou dois meses me chamando de "indie-Ana". Que inferno! Graças a Deus, ela cansou agora e retomou o "Ana doutora". Menos mal. Perua desgraçada, invejosa! Sabe quando ela vai aceitar esse começo de matéria? Nunca! Muito literário. Escreve de novo, Ana doutora. Dessa vez, para quem não tem PhD em Letras.

"Cidade notável, inimitável/ Maior e mais bela que outra qualquer/ Cidade sensível, irresistível/ Cidade do amor, cidade mulher!", assim proclama o refrão do samba de Noel Rosa, de 1936. Decantada em prosa e verso, música e desenho, teatro, cinema e fotografia, a cidade do Rio de Janeiro é conhecida mundialmente por suas curvas sinuosas e seu doce balanço a caminho do mar. Suave e perfumada, mil vezes mais que amada, a terra carioca exerce seu fascínio sensual sobre habitantes e visitantes com igual fervor.

"Suave e perfumada, mil vezes mais que amada," boa... disto, ela vai gostar. Toda editora medíocre gosta de rima, mesmo essa perua invejosa. Se ela soubesse como é a minha vida, não teria essa inveja toda. Vim parar nessa bosta de cidade atrás de um homem que acho que nem me ama. Ridículo, né? Parece fala de novela do SBT. Poderia se chamar "Em busca do amor". É que, apesar de tudo, ainda acredito no amor. Nessa coisa de arriscar tudo pelo amor. Pelo menos, acreditava, um ano e cinco meses atrás. Agora, não sei mais. O nome dele é Rafael. Ele é DJ. A gente se conheceu na balada, aqui no Rio. Eu estava passando uns dias. Ele estava botando som na Matriz, como convidado. Ele é amigo de uma amiga minha, a Fabi, que nos apresentou. Gostei dele de cara. Pedi para ele botar *Bizarre love triangle*. Ele colocou, embora deteste New Order, coisa que só fiquei sabendo depois. Todos os amigos dele repararam, na hora. Foi super-romântico. Pagou mico por minha causa. Como ele era gracinha comigo naquela época!

> *Sexo e a cidade mulher. Reunimos quatro amigas da revista para um papo franco sobre as agruras da vida entre quatro paredes em plagas cariocas. Entre várias rodadas de caipirinhas de frutas vermelhas — com direito a uma bela vista da praia, é claro —, falamos de pierrôs e colombinas, de desencontros previstos e encontros inesperados, de amores de Carnaval e casos que sobem a serra, de descompromisso coletivo e solidão a dois.*

Não, esquece. Esse negócio de "reunimos amigas da revista" é péssimo, sem nem falar de "bela vista da praia". Não posso baixar o meu critério tanto assim. E, além do mais, acho que "amores que sobem a serra" é paulista. Eu e o Rafa ficamos uns cinco meses na ponte aérea. Depois, vim para o Rio, de vez. Eu estava patinando num trabalho de produção lá na MTV, que odiava. Aquela gente é insuportável. Não conseguem ir até a padaria se não tiver espelho, e não pode deixar de ter espelho na padaria. Aí fiquei sabendo que tinha essa vaga no caderno "Ela". Mal ou bem, era uma chance de voltar para a imprensa escrita. (Se é que se pode chamar isto de escrita.) O que eu tinha a perder? Mandei um e-mail para um amigo meu, que já estava n'*O Globo*, e acabou acontecendo. Ao mesmo tempo, fiz prova para o doutorado na UFRJ, Escola de Comunicação, e passei em segundo lugar. E, pronto, cá estou eu. Um ano e meio depois, praticamente. Nessa merda deste balneário de quinta! Você sabe por que o Cristo Redentor é o carioca típico? Porque está sempre de braços abertos, mas nunca abraça ninguém! Gostou? Foi um amigo meu gaúcho que me contou. Detesto esta cidade. É tudo aparência e superfície. As pessoas não têm nenhuma vida interior.

Mas o que pensam as mulheres cariocas desse estereótipo? Será que não suscita angústias a comparação de suas ancas com o Pão de Açúcar e dos seios com o Dois Irmãos? As rochas têm a vantagem de manter sempre seu perfil sublime, enquanto a passagem do tempo acrescenta adiposidades à silhueta feminina. A celulite é o grande fantasma da mulher hoje, garante a médica e psicóloga Janaína Portogallo, que não tem horário disponível antes de junho em sua clínica dedicada ao tratamento de distúrbios nervosos decorrentes da dependência em exercícios físicos e regimes de emagrecimento. Cada vez mais mulheres apresentam sintomas de estresse pós-traumático relacionados à preocupação excessiva com sua forma física. Muitas vezes, são mulheres bonitas, bem-sucedidas na carreira e na vida em família, mas a insatisfação com a aparência no espelho as conduz a extremos alarmantes. Uma paciente chegou à clínica após mutilar suas próprias coxas na tentativa de realizar uma drenagem linfática caseira. "A situação é preocupante em termos de saúde pública", alerta a doutora Janaína, que considera "alguns quilinhos a mais a melhor prova da saúde de corpo e mente". Será que o futuro pertence às gordinhas, então? "Não me surpreenderia", assevera a psicóloga, bem resolvida e feliz do alto de seus 1m65 de altura e 58kg.

Rafa, por exemplo. Quando a gente se conheceu, achei ele o máximo. Estava bem despojado, de jeans, camiseta branca e tênis Puma preto. Quando tirou os óculos de lentes cor-de-rosa, me inundou com aqueles olhos verdes imensos. Devia ter desconfiado, né? Lentes cor-de-rosa, com olhos verdes... façame o favor! O olhar do cara é uma propaganda subliminar da Mangueira. Mas, cadê que eu desconfiei? Só via as tatuagens de Tom e Jerry, uma em cada braço, que adorei. Parecia um cara bacana, superantenado... disse que tinha morado em Londres (na verdade, passou dois meses lá fazendo cursinho de inglês). Aos poucos, fui vendo que era tudo fachada. Depois, muito depois. No fundo, ele é imaturo, narcisista. E, ainda por cima, machista. Todo domingo, tem que jogar bola com os amigos no Aterro, e depois fica tomando cerveja no Belmonte até de noite. Pode um negócio desses? Não me mudei para o Rio para namorar meu tio Arlindo! O pior foi o dia em que tentou me convencer a assistir a mesa-redonda de futebol na televisão. Tudo bem. Fui levando. Tudo em nome do amor.

Outras ilustres moradoras do Rio revelam os segredos que toda mulher precisa saber para se sentir uma legítima garota de Ipanema nesses tempos de guerra diária contra a balança. A dublê de personal trainer e apresentadora, Ana Paula Amado, afirma ser possível conciliar a preocupação com a beleza e boa saúde mental. Aos 26 anos, resolveu colocar em prática o ideal clássico de mens sana in corpore sano *e tornou-se adepta do estudo da filosofia. "Não se garante a boa forma freqüentando apenas academias de ginástica e clínicas de estética", pondera a bela apresentadora do SporTV, que conta entre seus clientes alguns dos rostos e bumbuns mais famosos da televisão. "Da mesma forma que as pessoas exercitam o corpo, precisam exercitar o pensamento", acredita Ana Paula, completando que "deveriam existir academias só para esse tipo de atividade."*

Eu sei que o Rafa tem lá seus problemas. A mãe dele, para começar. Aliás, começo, meio e fim. Com uma mãe daquelas, não me surpreende que ele seja do jeito que é. Não que seja nenhum monstro. Contam muita mentira sobre ele por aí, muita fofoca. Aquela história que saiu no Orkut de que ele vendia calcinha de colegial pela internet para tarados japoneses é absolutamente surreal. Como alguém conseguiu inventar uma coisa bizarra dessas, não é mesmo? As pessoas são muito invejosas. É só fazer um pouquinho de sucesso, que o olho-grande vem a cavalo. O brasileiro é muito ressentido, especialmente o carioca. Não suporta ver o colega de profissão progredir. Basta ver o que eu sofro aqui nessa redação. Só porque sou um pouquinho competente, tem um monte de gente querendo me derrubar. Eles só não invejam quem se dá bem por dom divino, e não por mérito. Ninguém aqui tem raiva de quem nasce rico ou bonito ou poderoso. Eles têm raiva mesmo é de quem trabalha. No fundo, acho que os cariocas têm vocação para o feudalismo. Nunca vi gostar tanto de rei, de imperador. É Rei das Tintas, Rei dos Sucos, Rei do Mate. Tem até um supermercado chamado Império da Banha, em Niterói. Pode?

Semana passada, ele veio com aquela história sem-vergonha de dar um tempo. Não acredito que o Rafa me mandou essa, meu! "Acho que a gente devia dar um tempo", ele disse. "Estou precisando ficar sozinho para reavaliar as coisas." Parecia texto de teatro besteirol. Eu sei muito bem o que ele está querendo reavaliar. Já vi o jeito como ele olha para aquela nojentinha daquela Priscila Sampaio. Um tempo atrás, vieram me dizer que ele tinha ficado com ela na Maldita, numa segunda-feira em que foi sem mim. Ele negou, é claro. Disse que era pura maledicência das pessoas. Assim mesmo. Na hora, eu tive certeza que ele estava mentindo. Ele não é de usar palavras como "maledicência" sem premeditação. A gente brigou feio. Ficamos umas três semanas sem transar. Agora, quer dar um tempo. Não acredito que ele consiga ser tão óbvio, tão banal. Ao primeiro sinal de problema na vida sexual, ele pula fora. Depois de quase dois anos. Você quer saber, mesmo? Foram dois anos jogados fora! Já estou com quase trinta, meu. Daqui para a frente, ou dá certo, ou é tempo perdido.

> *Bel Andrade, a Marilene de* Antes tarde do que nunca, *tem 41 anos de praia, mas aparenta dez anos a menos. "Na sinopse original, Marilene tinha 25 anos. Quando me chamaram, achei que estava muito velha para o papel. O Sílvio [de Abranches, autor da novela] aumentou a idade dela para trinta, e eu resolvi encarar", confidencia a atriz, externando preocupação em estar convincente na pele de uma mulher mais jovem. A julgar pelo volume de cartas de fãs que chegam diariamente à emissora, Bel não tem com que se preocupar. Para alegria dos marmanjos, ela ainda não descartou completamente o convite de posar nua para uma revista masculina: "Não vou fingir que não fiquei contente. É um superelogio ser convidada, na minha idade. Acontece que não sou a Marilene. Sou muito tímida. Tenho uma filha de treze anos, e me preocupo com o exemplo que estaria dando para ela", pondera Bel.*

Juro que não sei por que ainda me surpreendo. Aqui no Rio é tudo assim, raso, sem profundidade, superficial. Tudo para fora o tempo todo. Deve ser por causa da praia. Sei lá. Chega sexta-feira, o papo na redação é sempre esse: "Será que vai dar praia amanhã? Estou louco pra pegar uma praia, cara. Pô, a previsão do fim de semana é chuva. Sacanagem! Só porque eu não tô de plantão, mermão!" Meu, parece que essa gente nunca viu sol na vida! Pessoalmente, eu não entendo. O que que tem de tão bom na praia? Areia? Areia é uma coisa totalmente superestimada. Gruda no pé, no cabelo, entra no biquíni, é um horror. Mar? Tá, o mar é bonito, mas é sujo. O outro dia eu vi um cocô boiando numa onda. Eca! Haja hepatite! De qualquer maneira, bonito ou não, não compensa o resto. Primeiro, é aquela luta para achar vaga, e ainda tem que negociar preço com o flanelinha. Depois, o trabalho de catar um metro quadrado para sentar no meio da multidão de juventude bronzeada que fica toda espremida no mesmo trechinho do Posto 9. Aí, passa o dia inteiro evitando que junte areia na canga. Criança correndo para lá e para cá, vendedor ambulante, gringo, cachorro, pitboyzinho tentando filar cigarro como pretexto para puxar conversa. Um inferno! Olha, o Guarujá não fica devendo nada.

A empresária Maria Sílvia Sampaio Toledo, ex-diretora da rede Ponto Frio e do Banco Real, encarna a combinação carioca perfeita de beleza e inteligência. Eleita três vezes consecutivas empresária mais sexy do Brasil por um site de celebridades, Maria Sílvia diz seguir a receita de mulher de Vinicius de Moraes e não revela a idade de jeito nenhum. "Depois dos cinqüenta, a gente passa a descontar um ano a cada aniversário", brinca ela. Moradora do Leblon, onde nasceu e foi criada, acredita que a mulher carioca possui um diferencial em relação às outras quando o assunto é sedução. "Não sei se é a proximidade do mar ou o sol, mas a carioca tem uma espontaneidade e uma alegria sem iguais." Para a empresária, não resta dúvida de que essas qualidades femininas são frutos da beleza natural da paisagem e geram, por sua vez, o despojamento que sempre foi marca registrada do Rio. "Hoje, isto começa a mudar", lamenta, "a cidade se masculiniza com a guerra do tráfico."

Outra coisa que não entendo é essa obrigação de estar sempre na rua, fazendo alguma coisa, no agito. Parece que carioca não pára em casa, meu. O Rafa não consegue passar duas horas, quietinho. Fica logo nervoso. Domingo passado, ele ficou me enchendo o saco para a gente ir à praia, na hora que eu estava tentando terminar uma matéria. Eu disse para ele: "Leia um livro." Pela cara de horror dele, parecia que eu tinha falado para ele matar o coelhinho da Páscoa e chupar-lhe o cérebro com canudinho. É só agito, agito, agito, o tempo todo. Emendam praia com bar com bloco com balada, e tudo sem nunca marcar nada certo com ninguém, porque carioca não consegue resolver o que vai fazer com mais de quinze minutos de antecedência. Vivem dizendo uns aos outros: "vamo se ver", "vamo se falar", "vamo combinar". Combinam três, quatro programas ao mesmo tempo. Chega na hora H, fazem o que está mais à mão, aquele que dá menos trabalho. A vida aqui é muito voraz. As pessoas querem estar em todas, beber todas, irem a todas as festas, nem que seja de penetra. No fim, elas não chegam a lugar nenhum. É sempre a mesma bosta essa cidade, tão previsível quanto os sambas-enredo que eles cantam no carnaval. O meu símbolo do Rio é aquele diabo da Tasmânia, do desenho animado. Ele avança girando sobre o próprio eixo, como um turbilhão, e devora tudo que vê pela frente. Acha que é feroz, mas o Pernalonga sempre dá voltas nele. Não passa de um otário metido a fodão.

Mesmo concordando com a avaliação de que a violência vem ocasionando mudanças no jeito carioca de ser, Eloísa Margarida de Melo discorda quando o assunto é a relação entre o sol e a beleza das cariocas. Para a dermatologista, professora da UFRJ e membro da Academia Brasileira de Medicina, a exposição excessiva aos raios solares constitui a maior ameaça ao bem-estar feminino. "Mulher carioca que se preza tem que evitar a praia", radicaliza, "pelo menos no horário entre onze da manhã e três da tarde."

Devo admitir que gosto da praia à noite. Gosto, não: amo praia à noite. De dia, ela é de todos, mas, à noite, é só minha. Às vezes, quando me sinto muito solitária, vou a Ipanema de madrugada, curtir o mar a sós. Que delícia! É como ficar com o anfitrião depois que os convidados já partiram, privando de sua intimidade. Gosto de respirar o cheiro forte da maresia, a quase podridão da vida marítima em abundância. De dia, mal tenho tempo de ir à praia. Trabalho no Centro e moro em Laranjeiras. Acaba que não vejo quase nunca o mar. Ê, vidinha de merda! Do que adianta morar num balneário se a gente não pode usufruir da única vantagem que tem? Quer saber? Acho que vou largar tudo e vou à praia hoje. Isso, minha vez! Seria uma boa, viu. Inventava qualquer pretexto para sair daqui (estou passando mal) e ia ver o pôr-do-sol no 9. Seria uma ótima! O problema é que não sei mentir. Todo mundo ia ver na hora que é armação. Putz! Já faz meia hora que estou aqui me lamentando. Tenho que pôr mãos à obra. 1.500 toques sobre "cidade mulher", relacionando a beleza da cidade com os problemas da mulher carioca de hoje. Inacreditável. E o pior você não sabe. Tem que ter sexo no título. Ordem expressa da perua editora. "Sexo no título." Que bosta! Sabe de uma coisa? Vou escrever o que me der na telha. Vou escrever isto mesmo que estou escrevendo agora. Foda-se ela. Foda-se ele. Fodam-se todos. Quero que todos os cariocas se fodam, bonitinho. Malditos cariocas! Para mim, já deu. Vou escrever qualquer merda que eu quiser, e depois vou pegar o primeiro avião com destino à felicidade. Cidade mulher é o caralho! Isto aqui está mais para cidade travesti.

A vocação das cariocas parece ser de exportar o estilo, o charme, a sensualidade da cidade mulher. Na moda, o biquíni brasileiro saiu das areias de Ipanema para ganhar mundo. Do rebolado das passistas de escola de samba ao Brazilian wax, o bumbum empinado e a virilha raspada são atualmente os produtos brasileiros mais cotados no estrangeiro. O Rio está para tudo isso como uma cafetina para suas meninas. Não é para menos. Com suas rochas em forma de ancas, abraçando o grande útero poluído da Baía de Guanabara, a cidade se abre de pernas abertas para tudo o que vem de fora. Porto de entrada de todas as tendências e excrescências. Caixa-d'água de ressonância magnética da imbecilidade nacional. Coração bichado do Brasil. A cidade mulher progrediu da jovem inocente, recémchegada à condição de capital federal, para se transformar em puta velha sifilítica. Outrora amigada com deputados e coronéis, imperadores e presidentes, hoje ela se vende por aí para qualquer molequinho malcriado que lhe compre votos e remédios a um real.

Essa é ótima! Adorei! É verdade que "grande útero poluído" é um pouco literário demais, mas é muito bom. Que vontade de pegar mesmo um avião, viu! Para algum lugar bem frio, de preferência. O inverno em Amsterdã seria tudo de bom agora. Posso confessar uma coisa? Promete que não vai rir? Eu queria mesmo é ter sido aeromoça. Juro. Era meu sonho desde os nove anos. Eu tinha vocação. Passava os dias carregando comida e bebida pelo corredor do apartamento num carrinho de bandeja que tinha na sala de jantar. Tenho até uma foto aos dez anos, toda maquiada e vestindo um chapéu da minha mãe e uma écharpe azul com bolinhas brancas para ir numa festa a fantasia. Por que a gente abre mão dos sonhos? Por medo de fracassar? Ou, por medo de assumir? Menina de classe média alta não vira aeromoça. Faz faculdade. Conquista um diploma. Abraça uma profissão. Ingressa no mercado de trabalho e acaba ganhando menos do que um motorista de táxi... ou uma comissária de bordo. Que droga! Por que eu tenho de ser de nível superior? O que tem de superior nisto? Para que seguir uma carreira respeitável, sendo desrespeitada em tudo e por todos? Será que a perua editora aceitaria 1.500 toques sobre a opressão que faz com que as mulheres mutilem suas próprias existências em nome de algum arquétipo estúpido de delicadeza feminina? Em nome de ser uma boa moça? Prometo colocar sexo no título. "O segundo sexo dos anjos"... que tal? Ah, deixa pra lá. Quem sabe, em outra encarnação.

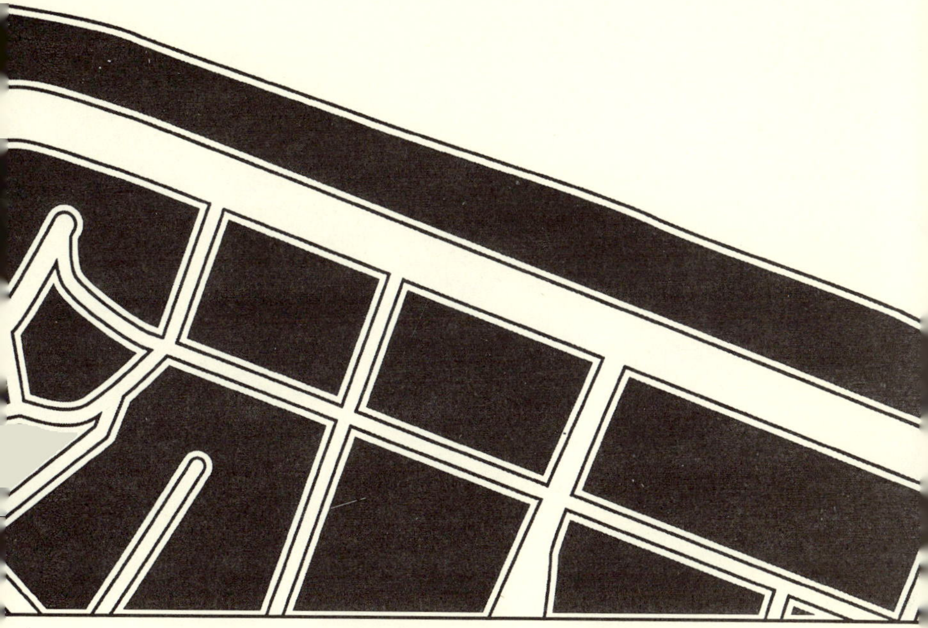

CONCEIÇÃO, SAÚDE, 72.

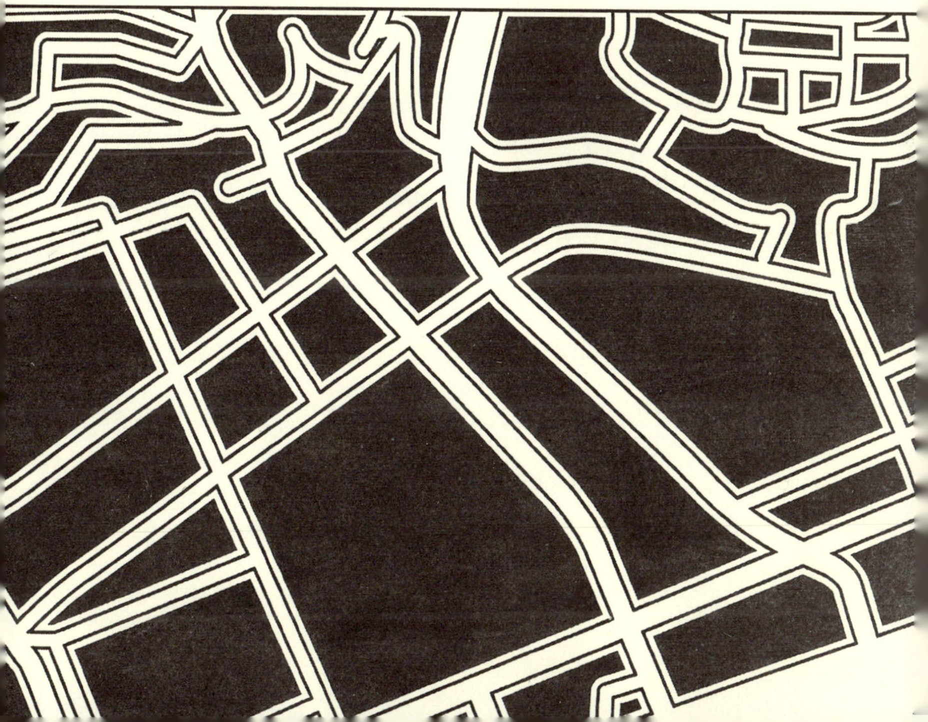

A moça parou diante da fachada de pedra marrom. Vendo a fresta aberta da janela, não se furtou a espiar o interior da casa através das grades. Dentro, apenas móveis escuros e um silêncio sombrio, em franco contraste com o sol forte que acachapava a Rua do Jogo da Bola. Equilibrou a pasta preta sobre a soleira da porta e, remexendo na bolsa de lona da Cantão, retirou uma agenda espiralada, grande demais para ser prática. Encontrou a folha desejada e examinou-a, olhando em seguida para a fachada e depois para a agenda de novo. Sem emitir nenhum som, seus lábios formaram as sílabas "cento e quatro", confirmando o número da casa. Ainda na dúvida, olhou para os lados. Não havia mais ninguém na rua no calor sufocante daquela tarde de janeiro, a não ser uma criança, logo adiante, na sombra parca do flamboaiã.

— Ei, menino, é nessa casa aqui que mora a dona Ceiça?

O garoto interrompeu sua brincadeira solitária para observar a recém-chegada. Fixou sobre ela um olhar assustado de admiração, como se fosse aquela a primeira vez na vida que visse alguém de fora daquele lugar. Em seguida, meneou a cabeça que sim, guardando silêncio. Como pode morar no Rio de Janeiro e ser tão xucro assim?, pensou a moça. Com essa idade, minha sobrinha já fala dois idiomas e leu *O apanhador no campo de centeio* no original. Tocou a campainha, mas não ouviu nenhum som. Carregou de novo no botão e esperou. Nada. Após mais alguns instantes, resolveu bater na porta. Usou o excesso de força condizente com sua pressa, provocando um estrondo súbito na pequena casa. Uma voz cansada e irritada respondeu de dentro:

— Já vai!

A dona da voz era uma senhora de seus setenta e poucos anos, morena clara, mais baixa do que alta, mais para gorda do que para magra. Abriu a porta com um ar severo, olhando de cima para baixo, embora não possuísse altura suficiente para tanto. Trajava com simplicidade elegante um vestido azul-marinho estampado de pequenas flores amarelas, sem gola nem mangas, de onde emergiam pesadas as dobras roliças de seus braços. Parecia de antigamente, pensou a moça. Vendo-a, esboçou um sorriso de dentes tão perfeitos que só podiam ser dentadura.

— Você deve ser a moça do cinema, não é mesmo?

— Sou sim. Ângela Simões — disse-lhe, estendendo uma mão a distância. — E a senhora é a dona Ceiça?

— E quem mais eu haveria de ser, minha filha? Vá entrando, por favor. Não repare na bagunça.

A moça aproveitou o convite para sair do sol. Dentro da casa, estava mais fresco alguns graus.

— A senhora me desculpe o atraso. É a primeira vez que venho no Morro da Conceição e errei o caminho.

— Mas eu não falei para você vir pela Sacadura Cabral e dobrar na Rua do Escorrega? Era só subir direto.

— Pois é, acabei me confundindo e vim pela Ladeira do João Homem! Como é íngreme aquela subida!

— E eu não sei, minha filha? Levei vinte e oito anos para perfazer esse mesmo caminho.

Ângela deixou passar o comentário enigmático, sem pedir explicação. Na verdade, quase nunca prestava atenção no que os outros diziam. Naquele momento, então, estava ocupada em observar os detalhes do cenário que adentrara, com seu olhar cinematográfico recém-adquirido. Ajustando os olhos à relativa escuridão, percorreu o ambiente em rápidos golpes de vista, passando em revista as cadeiras antigas de madeira escura, o guarda-roupa das Casas Bahia, o pequeno elefante com tromba erguida, posto orgulhosamente sobre o aparador ornado com motivos chineses, e o indefectível quadro da *Santa Ceia*, em colorida versão de tapeçaria. Vislumbrou a borda de uma mesa de fórmica vermelha que despontava da porta da cozinha. Tudo lá era velho, porém impecavelmente limpo e bem-conservado, registrou numa anotação mental equivocada, mas que corroborava suas expectativas quase etnográficas.

— Você está toda suada, minha filha! Aceita alguma coisa para beber? Um refresco?

— Só um copo d'água, por favor. Não quero incomodar a senhora.

— Não é incômodo algum.

Dona Ceiça atravessou a pequena distância que separava a sala do corredor e desapareceu por detrás da primeira porta, retornando em seguida com uma bandeja carregada de dois copos, uma jarra de refresco de caju e uma garrafa de água bojuda, com bico verde de plástico. Encontrou Ângela com um porta-retrato de metal entre as mãos, a examinar a foto em preto-e-branco de um homem fardado de seus quarenta anos. Reparou que a moça não se sentira constrangida ao ser pega fuxicando nas coisas da casa, e muito menos pedira licença para tanto. Resolveu ser magnânima. Hoje em dia, é normal as pessoas serem assim, sem educação, ponderou. Ainda mais essa gente da Zona Sul, que achava que podia tudo.

— É meu finado marido, o Antenor.

— Ele era militar?

— Primeiro-sargento da Marinha.

— E faz quanto tempo que ele faleceu?

— Em abril, vai fazer doze anos. Você tem certeza que não aceita um refresco de caju? Fiz agorinha mesmo.

— Já está adoçado? — franziu a testa.

— Está sim.

— Então só vou querer água. Não tomo açúcar.

— Nenhum? Nem no café? — arregalou o olho.

— Nem no café.

— Cruzes! De amarga, já basta a vida!

Que gente esquisita essa, concluiu dona Ceiça, vertendo o líquido amarelo em seu próprio copo. Mania dessa gente, adoçar tudo, refletiu Ângela, sorvendo com sofreguidão o copo de água ofertado.

No instante de silêncio que se instaurou enquanto a dona da casa bebericava seu refresco, Ângela abriu a pasta preta e começou a retirar um grande número de papéis, lápis, caneta, formulários e até um gravador portátil. Ao se deparar com o aparelho, dona Ceiça reagiu assustada:

— Você vai gravar a nossa conversa?

— Se a senhora não quiser, não gravo.

— Não, não é isso. É que não tenho nada de tão importante assim para dizer. E, além do mais, detesto o som da minha voz gravada!

— Tudo que a senhora tiver a dizer é importante para nós. E na hora que a gente for filmar, vai gravar tudo. A senhora entende isso, não é?

— Está bem, minha filha, mas se eu falar alguma bobagem, vocês apagam, não é mesmo?

— Claro, dona Ceiça. A gente não vai colocar nada no filme que a senhora não autorize.

Por cima do copo suado, continuou a estudar os gestos da moça, que não se entendia com tanta parafernália. Ela escarafunchava a pasta com insistência, aparentemente à procura de algo importante que, no final das contas, desistiu de localizar. Terminada a busca, voltou-se para dona Ceiça com uma expressão calculada para inspirar confiança. Sorriu, olhando-a bem nos olhos, conforme aprendera na faculdade de Serviço Social.

— A senhora entende que esta é só uma entrevista preparatória, para ajudar o diretor quando ele vier filmar?

— O diretor é aquele moço simpático, que esteve aqui na semana passada?

— Isso, o Rogério.

— Seu Rogério, isto mesmo. E tinha um outro moço com ele, um rapaz bem bonito. Esqueci o nome dele...

Enquanto a velha buscava relembrar o nome, Ângela tentava organizar mentalmente a ordem em que faria as perguntas. Fora advertida que não havia uma seqüência preestabelecida, mas não conseguia se desligar do velho hábito. Os nove anos na Prefeitura haviam deixado suas seqüelas e, apesar de tanto tempo parada, deleitava-se secretamente em redescobrir as lições quase esquecidas de técnica de entrevista. O nervosismo atrapalhava. Precisava lançar mão de sua experiência passada ao retomar agora o trabalho. Pelo menos tinha uma chance de fazer algo, finalmente, depois de onze meses parada. Graças à Bel, sua irmã, que era amiga do Rogério. Caso contrário, continuaria desempregada, com toda certeza.

Olhou novamente para dona Ceiça e sorriu com a mesma franqueza simulada de antes. A velha devolveu-lhe o sorriso, com uma simulação bem mais profissional de amabilidade.

— Faz quanto tempo que a senhora mora aqui?

— No Morro, ou na Jogo da Bola?

— Nos dois.

— Aqui nesta casa, faz 22 anos que eu moro. Mas, no Morro, é muito mais. Cheguei ao Rio em 1954, no mês de setembro, e fui logo morar num quarto de pensão na João Homem. Deixe-me ver, estamos em 2005... há mais de cinqüenta anos que vivo por aqui!

— Cinqüenta anos. Nossa. A senhora veio de onde, originalmente?

— Campos.

Ângela fez uma anotação no pequeno bloco em suas mãos, menos para registrar os dados e mais para ganhar tempo antes de fazer a próxima pergunta.

— A senhora veio na cara e na coragem, ou conhecia alguém aqui?

— Minha irmã Aparecida já trabalhava na Praça Mauá.

Outra anotação, mais demorada. Dona Ceiça reparou que a moça mordia a língua no interior da boca enquanto escrevia. Era um hábito nervoso antigo. A mastigação lenta do músculo aprofundava-lhe a concentração. O que diabos faziam ela e a prima, duas moçoilas de Campos, em 1954, em plena Praça

Mauá? Fugindo da conclusão óbvia, Ângela ainda se pôs a perguntar:

— Trabalhava em quê?

Dona Ceiça pousou sobre ela um olhar comprido, um misto sereno de incredulidade e compadecimento. Sorriu com algo bem próximo da elegância fidalga e respondeu:

— Ela dançava em cabaré.

— E a senhora foi dançarina também?

— Eu não sabia dançar, à época, mas aprendi o que tinha que aprender.

Nova anotação no bloco. O que será que ela quer dizer com isto, titubeou, ainda rabiscando palavras para ganhar tempo. O que será que ela tanto escreve?, imaginou a entrevistada. Afinal, não é tão complicado assim. Ângela chegou a considerar a opção da pergunta direta, sem rodeios, mas a velha poderia se ofender. Que situação complicada! Passou os olhos pelo roteiro que havia preparado, buscando uma saída. A palavra certa veio em seu auxílio.

— A senhora tem alguma fotografia daquela época?

— Fotografia? Tenho. Várias.

Dona Ceiça ergueu-se lépida da cadeira e desapareceu novamente no corredor escuro. O som de seus passos a se afastarem pelo chão de tábua corrida demarcava com precisão a distância percorrida, até sumirem no ranger longínquo de uma porta. Por alguns instantes (ela não saberia dizer quantos), Ângela permaneceu sozinha na sala a ouvir o tiquetaque metálico do relógio pontuando, ritmado, a profundidade do silêncio. Os segundos se desdobravam em minutos, e os minutos pareciam longos como horas. Era como se o tempo se dilatasse no interior sombrio da casa, protegido do sol e do apressado ritmo da cidade por grossas paredes de pedra. Os olhos de

Ângela puseram-se a percorrer três velhas fotografias de crianças, à sua frente, do outro lado da sala, ampliadas e coladas sobre painéis de eucatex, e penduradas em escadinha abaixo de uma imagem de Nossa Senhora de Fátima. De lá, subiram as paredes por pequenas rachaduras até um ponto onde a tinta descascada emoldurava velhas manchas de água rentes ao teto. Nada mais perturbava a sobriedade lisa do pé-direito altíssimo, sob o qual o passado respirava folgado e forte. Ângela buscava situar sua própria presença agitada em meio à intensa calmaria que aos poucos a absorvia, quando os passos de dona Ceiça ressoaram novamente no corredor. A figura da velha senhora assomou à soleira da porta, abraçada a uma caixa de sapatos abarrotada de fotografias.

— Aqui estão.

Acomodadas novamente à mesa de jantar, dona Ceiça abriu a caixa e principiou a extrair as fotografias ali contidas. Conforme as retirava, examinava rapidamente seu teor e, de acordo com o juízo formado, empilhava-as em dois pequenos montes à sua direita. Ângela observava em silêncio, temerosa de atrapalhar o método oculto por trás do procedimento. Quando terminou de separar o primeiro bolo de fotos, transferiu uma das pilhas para a esquerda e começou a passá-las para Ângela, uma a uma.

— Quem são essas pessoas?

— Deixa eu colocar meus óculos.

Dona Ceiça examinou cuidadosamente a foto, reconhecendo nela o ambiente do Rio de Janeiro de sua juventude. Os sobrados e edifícios nem haviam mudado tanto. Os carros, sim, completamente. E as roupas também. Como as pessoas andavam bem-vestidas naqueles tempos! Mesmo na Praça Mauá, que era um lugar pobre, havia uma preocupação com a elegância.

— Quem?

— Aqui.

O dedo de Ângela apontou para um grupo de pessoas posando dentro de um bar vazio, entre mesas e cadeiras desocupadas. Havia uma dezena de homens vestidos de paletó branco, calças pretas e gravata-borboleta, um só de terno escuro e meia dúzia de garotas, visivelmente emperiquitadas. Dona Ceiça informou ser a velha boate Calèche, o primeiro local em que trabalhara ao chegar ao Rio.

— A senhora está reconhecendo alguém?

— Ai, minha filha, faz tantos anos. Conhecia todo mundo aqui. Só não saberia dizer os nomes de todos. Esta lourinha daqui se chamava Dalza e a outra é a irmã dela, Deise, se não me engano. Esta aqui é a Aurora, uma baiana que dividiu quarto muito tempo comigo. E este senhor calvo, de terno, é o seu Netto, que era o gerente do lugar. Ele era um português terrível, muito severo.

À medida que desfiava os nomes, o dedo enrugado ia pontuando rostos congelados em diversas atitudes e posturas — uns acanhados, outros alegres, outros presunçosos. Embora se dessem a ver momentaneamente na exposição forçada do retrato em grupo, as vidas por trás daquelas expressões permaneciam distantes, exiladas para sempre num passado perdido. Olhando a triste e raquítica figura da lourinha Dalza ganhar nome pelas palavras de dona Ceiça, Ângela teve a convicção, pela primeira vez na vida, de que as fotografias escondem mais do que revelam, de que roubam uma porção mínima do presente para entregá-la ao futuro como rastro e sombra. Não que ela fosse capaz de articular essa idéia com qualquer precisão. O pensamento sobreveio-lhe de forma confusa, como uma vaga sensação de mal-estar no fundo da barriga.

— E a senhora está aí no meio?

— Claro, sou esta daqui.

Pousou decidida o dedo torto sobre a figura baixinha de uma menina que se dissolvia na meia-luz do lado esquerdo da foto. Seus olhos estavam quase escondidos pela farta franja preta que invadia todo o lado direito do rosto, à la Veronica Lake. Não era bonita, mas era vivaz, com um jeito de corpo cuja sensualidade conseguia transparecer através da imagem estática e esmaecida. Ângela olhou admirada da foto para dona Ceiça e, dela, de volta para a foto.

— É a senhora?

— Sou eu mesma — pronunciou orgulhosa — ou, melhor, era. Hoje, sou apenas esse caco que você está vendo.

A história de dona Ceiça não era complicada, nem surpreendente. Chegou ao Rio aos 21 anos de idade. Tornou-se prostituta. Depois de topar muito com os obstáculos naturais à sua nova condição, aprendeu aos poucos a perfazer o caminho da menor resistência, serpeando entre valas e cristas como água ladeira abaixo numa rua de paralelepípedos. Viveu assim durante sete anos. Em 1961, conheceu um marinheiro chamado Antenor, quinze anos mais velho, que se apaixonou por ela. Tirou-a da vida difícil e alugou uma casa para eles do lado da pensão onde ela morava, no pé da Ladeira do João Homem. Acontece que Antenor era casado. Tinha uma mulher na Bahia, em Itabuna, onde vivia quando não estava embarcado. De três em três meses, aparecia no Rio de Janeiro. Geralmente, conseguia passar três dias, uma semana às vezes, mas sempre mandava dinheiro para o aluguel e as despesas.

Acostumou-se a viver assim. Depois de um ano, engravidou. Anunciou ao futuro papai que iria tirar a criança e virar prostituta de novo, a menos que ele viesse morar com ela. Não queria ser mãe sozinha. Antenor morria de ciúmes de sua pequena (era como a chamava) e dizia que faria qualquer coisa para evitar que ela voltasse ao antigo ganha-pão, mas confessou que não podia abandonar a esposa doente. Ela recuou do aborto e teve seu primeiro filho, Jacinto. Nada mudou; só a mesada aumentou um pouco. Um ano depois, engravidou de novo. Sem ameaças desta vez, teve as gêmeas, Lúcia e Francisca. Quando Jacinto completou quatro anos, a esposa de Antenor morreu. Ele conseguiu transferência para o Rio de Janeiro, e se mudaram para uma casa maior, mais para o alto da Ladeira, quase na Praça Major Valô. Passado um ano após a morte da primeira esposa, casou-se de papel passado com sua pequena. Assim viveram durante mais quinze anos, até a morte de Antenor, aos 64 anos, do coração.

Além da pensão da Marinha, dona Ceiça descobriu que herdara do marido uma quantia razoável em dinheiro, depositado secretamente numa poupança da Caixa Econômica Federal durante mais de vinte anos. Antenor, quem diria, era prevenido. Ela usou a bolada para realizar seu grande sonho — a compra da casa na Rua do Jogo da Bola. Em 1983, às vésperas de completar 50 anos, assinou a escritura. Poucas semanas depois, instalava-se em seu novo, e definitivo, endereço. Não foi simples a adaptação ao local. Embora ficasse a três minutos de caminhada, o outro lado do morro era um mundo à parte. De início, os vizinhos foram menos do que calorosos em sua acolhida. Dona Ceiça logo descobriu o porquê no dia em que sua filha Francisca resistiu às investidas amorosas de um rapaz da casa defronte. Pelo menos, disse-lhe rancoroso o moço desprezado, sua mãe não era uma puta da Praça Mauá. As velhas histórias seguiam-na, previsivelmente. Ela não experimentou tanto decepção quanto confirmação de suas certezas. Manteve a cabeça erguida, e não se deixou abater. Tinha sido prostituta, sim, e não tinha vergonha do passado. Vergonha era roubar e matar, costumava dizer aos filhos.

A história de dona Ceiça não era complicada, nem surpreendente. Nas mãos de Balzac, daria um romance. Nas mãos de Rogério, podia render umas boas falas. Surpreendente, para Ângela, era a disposição da velha senhora em revelar-lhe sua intimidade com tanto desprendimento. À medida que a tarde passava e sucediam-se as fotografias, as duas mulheres mergulhavam cada vez mais profundamente no tempo ido das boates e dos cabarés. Foi uma verdadeira surpresa para ambas quando soou a "Ave-Maria", oriunda dos alto-falantes da capela vizinha.

— Que música é essa?

— Toca todos os dias, às seis. Meu Deus, já são seis horas! Daqui a pouco, minha neta vai chegar do curso de inglês.

Assim dizendo, dona Ceiça ergueu-se da cadeira, dando por encerrada a entrevista. Ângela permaneceu imóvel por um instante, paralisada pela falta de direção. Fazia quatro horas que estava ali naquela casa, mas não sentia a mínima vontade de partir. O tempo passara tão depressa! Atravessou-lhe a cabeça um lampejo esdrúxulo de pedir para ficar mais um pouco. Chegou a ponderar o que haveria para o jantar. Dona Ceiça fitava-a com um olhar curioso. Será que a moça havia esquecido o caminho da porta? Via em seu rosto que parecia procurar alguma coisa, talvez aquilo que buscara havia pouco em sua pasta, sem sucesso.

— Está tudo bem, minha filha?

— Ah, sim, claro. Tudo bem...

Ângela ergueu-se apressadamente da cadeira, derrubando no chão um bolo de fotos. Ajoelhou-se para catá-las.

— Deixa isso aí, querida, depois eu apanho — disse a velha senhora, pousando a mão delicadamente sobre os cabelos da moça.

A cabeça de Ângela rendeu-se intuitivamente à carícia ofertada. "Querida." A palavra causou-lhe algo como um afago no coração e abrandou um pouco sua agitação. Ela terminou de recolher as fotografias e colocou-as de volta na mesa, com delicadeza. Reparando no cuidado do gesto da moça, dona Ceiça sorriu por dentro um sorriso suave. Os olhares das duas mulheres se encontraram num instante de cumplicidade. Os últimos acordes da "Ave-Maria" cessaram, devolvendo a casa ao seu silêncio acolhedor.

— Dona Ceiça...

— Sim, minha filha?

— A senhora se incomoda se eu vier aqui de novo essa semana?

— Para terminar a entrevista?

— É, também... — hesitou Ângela, emendando em seguida — mais para ver o resto das fotos.

A expressão dela tornara-se tímida, desprovida da arrogância inicial. Dona Ceiça permitiu que o sorriso interior lhe aflorasse nos lábios, com ternura maternal.

— Venha quando você quiser. Eu preparo outro refresco de caju, sem açúcar desta vez.

REGINA, LEBLON, 59.

Quer conhecer melhor os valores que norteiam o mundo de hoje? Topa fazer um teste? Muito bem. Deixe cair uma moeda no chão, diante de outras pessoas. Olhe rapidamente para a moeda, para estabelecer que sabe que ela caiu, mas não faça o menor esforço para catá-la. Deixe passar alguns segundos, mantendo um ar displicente, de quem não tem pressa. É mais do que provável que alguém, impaciente com sua falta de iniciativa, a cate do chão e a entregue a você. Muito gentil. Agora, a segunda parte do teste. Arrume um senhor de meia-idade, de preferência feio e malvestido. Faça-o sentar-se no meio da calçada, com o olhar perdido, para o nada. Observe quantos minutos se passam até alguém parar para perguntar se está tudo bem. Não esqueça de providenciar uma cadeira para sentar. Dependendo do lugar, pode levar horas, ou mesmo dias. Aí está a prova da perversidade visceral do sistema em que vivemos: a queda de uma moeda de dez centavos causa mais comoção do que a de um homem.

Da queda de uma mulher, então, nem se fala. Tenho uma amiga que conheço há cinqüenta e muitos anos. Vamos chamá-la de Regina. Sempre foi uma pessoa normal. Normal, não — exemplar. De ótima família. Boa esposa. Excelente mãe. Os três filhos bem criados e encaminhados na vida. Muito bem-vestida. A casa impecável. Recebia como ninguém. Seu coq au vin era famoso no Country. Ainda colaborava com obras sociais para a Igreja. Em suma, uma mulher ao feitio antigo. Uma pessoa do nosso meio, sem sombra de dúvida. Ninguém desconfiaria que fosse capaz de fazer o que fez. Uma coisa tão perversa! Retalhar um cachorro. Matar, não — retalhar. E não qualquer vira-lata de rua. Seu próprio poodle, o Luluca. Se me contassem, nem acreditaria. Acontece que fui eu quem a encontrou, ajoelhada no carpete branco de plush, rodeada do bichinho todo esquartejado, as partes do cadáver dispostas simetricamente em torno dela, como uma espécie de oferenda macabra. Tão cedo não vou me esquecer do contraste entre o pêlo preto do Luluca e o vermelho do sangue, ressaltados contra o fundo branco do carpete. Um Malevitch do mal! Só olhar para a camisa reserva do Flamengo é o suficiente para me embrulhar o estômago!

Bem, este é o clímax de nossa história. Vamos recuar e contar a coisa desde o início. Como é Regina? Loura, alta, de olhos azuis, fora belíssima aos vinte e poucos anos. À época, isto bastara para que tudo lhe fosse permitido. Ser rude com as pessoas. Não prestar atenção nas conversas dos outros. Não se preocupar em desenvolver qualquer outra faceta de sua personalidade. Seu único talento era o de ser bonita. Quem pode culpá-la por ter tirado proveito dessa equação perversa que é o culto à beleza? Ela era jovem e fora criada para aceitar com naturalidade o papel de musa. Até os trinta e muitos anos, ainda deu para manter as aparências. Carregava na maquiagem, colocava um decote mais baixo, um salto mais alto, e ainda conseguia convencer o guarda a não multá-la por parar o carro em fila dupla, atravancando a rua inteira. Um sorriso seu ainda era mercadoria a ser disputada — não mais pelos solteiros cobiçados da high, mas ao menos por toda a imensa legião de homens que pode apenas sonhar com mulheres de sua estirpe. Não se iludam, meus caros, há uma mística toda especial que cerca as mulheres criadas desde o berço para nada a não ser o ócio e a ostentação. Elas são que nem orquídeas e cavalos puro-sangue: por mais cuidados que exijam, haverá sempre quem as cultive com capricho e fervor.

Não que Regina não tenha vivido seu momento de glória entre as flores mais cobiçadas. Ela desprezou, no seu auge, diversas propostas de casamento que teriam sido abocanhadas com gana por qualquer moça da época. Baby Nabuco de Araújo esteve a seus pés durante anos. Miguelzinho Lamounier cortejou-a furiosamente antes de aceitar subir ao altar com Patsy (esta nunca perdoou a rival). Até mesmo o grande Vinícius Bandeira de Mello dedicou-lhe um poema apaixonado no ano anterior à sua morte. A todos, Regina recusou. Mimada ao extremo, sua auto-estima beirava a arrogância; protegida de todos os males do mundo, pôde se dar ao luxo de permanecer ingênua. Assim, enfiou na cabeça que só se casaria por amor. Foi durante uma temporada em Paris que ela conheceu o fotógrafo Raoul Gautier, pai de seu filho mais velho, com quem ficou por três anos, suportando todos os seus vícios, imolando sua juventude no altar da tirania demente dele, até o dia em que a alforria lhe foi concedida sob a forma de uma queda do monomotor que transportava o marido de Bucareste para Arad. Nada restou do corpo para ser recobrado. Mesmo assim, ela viajou até a Romênia com o intuito de vasculhar a cena do acidente, mas, naquela época de Guerra Fria, não conseguiu obter a permissão necessária para ir até o local. Foi aí que se abriu uma brecha em seu interior, entre a Regininha que conhecíamos e uma outra, nova e insuspeita. Essa brecha, ela mesma apelidou secretamente de Arad.

Chegou ao Brasil, transtornada ainda. Porém, de início, deu-se-lhe um desconto por causa do luto. Era natural esperar uma parcela de instabilidade emocional da parte de uma mulher jovem que acabara de enviuvar. Passou uma temporada vivendo na casa de sua mãe, que amparou a ela e ao filho pequeno nesse momento difícil. A todas as outras pessoas impôs certa distância, inclusive a mim. Após alguns meses, reagiu. Estava com 29 anos, ainda no auge de sua beleza altiva, e os pretendentes não tardaram a aparecer. Embora passada a primeira flor da juventude, a temporada ao lado do instável Raoul havia-lhe acrescido qualquer coisa de mistério e sofrimento, que a tornava ainda mais atraente. À fria perfeição de seus traços quase nórdicos veio se juntar uma fragilidade que suscitava cuidados e, por conseguinte, a fazia irresistível. Ela já não era mais a menina obstinada de alguns anos antes. Deixou-se requestar por um leque respeitável dos melhores homens disponíveis na praça, e acabou escolhendo Sérgio Castro de Almeida, dono da construtora do mesmo nome, dezesseis anos mais velho do que ela. Desta vez, casou não por amor, mas por considerar que Sérgio possuía as melhores condições morais e materiais de dar uma vida estável a ela e ao filho. Sérgio era um homem paciente e carinhoso, e ela intuiu que seria possível aprender a amá-lo um pouco.

O período do seu segundo casamento foi de uma normalidade exemplar. Nos quinze anos seguintes, Regina firmou-se na identidade que todo o Rio de Janeiro conheceu e aplaudiu. Recebia, freqüentava, era ativa e presente; imprimia com elegância sua marca no círculo seleto de conhecidos que caracteriza o nosso meio. Teve mais dois filhos com Sérgio e, juntos, criaram e encaminharam bem as três crianças. O mais velho, Theo, acabou voltando à Europa, para estudar na Royal Academy of Dramatic Arts, em Londres. Puxou à veia artística do pai. No ano de 1992, sobreveio a segunda tragédia da vida de Regina. Começou com aquele escândalo da Castro de Almeida que ganhou as primeiras páginas de todos os jornais e que acabou redundando na falência da construtora. As acusações de negociatas com o BNDES no governo Collor nunca foram devidamente esclarecidas, mas o alarde foi suficiente para levar Sérgio ao ato extremo de tirar sua própria vida. Foi a senha para que os inimigos políticos do marido entrassem em ação. Com o arresto judicial, Regina ficou inteiramente desamparada. Não dispunha de nenhum de seus bens, e ficou reduzida essencialmente ao apartamento onde morava e à pensão do pai. É claro que pôde contar com a solidariedade dos amigos, que eram muitos, porém nem tantos quanto imaginaria qualquer pessoa que houvesse freqüentado a sucessão quase contínua de festas monumentais na famosa cobertura da esquina de Delfim Moreira com Cupertino Durão.

As pessoas foram compreensivas, é claro. Fico feliz em poder dizer que ninguém teve o mau gosto de riscar Regina de seu caderninho em função daquelas histórias aborrecidas do finado marido. Pelo menos, no início. Mas quando as bizarrices foram se acumulando, todos começaram a se afastar. Uma a uma, suas amigas pararam de telefonar. A cada dia, escasseavam os convites entregues pelo carteiro. Ao cabo de um ano, só restava eu, única e exclusivamente. Regina não conseguia processar tantas e tão súbitas mudanças. Ocupada havia anos com os filhos e os afazeres de uma vida social intensa, não percebera a passagem do tempo. Quando se viu destituída de dinheiro, de posição e, pior de tudo, de sua antiga beleza, caiu numa depressão profunda. Passou a comportar-se, de fato, de modo estranho. Passava dias inteiros trancada em casa. Esquecia-se de providenciar as necessidades mais básicas dos filhos. Apesar dos meus esforços, em pouco tempo ambos acabaram indo viver com a avó. Alicinha estava com 14 e Serginho com 12; não era possível admitir que permanecessem naquele ambiente de angústia e autodestruição. Com a saída dos filhos de casa, piorou muito o estado dela. Parecia que se esgarçara a brecha existente em sua alma, tornando-se fenda intransponível.

Um dia, ao chegar à sua casa, surpreendi Regina montando um painel de fotos num quadro de avisos, desses de cortiça. Eram polaróides de pessoas anônimas, tiradas na Romênia na década de 1970. Sem nada perguntar, fiquei a observá-la em sua tarefa, executada com meticulosa e obsessiva exatidão, seguindo algum método claríssimo para ela e obscuro para qualquer outra pessoa. Era virginiana, esqueci de dizer. Ao cabo de algum tempo, pareceu satisfeita com o mosaico que construíra de tragicômicas figuras encasacadas, algumas deitadas, outras de cabeça para baixo. O quadro estava inteiramente coberto de fotos, com exceção de um pequeno retângulo no canto direito inferior onde ainda transparecia a cortiça. Quando lhe indaguei o sentido dessa lacuna, ela sorriu e, gesticulando para que eu aguardasse um instante, retirou-se para o interior escuro do apartamento. Retornou com um pequeno pedaço de cartão na mão, do tamanho exato do retângulo, que encaixou em seguida no painel. Erguendo o quadro da mesa onde estava pousado, mostrou-o para mim em silencioso triunfo. Sobre o papel estava escrito, com fina caligrafia, a palavra Arad. Passei a ocupar-me diariamente de Regina, e nunca fomos tão próximas quanto na distância que se abriu entre ela e ela mesma. O vício é praticamente o único capítulo dessa história conhecido por quem não a viveu. A própria Regina sabia que todos comentavam à boca pequena que a cocaína era responsável por sua derrocada, inclusive pessoas de sua própria família. Trata-se de uma mentira estúpida! Ela nunca usou cocaína. Quanto aos remédios, eu, que estava lá o tempo todo, posso afirmar que entraram na equação muito menos do que se imagina. A sociedade atual possui o estranho cacoete de culpar as drogas pela tragédia e infelicidade, como quem atribui à arma a autoria de um assassinato.

Não foi a química a origem das crises. Foram as crises repetidas que suscitaram a necessidade de alguma intervenção. De início, elas vinham sempre durante a noite. Da primeira vez que ocorreu, ela se lembrou depois que estivera sonhando com uma escultura. Melhor dizendo, um grupo escultórico. Para ser preciso, o túmulo de um rei francês medieval, por volta do século 13. Era um casal real cercado de anjos e arcas e cães. Mármore amarelado pelo tempo. No sonho, ela era uma historiadora da arte mundialmente famosa, chamada para desvendar o segredo do grupo recém-descoberto nas ruínas de uma capela abandonada. Em seus sonhos, Regina era sempre uma autoridade inconteste em algum saber obscuro: perita, arqueóloga, historiadora. De preferência, mundialmente famosa. Do tipo heroína de filme de Indiana Jones — linda, brilhante, durona, com um toque de vulnerabilidade que só as pessoas certas conseguem enxergar. Recordou-se que estava diante de uma platéia absorta de estudiosos e caçadores de tesouros, prestes a pronunciar seu veredicto sobre as quatro arcas que cercavam o casal real, quando se deu conta de que estavam todos no interior de uma cripta. Foi daquelas tomadas de consciência súbitas que se dão nos sonhos. É claro que estavam numa cripta; a premissa básica dos túmulos é essa. Porém, subitamente, a noção antes vaga se coagulara, e o cenário onírico avolumou-se com a densidade pegajosa e a nitidez sufocante de uma mata recheada de cipós e cobras e sapos.

Regina acordou num sobressalto. Sentia seu corpo suado preso sob as camadas pesadas de edredom, colcha e lençol. Arrancou todas num gesto brusco, varejando para o pé da cama o bolo de cobertas transformadas em tantas areias sedimentárias a pesarem sobre o seu caixão. Era a hora da morte. Sentia uma pressão em seu peito, mais precisamente nos pontos em que os braços entroncavam no corpo. Era como se uma força invisível ali aplicasse um peso preciso e esmagador, uma espécie de prensagem industrial de mil toneladas com a precisão cirúrgica de uma agulhada. Suava em bicas, e a transpiração não parava de aumentar, a ponto de pingar dos sovacos e escorrer como um eflúvio pela parte interna dos braços. Regina começou a retirar metodicamente as roupas que vestia. Primeiramente, a camiseta. Depois, as meias. Em seguida, a calça de moletom. Apenas de calcinha, constatou que mesmo assim não conseguia se refrescar. Gradativamente, foi percebendo que o calor vinha de fora dela. Sentou-se na cama, acendeu a luz e olhou para o lado. Lá, ardia em brasa incandescente o corpo de Raoul, rodeado de aldeões romenos em miniatura, que dançavam em torno do gigante vencido e mordiscavam suas carnes como canibais liliputianos diante de um churrasco descomunal. Foi aí que ela entendeu que ainda estava sonhando, que emergira de um sonho para cair dentro de outro.

Em seguida, acordou de fato. Sobreveio-lhe num instante de lucidez sonâmbula a dimensão do pânico que a assaltava, mas a clareza fugidia logo se perdeu sorvida pela compulsão irresistível de colocar seu corpo em movimento. Saltou da cama com o impulso de um gato de desenho animado que constata, após longa e cômica demora, que seu rabo está em chamas. Pôs-se a caminhar pelo quarto escuro de um lado para o outro, evitando com consciência penosa os móveis e outros obstáculos cuja distribuição lhe era corriqueira. Sentindo necessidade de respirar ar puro, desligou o ar-condicionado e abriu a janela do quarto. Viu que não era o suficiente. Percorreu a galope o apartamento inteiro, escancarando janelas e portas num estardalhaço sem barulho. Viu que ainda não era o suficiente. Pegou o elevador, atravessou a portaria e correu para o meio da rua. Quando a encontraram, estava nua em pêlo correndo pelo meio da Rua General San Martin. Foi nessa época que ocorreu sua primeira internação.

Assim que o psiquiatra acenou com a possibilidade de uma alta, assumi de bom grado o compromisso de cuidar dela. A partir daí, não mais nos desgrudamos. Regina e eu passamos a conviver como se fôssemos uma só pessoa. Transferi minhas coisas para o apartamento dela e lá me instalei para a longa duração. Sem mim, o que seria dela? Crivada de preocupação, eu também não conseguia mais me sentir inteira longe dela. O retorno à casa, juntamente com minha presença constante, surtiu um efeito inicial de melhora do quadro. Várias semanas transcorreram sem que sobreviesse nova crise. Começou a melhorar a olhos vistos. Arrumou-se, cortou os cabelos, comprou roupas novas. Quando completou dois meses sem crise, foi visitar os filhos na casa da mãe. Todos comentavam com júbilo a sua recuperação. Cheguei mesmo a acreditar que seria possível apartar-me dela num futuro próximo, e que Regina viria a ter novamente condições de levar uma vida normal.

Àquela época, aproximava-se seu aniversário de 50 anos. Ela resolveu que faria uma grande comemoração para marcar um novo início de vida. Eu não tinha certeza se era uma boa idéia, mas estava tão animada que não ousei contrariá-la. Fizemos e refizemos a lista de convidados, orçamos o bufê e ela chegou mesmo a contratar um DJ, o sobrinho de uma amiga dela, se não me engano. Na verdade, seria mais exato dizer que ela quase contratou o DJ. Aconteceu numa tarde que eu saíra para fazer compras de supermercado. Quando voltei, ouvi uma voz de homem que gritava por socorro e esmurrava violentamente a porta da cozinha. Fui até lá, assustadíssima, imaginando que pudesse ser um ladrão. A porta estava trancada a ferrolho e, do outro lado, havia alguém preso. Cheguei a pensar em chamar a polícia ou, pelo menos, o porteiro. Aí, raciocinei que nenhum ladrão se trancaria na cozinha e depois gritaria por socorro. Girei o ferrolho e abri a porta. Saiu um jovem de uns vinte e muitos anos, com uma cara de desespero como eu nunca vi igual. Devia estar preso ali há horas. Ele me fuzilou com o olhar, apanhou uma maletinha quadrada do chão, caminhou até a porta da rua e chamou o elevador. Enquanto aguardava no hall, disparou:

— Só não dou parte na delegacia porque tenho muita pena de você.

Assim dizendo, entrou no elevador e desapareceu. Nunca soube o nome dele. Durante tudo isso, nada de Regina. Ficou tão escondida, que era como se não existisse. Quando finalmente apareceu, não conseguia conter-se de tanto rir. Achou divertidíssima a brincadeira de trancafiar o pobre rapaz.

É evidente que não deixei ir adiante o projeto da comemoração. Regina deu um ataque, disse que a festa era dela, que faria se quisesse, que eu não mandava nela. Parecia uma criança contrariada. Gritou, chorou, esperneou; chegou a ficar quinze minutos dançando em cima do sofá e cantando sem parar, "*It's my party, and I'll cry if I want to. You'd cry too if it happened to you*", numa cena que teria sido engraçada se não fosse tão patética. Esperei que se cansasse um pouco e anunciei que assim ela me obrigava a telefonar para o psiquiatra. Especulei que ele talvez aconselhasse uma nova internação. Ela finalmente se curvou diante dessa ameaça. Calada, retirou-se para o quarto, de onde não emergiu durante dois dias, a não ser para ir ao banheiro ou à cozinha. Passada essa tempestade, a situação foi ficando ainda mais dramática. A cada vez que eu saía para a rua, voltava para encontrar nova diabrura de Regina. Uma vez, trocou todas as cortinas de lugar. Noutra, colocou uma pilha de fezes do Luluca dentro da fruteira de cristal, em cima da mesa de jantar. Numa terceira, quebrou todos os copos da casa. Nessa última, cheguei a ficar preocupada que ela pudesse se machucar, pois havia vidro quebrado para todos os lados. Contudo, nada disso me preparou para a cena de horror com a qual dei início a esse relato. Nossa querida Regina, a antiga rainha do baile do Copa, com as mãos cobertas de sangue de cachorro e um jeito alheado no olhar. Quando me viu entrar pela porta, ainda arriscou um perturbador "au-au" como cumprimento!

A segunda internação foi mais longa. Quase dois anos, no total. A cobertura foi esvaziada e vendida para ajudar a custear as despesas. Comprou-se um apartamento menor, de sala e dois quartos, na Rua Rainha Guilhermina, para abrigá-la quando tivesse alta. Foi colocado em nome dos filhos, por precaução. Regina saiu da clínica bem melhor. Os remédios evoluíram muito nesse ínterim, e podia-se dizer que ela estava sob controle. Como disse o psiquiatra à época, o quadro dela tendia a ser sempre um caso de controlar e não de curar. Continuei ao lado dela durante tudo isso, aceitando que não havia mais nenhuma hipótese de que ela retomasse uma vida autônoma. Devidamente medicada, Regina não dava muito trabalho; porém, era apenas a sombra da amiga que eu amava. Aos poucos, passada a empolgação de tê-la novamente em liberdade, tornou-se insuportável vê-la assim. Ela estava quebrantada, sem ânimo para viver. Após algum tempo assim, talvez seis ou sete meses, parou de tomar os remédios. É claro que eu percebi, mas não tive coragem de repreendê-la. Sabia que a vida que levava era vida nenhuma. Estabeleceu-se um acordo tácito entre nós, um contrato profundo e misterioso que selaria nossos destinos. Nada foi conversado. Não era preciso dizer nada. Entendíamo-nos em outro plano que não o da linguagem.

Pouco mais de uma semana após cessar os medicamentos, o resultado já era visível: estava agitadíssima, e a ferocidade dos últimos tempos de crise voltou a faiscar em seus olhos azuis. Algo estava por acontecer, algo que a levaria a ser internada novamente, talvez de modo definitivo. Reuni todas as minhas forças e fiz o que precisava ser feito. Liquidei Regina, sufocando-a com todo o amor possível. Ela não ensaiou a menor resistência. Deixou-se ir com passividade, quase colaboração. Passou a descansar em paz. Os anos passaram, sete para ser exato, e tudo voltou ao seu devido lugar. Hoje, seus filhos me visitam, me chamam de mãe e me tratam com todo o carinho que não puderam dispensar a ela. Theo, o mais velho, tornou-se produtor de cinema. Está a cara do pai quando era jovem. Alicinha trabalha com moda. Casou-se e tem uma filhinha, Júlia, que chamam de minha neta. O pequeno Sérgio está um homem. É advogado e está muito bem colocado num dos principais escritórios do Rio. Sei que ela teria se orgulhado de todos eles, como eu me orgulho por ela. Sei que muitos se perguntam se eu sinto falta dela, após tantos anos de estreita convivência. É claro que sinto! Às vezes, quando olho no espelho, imagino mesmo ver o rosto dela. Regina fará sempre parte de mim.

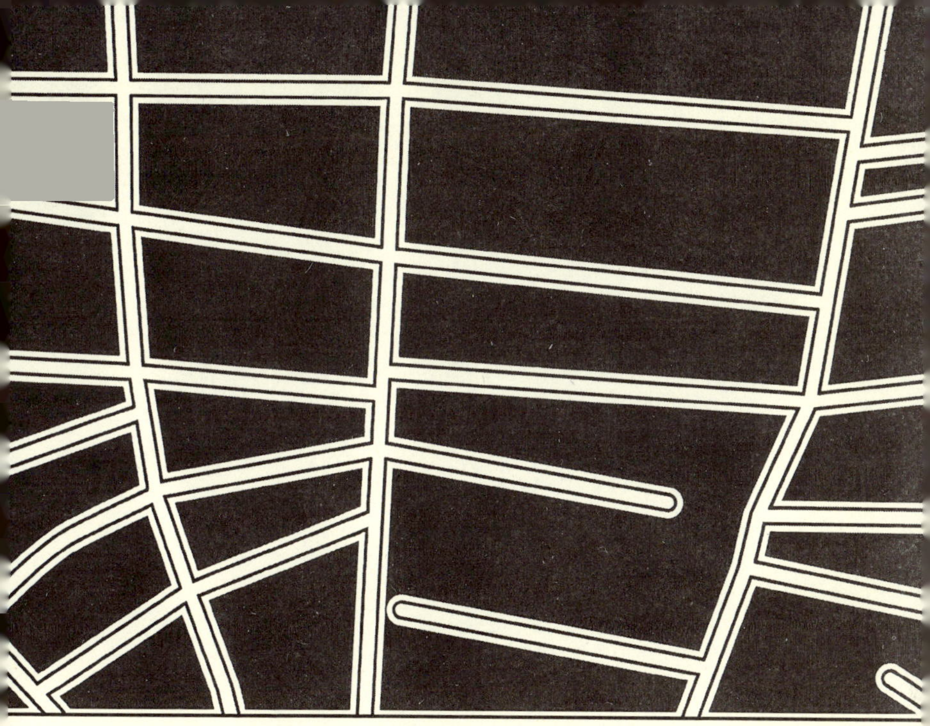

CARMEM, BOTAFOGO, 47.

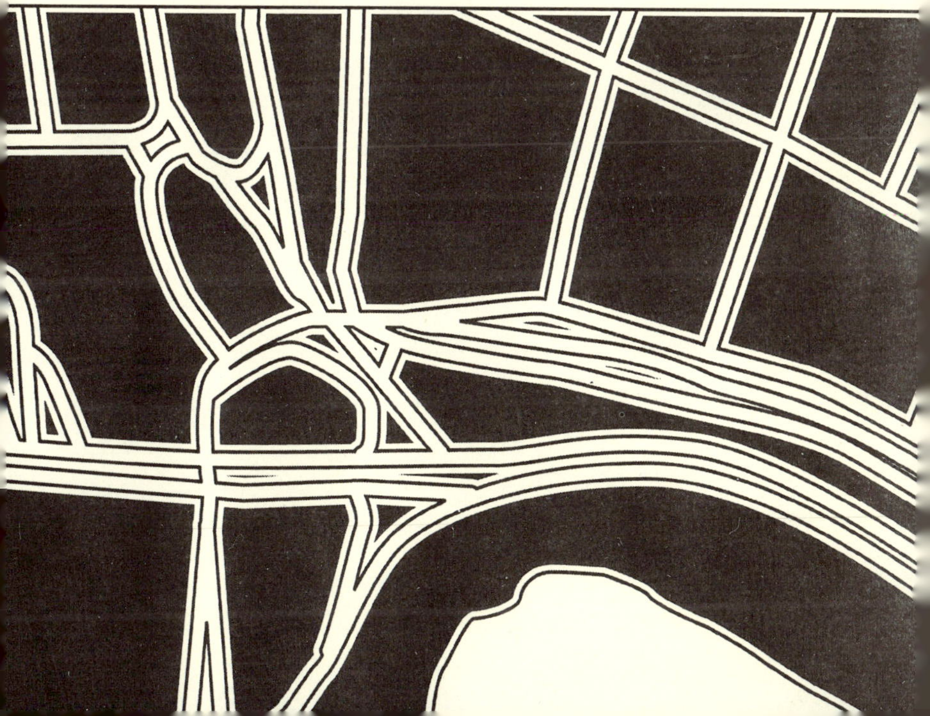

Não dá para dormir com esse calor. Está de derreter chiclete hoje! Por falar em chiclete, sabia que eles descontinuaram o Trident de maracujá? Pois é, veio, fez a alegria de alguns chicleteiros, como eu. De repente, desapareceu, assim, sem o menor aviso. Acho isto um absurdo. Eles dão um prazer pra gente, criam uma expectativa e depois deixam a gente na mão. Que nem homem. Rárárárárá! Será que tem alguma espécie de lição de vida encerrada aí? Ou, pelo menos, uma piada? Deixe-me ver, de repente dá para formular isso melhor, como um dito engraçado. Os homens são que nem chiclete, gostosos quando você começa a comer, mas, depois de um tempo, dá vontade de cuspir. Não, não é nada disso. Vamos lá de novo: os homens são que nem chiclete, quando você quer, nunca tem; quando você não quer, grudam no sapato. Não, ficou péssimo! Não sou boa para essas coisas. Ah, mas eu vi uma ótima na internet esses dias: homem é que nem isopor, é só encher de cerveja e você leva. Não é boa? Rárárárárá!

Que absurdo, nem me apresentei! Prazer, meu nome é Carmem. Tenho 47 anos (com um corpinho de 46... rárárárárá!). Sou representante comercial. Melhor dizendo, eu era representante comercial. Até a semana passada. Agora, sou uma ilustre desempregada. Eu trabalhava numa empresa de distribuição de salgadinhos prontos para mercadinhos, bares e lanchonetes, do tipo amendoim, batata chips, azeitonas, todas essas porcarias que vêm em pacotinhos e você compra no balcão. A maioria das pessoas nem imagina, mas é um mercado muito competitivo. Como tem milhares de pontos de venda, os fabricantes brigam para colocar seus produtos com exclusividade. A empresa onde eu trabalhava era encarregada de fazer isto; representava dois fabricantes de São Paulo aqui no Rio. Vocês nem imaginam a grana que rola nesse negócio. O doutor Otávio, o dono, é riquíssimo. Quer dizer, ele tem um monte de outros negócios também, claro. Nem só de salgadinho vive o homem... rárárárárá! Como todo rico, é meio pilantra. Acabou aprontando não sei o que e teve que demitir três pessoas lá no escritório. Alguma coisa de Receita Federal. Ainda pediu um mês para resolver as pendências da rescisão de contrato. Ou seja, ainda não pagou as férias e o fundo de garantia de ninguém, mas a gente está de olho nele. A justiça tarda, mas não falha. CPI nele!

Eu até gostava de trabalhar lá. Às vezes tinha que ir para a rua, que eu detesto, para averiguar problema com vendedor, mas a maior parte do tempo eu ficava dentro do escritório falando ao telefone, que adoro. O escritório fica num segundo andar na Avenida Copa, em cima daquele centro comercial da Siqueira Campos. Eu ficava o dia ali, sentada na janela, vendo as pessoas passarem logo embaixo na avenida. Era muito bom. E o doutor Otávio é gente fina, apesar de tudo. No fim do ano, convidava todos os funcionários para um churrasco lá na casa dele, no Itanhangá. Você precisava ver a mansão do homem! Que luxo! A esposa dele é que é meio metidinha, sabe, do tipo dondoca chata. Yvete, o nome dela. Mas, ela não me engana com aquela pose toda de fina. Aquilo ali, ó, bebe muito. Maior pau-d'água. As veiazinhas já estão começando a aparecer nas bordas das narinas. Conheço aquilo de longe. Não há plástica que esconda. E o filho deles, bem, esse é um capítulo à parte. Diz a minha colega que ele é mulherengo que só. Eu não conheço. Mas pra que ficar falando dos outros, né? Tudo isso é passado. Passou, virou museu.

Minha prima me ligou hoje e perguntou se eu estava deprimida por ter perdido o emprego. Feliz da vida não estou, claro; mas se você pensa que vou ficar deprimida por causa disso, está muito enganado. Não sou mulher de me entregar assim. Xô, baixo-astral! Já minha prima, coitada, aquela ali é o oposto de mim. Ê mulherzinha complicada aquela. Cheia de emoções profundas, se é que você me entende. Agora está em crise com o marido porque cismou que ele está botando chifre nela. Disse que encontrou o telefone de uma mulher no bolso dele. Por que você não corneia ele de volta?, perguntei. Tenho certeza que é exatamente o que ela vai acabar fazendo. Escorpião, meu filho... cuidado com o bicho que pica! Ela devia é tomar vergonha e se separar dele, que aquele casamento deles já não tem mais nada a ver. Até gosto do marido dela. Ele é gente boa, mas está na cara que não transam mais há muito tempo. Eles tinham que parar de tapar o sol com a peneira. Mas, ela é assim. Não quer encarar nada. Por mais infeliz que esteja, não faz nada para mudar. Prefere castigar os doces. Outro dia eu disse a ela: "Olha lá, Renata, você está ficando gordinha!" Ela quase morreu.

Ih, que horas são? Estou só fazendo hora para voltar para casa e ligar a televisão. Sim, o desfile, claro! Começa tão tarde, não é mesmo? Adoro desfile de escola de samba! Não perco nunca. Tem gente que gosta de ir ao Sambódromo, mas eu prefiro assistir em casa. O quê?!?! Encarar aquele tumulto? Um monte de gente suada se estapeando para conseguir um lugar no sol a pino, ambulante passando por cima do seu pé com aqueles carrinhos de cerveja? "Skol, Skol, Skol, Skol, Skol!" Rárárárárá! E o cheiro de xixi em volta daquele Sambódromo? Ninguém merece, né? Já desfilei várias vezes em escola. Saí duas vezes na São Clemente, uma na Caprichosos e três na Portela. Sou azul e branco de coração. Canta comigo, minha gente: "Foi um rio que passou em minha vida, e meu coração se deixou levar." É isso aí! Pois é. Adoro. Não perco por nada. Mas, atualmente, prefiro o conforto da minha casa. Imagina se eu vou trocar o meu sofá, a minha geladeira e o meu banheirinho limpinho por uma arquibancada de cimento, um isopor cheio de água suja e fila para entrar num banheiro químico? Já passei da idade!

Isso não quer dizer que eu deixe de assistir. Faço questão! É tão emocionante ver a entrada das escolas na avenida. É a parte que mais gosto do Carnaval. Engraçado, não sou muito chegada a essa coisa de pular bloco. Fui aos Escravos da Mauá esse ano, na quinta-feira passada. Foi legal, apesar de muito cheio. Menino, você não vai acreditar a cena que eu vi lá! Maior bafo! Sabe como é carnaval, né... aquela coisa de casal em crise, momento propício para a separação. Pois bem, estava eu do lado de fora do único botequim que tem banheiro naquela pracinha onde concentra o bloco, lá perto da Praça Mauá. A fila do banheiro feminino dava voltas pela calçada e eu ali, aguardando pacientemente minha vez. Aí me chega perto uma menina chorando, vestindo uma peruca curta e um colar de pérolas de várias voltas, parecendo aquelas melindrosas de antigamente. A última volta estava rompida, e as pérolas estavam meio soltas no fio, ameaçando cair decote abaixo. Logo atrás dela, vieram uma outra menina, que tentava consolar a amiga, e um cara, que era o pivô da história. Bem, o carinha chegou sorrindo amarelo, com uma cara de "não estou acreditando que você levou aquilo a sério". Sei lá o que ele fez, mas boa coisa não foi. No mínimo, tentou agarrar a amiga dela, numa de "oba, é Carnaval, vale tudo". A menina chorava, chorava, abraçava-se à amiga, não sossegava de jeito nenhum. De repente, ela se solta da amiga, vai até ele e manda-lhe um tapa na cara. Pimba! Com muita convicção. Conseguiu apagar o sorrisinho de falsa inocência do rosto dele. Mas, rapidinho, ele voltou à tona com um jeito de "o que foi que eu fiz, vem cá comigo" e, pimba, outra tentativa de tapa. Dessa vez, ela não acertou. Acabou dando um monte de soquinho no peito dele, até que a amiga puxou ela e mandou o cara embora de vez.

Que coisa, né? Carnaval. No dia seguinte, o meu amigo Valdir me arrastou para o ensaio das Carmelitas. Pra quê? Que inferno! Não tinha lugar nem para se equilibrar na ponta do pé, muito menos para pular. Só deu mesmo para ser arrastada uns trezentos metros, imprensada entre um monte de gente bêbada antes de eu conseguir me desvencilhar. E você sabe como é essa coisa de bloco: mãozinha boba pra cá, mãozinha boba pra lá. No fim, estava me sentindo mais apalpada que melão em hortifruti. Rárárárárá! Por isso que eu não gosto de bloco. E para descer de Santa Teresa depois? É claro que me perdi do Valdir, e quem disse que pega celular naquele morro desgraçado? É muito pitoresco lá, mas não é lugar pra gente morar. Só gringo, que é maluco, troca a Zona Sul por aquilo. Acabei sendo obrigada a descer a pé até a Glória e peguei um táxi de volta à civilização.

Ah, o Valdir, o Valdir... você quer saber quem é o Valdir, não é? Mas você é muito enxerido mesmo! Brincadeirinha. Rárárá. Não tem nada a ver. Somos apenas amigos. Eu sei que muita gente acha que homem não pode ser amigo de mulher. Na maioria dos casos, é verdade. Eu mesma nunca consegui ser amiga de nenhum homem que rolava uma atração. Nem de ex eu sou amiga. Nenhum. Muito menos de ex! A não ser o Bernardinho, mas aí já é outra história. Faz tanto tempo. Foi meu primeiro namorado, você acredita? Mesmo assim, a gente não é amigo, amigo, desses de sair junto. A gente se fala de vez em quando, mas sei que se algum dia eu precisar, posso contar com ele. É quase um irmão. O Valdir é diferente. Conheço ele há uns dez anos e nunca rolou nada entre a gente, nem beijinho. É amigo mesmo, de fé. Acho que isso só aconteceu porque a gente se conheceu em outra fase da vida, mais madura. Deixa eu ver, se eu estou com 47 hoje, devia ter uns 37, 38, quando conheci o Valdir. Ele também estava noutra; era casado com uma amiga minha na época. Depois eles se separaram, e eu acabei ficando mais amiga dele. Coisas da vida.

Se tenho namorado? Imagina! Taí um bem de consumo escasso. Na minha idade, não é fácil encontrar homem nesta cidade. Digo, homem com H, porque cafajeste tem aos montes. É só sair na rua que logo vem um com um papo brabo qualquer. Não entendo por que esses caras ficam parados na esquina chamando a gente de gostosa. Será que isso dá certo? Será que o cara algum dia já pegou alguém assim? Pelo amor de Deus! Mas homem de verdade é mercadoria rara no Rio de Janeiro. Primeiro, que metade é casado, e eu não sou mulher de ficar com homem casado. A outra metade, está tudo correndo atrás de menininha. Você só vê homem de 40, 50 com mulheres de 20, 25. Passou dos trinta, perdeu o lugar na fila. A menos que você seja a Luma de Oliveira, mas aí fica difícil, né? Não estou mal, acho que estou bem para a minha idade. Diz a verdade: estou ou não estou? Mas não dá para competir com aquelas bundinhas durinhas, as pernas sem nenhuma celulite. E é só isso que os homens querem. Por que eu não saio com homens mais novos também? Ah, não sei. Não gosto. Sim, já experimentei, uma vez. Não funciona. Homem, pra mim, tem que ter vivência, tem que inspirar respeito.

Olha, a coisa está tão difícil nesse sentido que o outro dia saí no primeiro encontro às escuras da minha vida! Você acredita? Juro! Eu estava lá no escritório, e veio uma menina supergracinha falar com o doutor Otávio. Ele não estava, e ela resolveu esperar. Aí, a gente começou a conversar. Ela me contou sobre o trabalho dela, em vendas, e a gente acabou se entendendo superbem. Ela era tão lindinha, tão batalhadora, fiquei encantada com ela. Ela deve até ter ficado desconfiada, do jeito que as coisas andam por aí. Sei lá, podia achar que eu gostava dum sapateado, né? Chegou uma hora que, por via das dúvidas, eu até falei: "Olha, estou adorando você, mas não leva a mal não, meu negócio é homem." A gente riu muito. Só sei que conversa vai, conversa vem, ela acabou me falando do pai. Ela me contou que ele tinha 56 anos, era viúvo há dois, advogado. Quando percebi, ela estava querendo me convencer a sair com ele. Pensei: por que não, se a filha é tão legal, por que o pai não seria? Dei meu telefone para ela, e ela passou para o pai. E você acredita que o cara me ligou no dia seguinte? O que aconteceu? Ah, a gente saiu, jantou fora, rimos um pouco, mas faltou química. Acho que ele era um pouco velho para mim. Tinha 56, mas parecia um senhor de idade. O contrário de mim. Acho que ando rejuvenescendo de uns tempos para cá, pelo menos de cabeça. Pena que o corpo não acompanha, não é mesmo?

Pois é, está bem complicado ser solteira no Rio de Janeiro aos 47. Mas, olha, posso reclamar, mas eu não saio daqui de jeito nenhum. O Rio de Janeiro é o melhor lugar do mundo para se viver. Bem, é verdade que nunca morei fora, mas é o melhor lugar do Brasil, com certeza. Morei um ano em Recife e, olha, não tem comparação. Eu amo o Rio! Apesar de tudo, da violência, da sujeira, da pobreza. É verdade que às vezes a gente se sente um pouco mulher de malandro. Tem um conhecido meu que diz que quem ama o Rio é que nem esses homens casados com uma mulher linda, mas sem nenhum caráter. Por mais que ela apronte, o cara continua lá, apaixonado. Rárárárárá! Esse cara que disse isso é hilário; ele é romancista, amigo do Valdir. Mas, falando sério, o pior mesmo é a violência. Às vezes, a gente fica até com medo de sair de casa. Tem uma amiga de uma amiga minha que a avó dela, de 93 anos, foi assaltada dentro de casa por três caras armados. Amordaçaram ela e tudo. Não respeitam mais ninguém. É, mas não vamos nem começar esse papo de história de assalto, senão a conversa vai até amanhã e eu perco o meu desfile.

O pior não são esses bandidos que roubam para sustentar a família, isso sempre teve. Pior é quem rouba por ganância, para subir na vida. O tráfico, ora! Essa coisa do tráfico é terrível... um monte de menino ignorante seduzido pela sociedade de consumo. Dá vontade de pegar pelos braços e sacudir até eles entenderem que dinheiro não compra felicidade. Mas, adianta dizer isso? Eles vêem exatamente o contrário na televisão, na revista *Caras*, na política. Todo mundo correndo atrás de grana, e todo mundo que tem grana se dando bem. Está tudo assim. Todo mundo querendo cada vez mais e mais, mesmo que tenha que tirar dos outros. É cada um por si e todos pela grana. Não que eu tenha nada contra dinheiro, viu, mas tudo tem limite. Esse negócio de droga, acho que tinha que ter pena de morte para traficante.

Pô, na minha própria família ficou assim, essa coisa de matar ou morrer por dinheiro. É, sim! Na minha própria família, que não é favelada nem nada. No ano passado, morreu minha tia-avó, a tia Gilda, que era tia de minha mãe. Ela andou meio tantãzinha nos últimos tempos, sabe? Os médicos diziam que era Alzheimer. Pois é. Eu sei que ela ficou uns cinco anos assim, sem dizer muito coisa com coisa. No início, quando ainda estava melhorzinha, as pessoas iam lá visitar ela, e ela dizia para cada um: quando eu morrer, esse quadro é seu, ou esse móvel é seu, ou essa jóia é sua. Cada sobrinha que ia lá, cada amiga, ela prometia que ia deixar alguma herança. Ela prometia e depois esquecia e depois prometia a mesma coisa para outra pessoa. Coitadinha. Bem, já viu, né? Depois de algum tempo assim, ela tinha prometido cada objeto da casa para umas cinco pessoas diferentes. No início, não deu problema. Todo mundo respeitou. A gente até ficava trocando figurinhas, de brincadeira, sobre o que ela havia prometido para quem. Era uma espécie de piada familiar.

O tempo foi passando, e tia Gilda foi piorando. No final, ela já estava totalmente fora do ar. Não reconhecia mais ninguém, quase não falava nada. Aos poucos, as visitas foram diminuindo, claro. Chegou a um ponto que ninguém agüentava mais ficar horas lá com uma pessoa totalmente ausente. Era só o corpo mesmo. Ela ficava paradinha na cadeira, olhando para o nada. Passava a maior parte do tempo só com uma acompanhante que a gente acabou contratando. Eu mesma, que era muito chegada a ela, ia lá uma vez por semana, aos sábados.

Um dia, cheguei lá e dei com a falta de um vaso de cristal na sala. Chamei a acompanhante e perguntei se o vaso tinha quebrado. Ela disse que não. Toda sem jeito, contou que uma prima minha tinha ido visitar tia Gilda alguns dias antes e, depois que foi embora, o vaso havia sumido. Pelo jeito encabulado da menina, não tive dúvida de que era verdade. Liguei para a tal prima e perguntei se ela tinha levado o vaso. Ela respondeu que sim, na maior cara-de-pau. Disse que tia Gilda havia lhe prometido o vaso, e que ela pegou antes que outra pessoa pegasse. Dá para acreditar? Eu não me contive, briguei com ela, chamei de urubu; a gente nunca mais se falou. Ainda espalhei a história para a família inteira, para ver se ela tomava um pouco de vergonha na cara.

Menino, você nem imagina o resultado! Foi a senha! Depois disso, passaram umas duas semanas, no máximo, e a coisa escancarou. A cada sábado que eu ia lá, dava com a falta de mais alguma coisa: primeiro, o faqueiro; depois, o aparelho de jantar; aos poucos, outros objetos da casa. Chegou um ponto que a coisa estava ficando incontrolável. Não podia nem proibir as pessoas de entrarem lá porque eu era apenas uma sobrinha, entre muitos. Como tia Gilda não teve filhos, ficou essa falta de quem mandasse na situação. Consegui me juntar aos outros três primos que dividiam o salário da acompanhante e tomamos a decisão de trocar a fechadura, visto que várias pessoas tinham a chave do apartamento. Proibimos a acompanhante de abrir a porta para qualquer um sem a autorização expressa de um de nós. Mesmo assim, ainda sumiu um quadro um tempo depois. Até hoje não sei quem foi.

Bem, para encurtar a história, tia Gilda acabou falecendo. No dia do enterro, o apartamento dela foi arrombado. AR-ROM-BA-DO! Entraram pela janela da área de serviço. Levaram tudo, no meio da noite, como ladrões. A casa dela foi depenada, totalmente. Você acredita? Pois é, é inacreditável, não é? Não foi nenhum assaltante, foi tudo parente. Uma quadrilha de parentes. Tenho certeza absoluta. Não tive estômago para dar queixa na delegacia. Agora, você vê, se um bando de gente de classe média age assim, gente com condição, o que se pode esperar de um pobre, desempregado, sem instrução? Nada, né? Eu já não espero mais nada de ninguém. Quando me aparece alguém honesto, eu fico até agradecida, sabia? Outro dia eu li no jornal que um gari achou uma pasta na rua com vinte mil reais em dinheiro e devolveu tudo para o dono. Fiquei comovida. Quer dizer que ainda existe gente assim no mundo, que tem valores. Por isso, eu não perco a esperança na humanidade.

Que horas são? Ah, tudo bem. Só não quero perder meu desfile. Você vai tomar outro? Então, vamos. Ô, Chico, mais dois. Você vem sempre nesse bar? Engraçado, nunca vi você por aqui antes. Não que eu viva com a barriga colada nesse balcão, claro, mas até que venho bastante. Minha casa fica ali na outra esquina, na Álvaro Ramos. Você acredita que vai fazer vinte e cinco anos que moro aqui? Vinte e cinco anos! Passa rápido, viu. Botafogo mudou muito. Só tem médico e mecânico agora. Um vizinho meu diz que é o lugar aonde o resto dos cariocas vem para cuidar da lataria. Um arranhão aqui, uma lipo ali... fazer a lanternagem, né! Rárárárárá! Você é carioca, né? Não, é que fora do Rio eles não sabem o que é lanternagem. Paulista chama de funilaria. Como é que é? O São João Batista? Rárárárárá! Rárárárárá! Rárárárárá! É verdade, deve ser por causa da proximidade do São João Batista. O que não tem conserto vai parar lá. Rárárárárá! Meu irmão é que diz que não adianta pelejar para morar perto da praia, porque você vai acabar passando a eternidade em Botafogo mesmo! Rárárárárá! E, olha lá... porque muita gente acaba no Caju, que é pior ainda! Rárárárárá! Rárárárárá! Como é que é? Isso mesmo: *revertere ad locum tuum.* Rárárárárá! Rárárárárá! Você é muito engraçado!

Sabe que eu gostei de você? Você é um cara legal. A gente se sente muito à vontade com você! Mas olha eu aqui falando sem parar, pra variar. E você, faz o quê? É mesmo? Não me diga! DJ, é? Que maneiro! Faz anos que eu não saio para dançar! Pô, vamos ver se a gente toma outro chope qualquer hora dessas. Aí, você me conta tudo sobre o que rola na night. Agora, deixa eu ir lá, que está na hora do meu desfile. Chico, põe na minha conta aí!

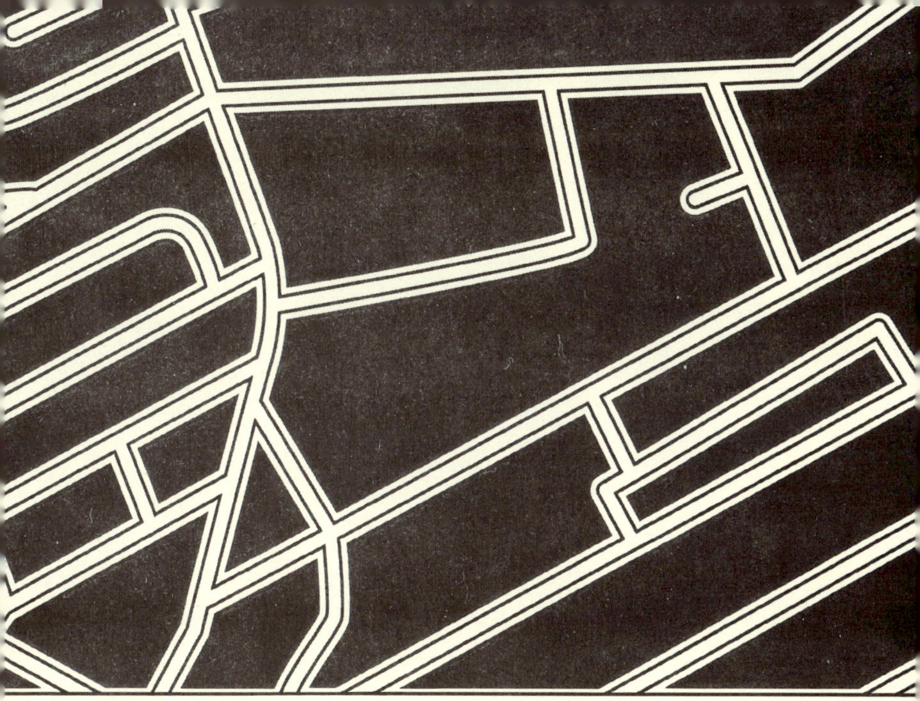

MARIELLEN, JACAREPAGUÁ, 24.

Ninguém é nada o tempo todo. De modo geral, sou uma boa menina. Às vezes, até gosto da minha mãe. Às vezes! Bem, melhor dizendo, de vez em quando, muito de vez em quando, tendendo para o raramente. Na maior parte do tempo, a gente briga feito cão e gato. Aliás, vocês já viram cão e gato brigarem? Eu, não. A gente tem três cachorros lá em casa e dois gatos, e nunca vi eles brigarem. Ao contrário, o meu gatinho Nirvana gosta de dormir em cima da cadela da minha mãe, a Pituca. (Escrevi "cadela da minha mãe". Essa é boa! Freud explica, né?) O Nirvana tem nove anos. Chamei ele assim porque eu gostava muito do Nirvana quando tinha 15 anos, na época que eu freqüentava o Garage, lá na Rua Ceará. O Kurt Cobain já tinha morrido quando eu comecei a ouvir, mas continuou valendo para mim. Hoje em dia, não. Já passei dessa fase. Quem gosta de Nirvana agora é o Caetano Veloso. Eca! Podia ser mais brega?

Mas, voltando ao assunto, não me entendo com minha mãe. Ela está sempre reclamando de mim. Que eu não estudo. Que eu não trabalho. Que eu não paro em casa. O outro dia, ela me chamou de vadia, só porque eu dormi na casa de uma amiga. Também, não dá, né? Quem mandou morar em Jacarepaguá? Às vezes, a gente fica esperando o ônibus uma hora e meia, e nada dele passar. De madrugada, é pior ainda. Aquele dia, da briga, eu estava na "Loud!". Era uma sexta-feira. Quando a gente saiu, já eram quatro horas da manhã. O dia seguinte, tinha que estar às dez na Uerj para me inscrever no curso de inglês. Até eu ir a Jacarepaguá e voltar, não ia dar para dormir nem duas horas. Aí, uma amiga minha, a Ana, se compadeceu de mim e disse: "Dorme lá em casa, Mari." Ela mora em Laranjeiras, e é jornalista. Vive em crise por causa daquele babaca do namorado dela, o Rafael, que é DJ. Ele é muito babaca mesmo. Não é ciúme, não. Adoro a Ana, mas a gente é só amiga. Bem, voltando ao assunto, é claro que aceitei o convite. Saí da casa dela às nove e cheguei no Maracanã com quinze minutos de sobra... facilidades de quem mora perto.

A velha me chamou de vadia. "Você não passa de uma vadia", assim mesmo, vocês acreditam? No fundo, minha mãe não aceita a minha opção sexual. Ela diz que é abominação perante o Senhor. Abominação! Pode? Assumi para ela quando eu tinha dezoito anos. Ela ficou quase cinco meses sem falar comigo. Só desandava a orar baixinho toda vez que me via. Pelo menos, não tentou me expulsar de casa, nem nada. Uma menina que eu namorei, a Flávia, levou porrada do pai e foi expulsa de casa. Também, interior do Paraná! Já ouvi cada história que vocês nem imaginam. Fiquei com uma mulher mais velha uma vez, a Leslei. Ela era da Bahia. Eu tinha dezenove na época; acho que ela uns trinta e poucos. Ela me contou que os irmãos quiseram "curar" ela. Quando descobriram que ela gostava de meninas, um deles tentou agarrar ela. Disse que era para o bem dela. Para ela aprender o que era bom e deixar de ser fancha. Comparado a isso, até que a minha mãe pegou leve.

Todo o tempo que eu estava no colégio e ficava com as meninas lá do bairro, ela fingia que nem percebia. É claro que devia saber. Todo mundo sabia na rua. Sabia, mas não queria dar o braço a torcer. É quase sempre assim. As pessoas só acreditam no que querem. Veja o seu Dantas, da drogaria. Todo mundo sabia que a mulher dele corneava ele com deus e o mundo, e ele sempre tratando ela de santinha. Dava tudo para ela: dinheiro, roupas, até uma casa em Araruama deu. Morreu assim, acreditando que os filhos eram dele. Vai ver, no fundo, ele era feliz. Por trás, todo mundo chamava ele de corno e broxa mas, na frente, era o maior respeito. Ele andava por aí no domingo com o peito todo estufado: o sessentão com a mulher jovem, e dois filhos pequenos a tiracolo. Devia ganhar bons presentes no Dia dos Pais. Melhor do que nada. Aqui no bairro, é todo mundo fingido assim. Uns fingem que não fazem, outros fingem que não vêem, e todos fingem que não falam dos outros. Maior faz-de-conta.

Fui eu que não agüentei mais, e abri o jogo um dia. Minha mãe estava me enchendo o saco há uns dois meses para eu sair com o filho de uma comadre dela, o Nélio. Todo dia era aquele papo brabo no café da manhã, no almoço, na janta. "Nélio é um rapaz tão inteligente. Passou no exame para técnico da polícia civil. Nélio é tão esforçado. Foi promovido a chefe de expediente lá no IML. Nélio é tão precavido. Vai comprar um apartamento no Pechincha para a mãe." Dois meses ouvindo isso manhã, tarde e noite. Nélio, Nélio, Nélio. Chegou um ponto que não agüentei. "A senhora já perguntou para o Nélio se ele quer sair comigo? Nélio é gay, mamãe!" O Nélio sempre foi a maior bichinha do bairro, desde garoto. Toda a molecada sabia que ele dava a bunda para os outros garotos no terreno baldio atrás das Casas Sendas. Fato notório. Ela, em vez de calar a boca, ainda se meteu a dizer que não, que o Nélio não era gay, que ele era um moço muito direito, muito cumpridor dos deveres, que amava muito a mãe. Como se os viados não amassem as mães! Pelo amor de Deus! Se tem uma coisa que viado gosta é mãe! Aí, não sei o que deu, o sangue me subiu à cabeça. Porque, no fundo, ela queria era me desqualificar, queria dizer que eu não prestava para nada e que um gay não poderia ser uma pessoa legal. Contei tudo para ela. Tudo que era e o que não era também.

Sim, contei também o que não era, porque, como eu disse logo no início, ninguém é nada o tempo todo. Eu disse para a minha mãe que eu era lésbica. Fiz questão de usar essa palavra, "lésbica", porque sabia que iria chocá-la mais ainda. É verdade que eu gostava de ficar com meninas, mas não sei se estava certo dizer que era lésbica. Também já tinha ficado com meninos nessa época, e continuo ficando. Não sempre, mas de vez em quando, sim. Se aparece um cara interessante numa festa, posso até ficar. Por que não? Não tenho preconceito. Até já me apaixonei por um homem, mas acabou sendo uma relação platônica. O nome dele é Antônio. Ele é professor de História na UFRJ. Ele foi orientador de uma amiga minha, a Crica. Ela é bi-volt, que nem eu, mas a gente também nunca ficou. Somos só amigas mesmo. Quer dizer, rolou uns beijinhos uma vez, mas isso nem conta. Um tempo atrás, a Crica começou a namorar esse tal de Antônio. O dia que ela me contou, fiquei supercuriosa, é claro. O meu sonho é fazer faculdade de História. Acho bonita essa coisa de conhecer a história do Brasil.

Estou lendo um livro fantástico sobre a história do Rio de Janeiro, aliás, mas isto já é outro assunto. Vocês já devem ter percebido que eu tenho uma tendência a engatar um assunto no outro. Pois é, todo mundo diz que é insuportável. Fica pior ainda quando eu fumo! Vocês nem imaginam! Nessas horas, nem eu consigo acompanhar meu raciocínio.

Mas, voltando ao Antônio. A Crica me chamou para sair com eles, um dia. Eles estavam ficando há uns três meses, meio escondidos, e ela estava querendo apresentar ele para alguns amigos. Resolveu começar por mim. A gente foi, os três, para um bar no Jardim Botânico e ficou tomando cerveja. Foi o máximo. Primeiro, que eu achei o Antônio lindo. Acho que é o homem mais bonito que a Crica já namorou. Ele deve ter uns quarenta anos, mas é um gato. Um sorriso doce e aqueles olhos penetrantes. Nossa, parece que o olhar dele atravessa a gente! O corpo dele é bonito também, todo trabalhado, e quase sem pêlos. Detesto homem peludo! E ele era supercarinhoso com a Crica. Ficava de mãos dadas, olhando para ela embevecido, beijando ela de cinco em cinco minutos. Nada como os outros namorados que ela já teve, todos duros, meio esquisitinhos, especialmente o último, aquele pernóstico do Álvaro. Não sei como a Crica conseguiu ficar tanto tempo com ele. Fiquei feliz de ver ela junto com o Antônio. Eles formavam um belo casal. E, além do mais, ele sabe tudo de história, o que eu acho o máximo.

A gente bebeu muito naquela noite. Antônio é muito inteligente, tem o maior jeito com as pessoas, e foi ótima a conversa. Falou comigo de igual para igual o tempo todo, mesmo quando o assunto era história. A maior parte do tempo, a gente ficou falando de pessoas que ele nem conhecia, mas ele acompanhou numa boa. No final, já estava me dando conselhos sobre namoro, profissão, mãe. Rolou a maior sinergia entre nós. Ele que me ensinou essa palavra, sinergia. Quer dizer: quando duas coisas se juntam e o resultado é maior do que a soma das partes. Parecia até que éramos uma família, sendo eu a filha deles, é claro. Quando o bar fechou, a gente resolveu ir fumar um beck na casa dele. Eu já estava bem bebinha, e topei logo. Confesso que estava bastante a fim e cheguei a pensar: quem sabe, rola um triway. Eu e Crica nunca havíamos ficado de verdade, como falei, mas sempre rolou uma tensão sexual, e eu sabia que ela gostava dessas paradas, de ficar vendo. Bem, a gente chegou lá no apê dele, fumou e bebeu mais um pouco. A Crica ficou esquisita, distante, enquanto eu conversava com o Antônio. Ela deitou na rede, e a gente sentou no chão, do lado. Eu estava muito ouriçada e me lembro que fiquei um tempão passando o pé na perna dele. Acho que ele ficou bem a fim também. Toda hora, parecia que ele ia me agarrar. Aí, ele olhava para a Crica, acho que para ver a reação dela. Ela, nada. Parecia que nem era com ela. Só olhava para o nada, meio fora do ar. Aí, ele travou. Acho que ficou sem jeito, com medo que ela não gostasse. No final, eu acabei chapando ali mesmo. Quando acordei, estava deitadinha no sofá, coberta. Eles tinham ido dormir no quarto do Antônio.

Depois disso, não rolou mais clima nenhum, mas passei a sonhar direto com ele. Fazer o quê? A gente não controla essas coisas. Até dei o número do meu celular para ele, de impulso, sob algum pretexto qualquer, mas não tem nada a ver. A Crica é minha amiga, e não vou fazer nada para magoá-la. É verdade que ela acabou terminando com ele, já faz algum tempo, mas a coisa ficou meio mal resolvida. Parece que nenhum dos dois assumia muito a relação. Ele era o professor dela, e tal. Essas confusões de ética. Aliás, sempre que se fala em ética, dá confusão. Ela não quis entrar em detalhes, mas parece que ele cobrava uma presença maior dela. No fundo, acho que ele não deixa de ter razão. A Crica tem dificuldade em se comprometer com qualquer coisa. Vive dando para trás. Namoro, trabalho, tudo. Principalmente, com homem. Acho que tem a ver com o pai, que sacaneou ela muito. Mas, aí, é outro assunto. Então, essa foi a história da minha paixão platônica por um homem. Meio boba, né? Não importa. As histórias continuam sempre em aberto. Basta estar vivo, que as coisas acontecem. Li isso num livro, e gostei.

Isso me lembra o caso da dona Maria, que é avó de uma outra amiga minha, a Solange. Pensando bem, a Solange não é minha amiga. Ela é apaixonada por mim. Na verdade, eu não suporto ela. Maior péla-saco! A coisa é assim: vou sempre à casa dela, uma ou duas vezes por mês, para ajudar a confeccionar embalagens. Ela tem uma microfábrica de trufas de chocolate, que ela vende para lojinhas de doces. No início, vendia as trufas embaladas individualmente, em papel celofane, mas descobriu que dava mais lucro vender a dezena arrumada numa caixinha bonitinha. Eu sou muito boa nessa coisa de trabalhos manuais. Pode não parecer, porque sou tão agitada normalmente, mas tenho a maior paciência para essas coisas. Solange, não; é um trator. Bom, acontece que uma amiga minha me indicou para ela para fazer as caixinhas, isto já tem uns dois anos. Eu bolei uma caixinha linda, feita de cartão dobrado. Deu supercerto. Ela me paga cem reais pela centena de caixas, o que leva mais ou menos um dia de trabalho. Sempre que baixa o estoque, ela me chama, e eu vou lá. Aí, uns seis meses atrás, não é que ela tentou me agarrar! Declarou que estava apaixonada por mim, e já veio me encoxando. Aí eu disse: peralá! Não é bem assim. Não é porque eu gosto de menina que eu vou com qualquer caminhoneira gorda, fedendo a cigarro Derby e bebendo Skol direto do latão. Por favor! Além do mais, a Solange é casada. Mora com uma mulher supergracinha, a Sílvia, que ela trata como um cachorro. Não entendo por que a outra agüenta. Deve ser alguma parada de grana. Ou, então, é amor.

Puxa vida! Não era nem da Solange que eu queria falar; era da dona Maria, a avó dela. Viram só como eu sou dispersa? Dizem que é do signo: sou geminiana, com ascendente em gêmeos. O que eu ia falar mesmo sobre a dona Maria? Pior é que esqueci! Que merda! Deve ser senilidade precoce. Só pode ser. Às vezes fico com medo dessa minha dispersão. Se eu continuar assim, nunca vou conseguir realizar nada. É o que minha mãe sempre diz — que eu não vou dar em nada. Maldita boca de praga, a dela. Mas, essa parada da memória me dá medo, mesmo. No outro dia, estava passando num viaduto lá perto da Avenida Brasil e vi pichado no alto de um edifício: "A impossibilidade é a falta de insistência dos fracos." Achei genial essa frase. A falta de insistência dos fracos. Me identifiquei totalmente. Como não insisto, nunca consigo nada. E, como nunca consigo nada, ninguém acredita em mim. E, como ninguém acredita em mim, não adianta mesmo insistir. É um círculo vicioso. Por isso, eu gostei do Antônio. Acho que é a primeira pessoa que acreditou em mim quando disse que ia fazer faculdade de História. Quer dizer, não é a primeira. A Crica sempre me deu força para eu tentar o vestibular. Mas acho que, no fundo, no fundo, nem ela acredita que eu seja capaz. Ela diz que eu sou muito inteligente, mas que inteligência não basta. Tem que estudar. Tudo bem, concordo. Mas estudar como? Não sei nem por onde começar. Não fiz um bom colégio. Todo mundo que conheço da minha idade, ou já faz faculdade, ou não tem a menor esperança de entrar. Da galera lá do bairro que estudou comigo no colégio, não tem um na faculdade, nenhum, ninguém, zero.

O pior é que tem tanta coisa que eu quero aprender. Fico acordada de noite só pensando no que não sei. Por exemplo, eu li que a morte de uma formiga esvazia o universo de uma determinada quantidade de energia vital. Para onde vai essa energia? Ela é reabsorvida por outros seres ou fica rodando por aí? É foda pensar nisso. Mas, aonde é que eu vou descobrir uma coisa dessas? Outro dia, eu estava no apê da Crica e mencionei essa parada da formiga. Na verdade, eu queria que a Bárbara escutasse e, quem sabe, me desse uma resposta. Bárbara é a atual namorada da Crica. Ela é meio cientista, eu acho. Pelo menos, faz mestrado em Física. Problemática que só! Não suporto essas sapatilhas aborrecidas — cheias de atitude sombria e sensibilidade à flor da pele. Bárbara acha tudo ruim, fica irritada à toa. Se a gente não faz o que ela quer, na hora que ela quer, do jeito que ela quer, fica insuportável. Inferniza a vida de todo mundo durante dias. Crica fica pisando em ovos para não desagradar. Por que ela é assim? Você acha que ela sofreu alguma grande injustiça na vida? Que nada! Menininha mimada, revoltada porque papai atrasou a mesada. Não agüento ver aquela cara de tédio que ela faz para tudo. Com aquela pele branca sardenta e cabelinho Chanel. Rostinho de boneca derramando lágrimas de sangue. Posando de vítima do mundo. Ai, se eu tivesse aquela carinha de anjo, ninguém me segurava. Sim, porque quem sofre preconceito sou eu, que sou morena e tenho cabelo duro. Você acha que é fácil ser suburbana e gay? Se eu tivesse o que a Bárbara tem, acho que acabava virando senadora, no mínimo.

Ah, agora lembrei o que eu ia dizer sobre a dona Maria! A velha tem uns noventa anos, não sai de casa quase nunca e já teve a casa assaltada seis vezes. Pode? Seis vezes. Da última, levaram até a porta da frente, num dia que ela não estava lá. Quer dizer, não precisa procurar sarna para se coçar na vida; a sarna vai até você. Não precisa nem deixar a porta aberta. Pode trancar com todas as trancas do mundo, que alguém dá um jeito de arrombar. Agora, se deixou a porta aberta ou, melhor ainda, entreaberta, pode ter certeza que não vai demorar a aparecer algum curioso. É quase impossível resistir a uma meia porta. Por mais que seja uma espelunca qualquer atrás da Central do Brasil ou a enésima drogaria da Avenida Copacabana, a visão daquele portão metálico semicerrado mexe com a fantasia. A pessoa pensa: se eu não entrar agora, talvez não tenha outra oportunidade. E todo mundo sabe que a gente sempre se arrepende mesmo daquilo que deixa de fazer.

Para a maioria das pessoas, qualquer porta aberta já é convite suficiente. Nem precisa saber o que tem do outro lado. Aliás, é melhor quando não se sabe. A curiosidade é o grande atrativo. Deixa uma porta aberta e vê se não entra alguém, nem que seja apenas para fechá-la. Uma meia porta, então... Essa é a regra mais importante quando você quer ficar com alguém: saber se colocar com mistério, como uma porta entreaberta. Tem gente que fica catando um amor por aí na noite, batendo em qualquer porta, atirando para todos os lados, e nunca consegue nada. Porque tem coisa que não adianta correr atrás. O melhor é ficar paradinha e deixar que venha até você. É uma lição que estou aprendendo agora, depois de quebrar muito a cara. Não adianta correr atrás do amor. Ou ele vem até você, ou você está ferrada. O importante é saber se posicionar. É claro que ajuda se você se deixa aberta para o maior número possível de possibilidades. Quem disse que seu amor vai ser uma lourinha lindinha ou um príncipe montado num cavalo branco? Pode ser um professor de História, ou sua melhor amiga, ou um travesti. Nunca se sabe. O melhor é ficar atento para o que você gosta. Afinal, como eu disse no começo, ninguém é nada o tempo todo.

MARIA, RIACHUELO, 93.

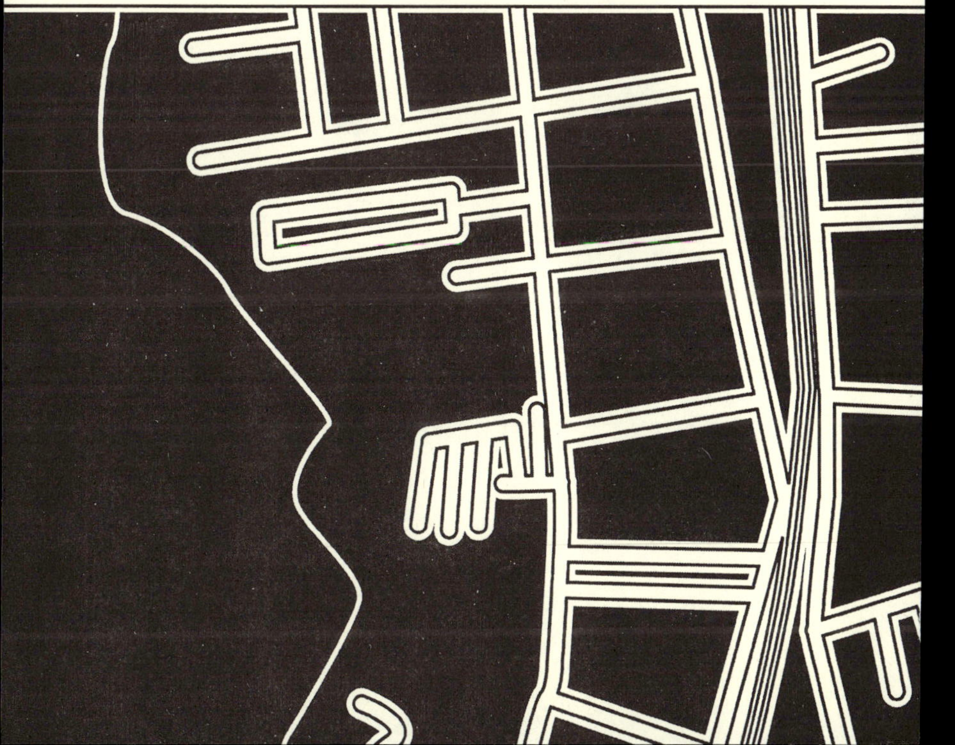

Há almas velhas em corpos novos, assim como há almas novas em corpos velhos. Alzira, por exemplo. Noventa e cinco anos completos, e continuava uma criança. Ontem mesmo reclamou que queria meias cor-de-rosa de aniversário, como as de Edite, e não as amarelas que ganhou. Sempre fora assim, desde que eram pequenas: despeitada que só. Ficava ressabiada por qualquer motivo bobo, achando-se preterida. Devia ser recalque, isso. Sabe-se lá de quê. Não parou de falar do diabo das meias a noite inteira. Maria só teve um pouco de descanso depois do *Jornal da Globo*, quando a danada finalmente entregou os pontos e cochilou na poltrona. Aí, pôde curtir em paz seu *Supercine*. Tão diferentes as duas; mal dava para acreditar que eram irmãs.

Já sua bisneta Alice era o oposto. Embora seu corpinho contasse apenas onze anos, não restava dúvida de que ali residia uma alma velhíssima. Daquelas que já viveram tantas e tantas vidas e, de quebra, mais um bocado de gerações. Tinha o dom, a menina. Disto, não restava dúvida. A tragédia era que seus pais se recusavam a reconhecer todas as evidências. Não que isto surpreendesse a ela, Maria. O que se podia esperar daquele estrupício com o qual sua neta havia se casado? Um engomadinho metido a intelectual. Dizia-se cientista político, mas não passava de um agitador de meia-tigela. Achava-se importante só porque foi chamado duas ou três vezes para um programa de debates da TV Educativa. Como era mesmo o nome? Aquele que só fala de política... com aquela mulher sebosa, metida a simpática. TVE, pois sim! Se pelo menos fosse a Globo! Pois não é que do alto de sua pretensa intelectualidade o estrupício dizia que não existe essa coisa de espírito, de guia, de médium, que é tudo crendice de gente tonta do subúrbio. Ai que raiva! Ainda carregava na palavra subúrbio, como se fosse xingamento. Como se o povo dele fosse todo nascido em berço esplêndido. Mas de que adiantava falar? Sua neta era fraca; não ousava enfrentar o marido.

Resolveram colocar a menina no psiquiatra. Um tal de doutor Roberto, se não lhe falhava a memória. Não era mau sujeito, apesar da profissão. Soube respeitar a pequena, pelo menos. Não se meteu a tripudiar daquilo que não entende, como o estrupício do pai. Mas psiquiatra para que, meu Deus? Estava na cara que a situação da menina era outra. Maria também havia sido assim quando pequena. Enxergava o que os outros não viam. Agora era a menina Alice que via os visitantes freqüentarem seu quarto à noite, despejarem sem parar em seus ouvidos palavras e frases, relatos e avisos. Eram tantas vozes que a menina vivia cansada. Mal conseguia dormir. Ficava a noite toda acordada, vendo e ouvindo, tentando processar as coisas ditas. Maria sabia que ela levaria muito tempo para decifrar o sentido daquilo tudo. Buscava acalmar a menina. Tentava ajudá-la o melhor que podia, explicando o pouco que sabia. De nada adiantava. Tudo que ela dizia, os pais desmentiam depois. Chamavam-na de caduca para a menina. E quanto mais se tornava patente que era verdade aquilo, mais nervoso ficava o estrupício do pai, descarregando seu próprio medo do desconhecido sobre a filha em forma de autoritarismo e violência. Queria porque queria que ela fosse obrigada a tomar remédios; porém, graças a Deus, o tal doutor Roberto havia descartado essa possibilidade, pelo menos por enquanto.

Será que era mesmo Roberto o nome do homem? Ou era Alberto? Ai, sua memória! Andava tão esquecida das coisas. Esquecia até o nome dos remédios que precisava tomar. Só não esquecia o tal do Capoten. "Este é o remédio mais fácil de lembrar," costumava brincar, "tomo para não capotar!" Capoten, capotar: a piada sempre suscitava uma boa gargalhada do ouvinte, passando a impressão de que ela estava ótima, com pleno domínio de sua lucidez. Encenação pura. A cada dia que passava, Maria sentia os fatos e detalhes escaparem-lhe um a um, como pequenas borboletas que desapareciam silenciosamente numa mata escura. Restou em sua mente apenas um senso de ausência, um ruído seco de farfalhejo de folhas ao vento. Começara com os nomes próprios. Alberto, Roberto. Gabriel, Rafael. Mariana, Fabiana. Certa vez, chegara a esquecer o nome da filha do meio, que permanecera mais de cinco minutos a encará-la em inclemente silêncio até que conseguisse pronunciar as sílabas fugidias. Gilda, claro! Um nome tão simples para uma pessoa tão complicada. Também eram tantos nomes para lembrar! Três filhas, oito netos e cinco bisnetos já, com mais um a caminho... e mais um monte de genros e sobrinhos e namorados e agregados. Os únicos nomes que nunca a abandonavam eram o de Ramiro, seu finado marido, e o de Alzira.

Depois dos nomes, foram as datas. Maria havia adquirido o hábito de trocar as gerações. Citava coisas ocorridas há dez anos ou mais como se fossem recentes. Chamava sua bisneta Alice de "minha neta" e, ao conversar com os netos, referia-se a Ramiro como "seu pai". As datas se embolavam um pouco com o passar do tempo, e a verdade profunda era que não costumava levar muito em conta a geração das filhas, nenhuma das quais lhe trouxera nada a não ser decepção. Preferia os netos e bisnetos, estes sim dignos da tradição familiar que carregavam. Com exceção da mãe de Alice, é claro, que casara com aquele estrupício. Como era mesmo o nome dela? Susana? Eliana? Solange? Não, Solange era aquela outra, a macha. Outra decepção. Como se chamava mesmo? Sônia? Soraia? Ah, tanto faz!

Orgulhava-se ao lembrar que três de seus netos eram músicos. Haviam puxado a Ramiro, claro. Como era alegre seu finado marido! Pianista de mão cheia. Chegara a trabalhar com o Radamés Gnattali na Rádio Nacional. Sempre havia saraus em sua casa no tempo em que ele era vivo, todos os domingos. Vinham os colegas de orquestra, as esposas, jovens promessas da Escola de Música. A criançada toda da vizinhança se postava na varanda, do lado de fora, só para ouvir a magia que emanava lá de dentro. Maria preparava salgadinhos, sanduíches, quitutes e seu famoso caldo de mocotó. Era uma festa! Tudo isso acabou abruptamente com o desaparecimento precoce do marido, vitimado por ataque fulminante do coração aos 54 anos. O mais difícil de explicar foi a situação em que faleceu. Ramiro não era homem de gostar de samba, o que tornou ainda mais surpreendente a notícia de que tinha morrido numa batucada de bamba. Vá entender! Parecia que, com ele, havia-se ido o bairro. O Riachuelo não era mais o mesmo. Agora era só violência e fuligem e uma gentalha esquisita a passar pelas ruas. Não era mais o mesmo subúrbio familiar do tempo em que viera morar ali.

Maria deleitava-se em recordar a casa viva, alegre, cheia de gente, enquanto observava o vento a açular as samambaias na varanda naquele final de tarde de domingo. Viera bastante gente hoje para o almoço: as três filhas, quatro dos netos e todos os bisnetos, além dos respectivos cônjuges e acompanhantes. Após a partida da família, o silêncio se instaurara na casa. Maria permanecera algum tempo distraída em sua poltrona, o sorriso se desfazendo em luz com o final do dia, depois saíra até a varanda para tomar a fresca. Agora viriam as horas de tédio, quando se empenharia de modo estudado em evitar as queixas e lamúrias de Alzira. Que tinha faltado alguém, que o pudim estivera solado ou que haviam deixado de cumprimentá-la pelo aniversário de casamento. A mulher era viúva há mais de quinze anos e ainda fazia questão que as pessoas lembrassem da data. Graças a Deus, existia o *Fantástico*. Assim, Alzira ocupava-se em criticar a aparência de Glória Maria ou em suspirar pelo Zeca Camargo e deixava-a em paz. O sol quente de outono se punha, finalmente, num último estrondo de rosa e laranja rente ao horizonte próximo de edifícios. Maria recolheu a cadeira dobrável e pô-la debaixo do braço, preparando-se para entrar. Estava na hora de acender sua vela para Ramiro, ação cotidiana de encomenda de sua alma, realizada religiosamente há quase quarenta anos. Deixava que a vela queimasse até depois da meia-noite, para que o dia passasse com uma chama ardente em sua lembrança.

No instante que atravessava a soleira, sobreveio-lhe o empurrão, acompanhado da voz que sussurrou em seu ouvido:

— Vai entrando logo, vovó, e nada de gritar.

A pronúncia defeituosa e o tom de ameaça não deixavam margem para dúvida. Era outro assalto, o terceiro do ano, e logo num Domingo de Ramos! Maria desequilibrou-se e tombou para a frente, atingindo o chão primeiro com um joelho e depois com o outro. A cadeira dobrável, retida entre as mãos, amenizou-lhe o choque e serviu de apoio para que pudesse se reerguer em seguida. Ela ouviu a chave sendo passada na porta nova, aquela que fora colocada após o último assalto, ocasião em que lhe roubaram até a velha porta da frente de peroba entalhada. Ramiro havia encomendado aquela porta a um marceneiro português que era seu compadre, em 1956, quando construíram a casa. Apesar do susto, não sentiu medo, apenas uma sensação de imenso cansaço. Levantou-se devagar, sacudiu a poeira da barra do vestido e encarou pela primeira vez o assaltante. Era um menino de seus dezoito, dezenove anos, mulato, gorducho, com uma cara de bolacha e olhos arregalados, jeitão de criança assustada. Vestia uma camisa listrada, vermelha e azul, bermuda preta e tênis branco. Segurava um pequeno revólver, que mais parecia de brinquedo, que passava automaticamente de uma mão para a outra, numa espécie de tique nervoso.

— Você é mesmo dura na queda, hein, vovó!

— Não sou sua avó. Meu nome é Maria. Me chame de dona Maria e de senhora, por favor.

O bandido sorriu um sorriso entre o incomodado e o entretido. Permaneceu um instante em silêncio, ruminando seu próximo passo. Observava-a com toda a compenetração de um colegial gordinho estudando carroça de sorveteiro.

— Tudo bem, dona Maria. A senhora não vai se importar se eu não me apresentar, não é?

Maria nada respondeu. O menino engrossou a voz, tentando parecer mais velho e mais duro do que era.

— Onde tá a grana e as jóias?

— Jóia, eu já não tenho mais nenhuma. Faz tempo que dei tudo para minhas netas. Quanto a dinheiro, também não tenho muito. Devo ter uns 150 reais na minha penteadeira. Posso ir até o quarto buscar.

Dizendo isto, permaneceu imóvel, aguardando a autorização dele antes de se ausentar da sala. Depois de tanta experiência com assaltantes, sabia muito bem o que não podia fazer.

— Cento e cinqüenta?

— Sim, era para pagar o médico amanhã. Ele só recebe em dinheiro.

O assaltante franziu a testa, visivelmente desapontado. Olhou à sua volta na sala, à cata de algo de valor.

— Cadê o som?

— Pergunta para os seus colegas. Levaram tudo no último assalto, dois meses atrás.

— DVD, computador, câmera digital?

— Imagina! Só tem aquela tevê velha ali. É toda sua.

Ele examinou rapidamente o televisor, um modelo mais velho do que ele. O tom quase de escárnio da exclamação da velha não deixou margem para dúvida. O bandido teve certeza que ela dizia a verdade. Um sulco profundo apareceu dois dedos acima de suas sobrancelhas. Os lábios grossos formaram um bico exagerado, e o rosto todo se afilou na busca íntima de alguma outra opção. Pela primeira vez, o revólver parou quieto em sua mão direita enquanto ele pensava. Subitamente, a cara de bolacha tornou-se lisa e redonda de novo, iluminada por uma idéia.

— Me passa então o cartão do banco e o talão de cheque — ordenou.

— Tá. Vou só buscar minha bolsa. Tudo bem? Mas vou logo avisando, não tem um tostão na conta. É final do mês, e minha pensão só entra no dia cinco.

A decepção voltou a aflorar no rosto do jovem, agora tingida de um quê de desespero. Digerida a novidade, ele deu cinco passos decididos à frente, aproximando-se de dona Maria, e apontou-lhe a arma à cabeça. Gritou-lhe com violência plangente:

— A senhora tá mentindo!

— Não estou. Infelizmente.

A última palavra foi pronunciada com tanta suavidade e resignação que o braço do assaltante foi murchando aos pouquinhos, como se a pistola em sua mão tivesse sido acometida por uma crise aguda de impotência. A cabeça acompanhou a trajetória descendente em curva e ficou pendurada momentaneamente com o olhar crivado nos tacos de madeira do piso. Parecia que o chão iria lhe faltar.

— Você quer um copo d'água, meu filho? Tá muito calor, hoje.

— Não quero porra de água nenhuma! — bradou ele, com voz de criança magoada.

— Então, senta aí, que eu vou buscar o dinheiro na penteadeira. E pára de gritar, senão você acorda minha irmã.

Para sua surpresa, o rapaz obedeceu. Foi até a mesa de jantar e sentou-se, com ar de quem espera a janta ser servida.

O mundo está mesmo perdido, Maria pensou, enquanto caminhava até o quarto. Nem assaltar direito eles sabem mais. Está tudo errado! Hoje no almoço contaram-lhe um escândalo ocorrido no colégio de duas de suas bisnetas. A direção havia desbaratado uma quadrilha que comprava as calcinhas usadas

das meninas para revenderem para tarados no Japão. Pagavam cinco reais por calcinha e vendiam por mais de cem. Pode uma coisa dessas? Como se já não bastasse que houvesse quem compre, há quem organize a venda e transforme isto em negócio. E as meninas nada objetavam. Ao contrário, participavam felizes da vida. Um rapaz da quadrilha fornecia as calcinhas novas de manhã e as recolhia sujas no final da tarde. Tudo organizadíssimo, como uma empresa. Só faltava alvará da prefeitura. Já o assaltante em sua sala era essa coisa patética. Não conseguia nem roubar uma velhinha de 93 anos. Digno de pena, ele. Maria sentiu uma pontada de revolta por se compadecer do homem que lhe empurrara no chão e agora iria levar os 150 reais do doutor Carvalho. Aliás, este era outro que não ficava para trás. Cento e cinqüenta reais por uma consulta, sem nota, e só aceitava receber em dinheiro. Pilantra de uma figa!

Maria foi até a penteadeira e retirou o dinheiro. Contou mais uma vez, para ter certeza da quantia. Cento e cinqüenta, exatos. Pensou se pegava ou não o talão de cheques e o cartão de débito na bolsa. Decidiu não pegar. Esperaria que lhe pedisse de novo. Qualquer coisa, alegaria ter esquecido. Era normal que os velhos esquecessem as coisas. Aliás, que maravilha, pensou, não esquecera nada, nem a história das calcinhas. Parecia que sua mente estava precisa e cristalina, com um comando fácil de detalhes que há muito lhe escapava. Devia ser a emoção. Na saída do quarto, deu de cara com Alzira, no corredor. Antes que Maria pudesse dizer qualquer coisa, foi logo vomitando perguntas idiotas.

— O que que está havendo? Por que você está com esse dinheiro na mão? Aonde você vai?

— Vou entregar para o assaltante que está lá na sala.

— Não precisa caçoar de mim, não. Foi uma simples pergunta. Basta uma simples resposta educada. Por que você está sempre de má vontade comigo?

A ladainha queixosa de Alzira irritava-lhe até o âmago. Chegava a sentir uma dor atrás dos olhos, só de ouvir sua voz mole e inquiridora. Como era possível falar tão alto e tão sem ritmo, a um só tempo?

— Não estou caçoando de você. Tem um ladrão lá na sala. Se não acredita, vá você mesma espiar.

Alzira hesitou um instante, estupefata. Depois foi caminhando sobre as pontas dos pés até a porta da sala. Arqueando o corpo ressequido, atravessou a pontinha da cabeça pela soleira para dar uma espiadela. Assim que viu o rapaz, desandou a gritar com uma potência surpreendente:

— Socorro, socorro! Ladrão, ladrão! Acuda, pelo amor de Deus, acuda!

A agudeza daqueles gritos pegou o assaltante inteiramente de surpresa, quase fazendo-o despencar da cadeira. Pondo-se de pé num salto de desenho animado, apontou a arma para Alzira e comandou, aos berros:

— Pára de gritar, sua velha maluca!

— Por favor, não me mate, não me mate... — suplicou ela.

— Cala a boca! — bradou desesperado o bandido.

Maria, que havia entrado também na sala a essa altura, resolveu intervir:

— Por que você não dá um tapa nela?

— O quê?

— Para ver se ela cala a boca.

— Maria!

— Cala a boca, Alzira. Não tem nada que ficar gritando assim. Você vai deixar o rapaz nervoso.

A hesitação geral que seguiu foi interrompida pelo ataque de choro convulsivo de Alzira. Maria conduziu-a até o sofá e a fez sentar. A irmã desgarrou o braço de sua mão com violenta revolta e enfiou a cara numa almofada imensa. Maria pressentiu que iria passar o pouco de vida que lhe restava ouvindo Alzira reclamar diariamente que havia mandado o bandido bater nela. De nada adiantaria explicar que fora uma estratégia, para que não a matasse. Uma alma de criança no corpo de uma velha de 95 anos! Meu Deus, quem me livrará desse fardo?

Quando se voltou novamente para a sala de jantar, percebeu gratificada que o assaltante havia baixado a arma. Caminhou até ele e pôs o pequeno bolo de notas em cima da mesa, ao seu lado.

— Toma seu dinheiro.

O bandido espalhou as cédulas sobre a mesa, a fim de poder contá-las sem largar sua arma. Cinco de vinte mais cinco de dez; cento e cinqüenta reais, sem tirar nem pôr. A visão do dinheiro pareceu suscitar-lhe nova decepção.

— A senhora tem certeza que não tem mais nada?

— Tenho. É só isso mesmo.

— E a maluca aí — disse apontando a arma na direção de Alzira — não tem nenhum?

— Tem, não. Ou você acha que vou colocar dinheiro na mão dela?

Esboço de um sorriso. A justificativa pareceu do seu agrado. Mesmo assim, insistiu.

— E se eu for lá dentro, dar uma olhada?

— Fique à vontade.

— Ó, que se eu encontrar mais alguma coisa lá, fico puto e mato as duas.

— Pode ir — disse Maria, apontando a direção do corredor com as mãos espalmadas e uma expressão de tédio.

Frustrado, o bandido desistiu de investigar os quartos. Sentou-se novamente à mesa. Pousou no colo a mão com o revólver e esticou as pernas, o outro braço pendurado para o lado, com a mão quase a roçar o chão. Pela atitude, parecia que tinha acabado de comer três pratos de feijoada. Estava pensando.

Ficou assim, parado, mirando ela, durante um bom tempo, o suficiente para que se sentisse incomodada. Era indefinível a expressão que lhe cobria o rosto. Havia ali ódio, mas também algo de fascinação. Pela primeira vez, Maria sentiu medo. Será que esse incompetente, além de assaltante, iria se revelar um estuprador de velhinhas? Ela evitou engolir em seco para não dar pista de sua vulnerabilidade. A violência é um cão farejador.

— A senhora é foda, sabia?

Maria achou prudente abster-se de qualquer resposta. Na verdade, nem saberia como retrucar àquela constatação.

— Quantos anos a senhora tem?

— 93.

— 93! Puta que pariu! A senhora é velha pra caralho!

— Sou velha o suficiente para não gostar que falem palavrão em minha casa.

A repreensão deslizou-lhe dos lábios antes que tivesse chance de pensar melhor. Assim que ouviu o tom áspero de sua própria voz, arrependeu-se de ter falado. O bandido cerrou ligeiramente seus olhos arregalados. Apertou insensivelmente a mão que empunhava o revólver. De resto, não se moveu da posição largada. Segundos se passaram, de absoluto silêncio e suplício.

— Desculpa. Foi mal.

As palavras vieram com inusitada ponderação. Era o primeiro sinal de inteligência que demonstrava desde que entrara pela porta. Desta vez, Maria não conseguiu conter o impulso de engolir em seco. Ele percebeu, e sorriu com sádico prazer.

— Sabe o que é, dona Maria, é que 150 reais é muito pouco. Eu não posso sair daqui só com essa mixaria.

— Não tenho mais nada. Você devia ter escolhido uma casa melhor.

— Escolhi a melhor casa do bairro. Com um casarão desses, achava que a senhora era rica, com certeza.

— É, todo mundo parece achar. Vai ver é por isso que já fui assaltada tantas vezes.

— Quantas?

— Seis.

— Caraca!

A palavra foi pronunciada com um misto de admiração sincera e calmo deleite.

— Por que a senhora não se muda?

— Minhas filhas vivem querendo me tirar daqui. Eu é que não quero. Construí essa casa com meu marido, faz cinqüenta anos. Fomos muito felizes aqui.

— Cinqüenta anos! Caraca! O bairro devia ser bem diferente, hein?

— Era uma beleza. Você nem imagina.

Ambos permaneceram quietos a contemplar o passado com nostalgia. Formavam um estranho contraste: ele sentado, ela de pé; ele novo, ela velha; ele escuro e pesado, ela quase transparente em sua fragilidade. Entre eles, a arma que os unia. O silêncio pesado do ambiente era quebrado apenas pelo murmúrio constante de Alzira, que soluçava e rezava baixinho deitada no sofá do outro lado da sala, a cara ainda enterrada na almofada.

Após algum tempo, o assaltante endireitou-se na cadeira. Via-se que tinha tomado uma decisão, como quem toma uma dose de coragem.

— A senhora vai ter que me dar mais alguma coisa. Depois, eu vou embora.

— O quê? Já disse que não tenho mais nada. Leva a tevê...

— Não quero aquela porcaria velha — escarneceu. — Faqueiro, baixela de prata?

— Roubaram tudo. Já lhe disse.

— Caraca.

Pôs-se a circular pela sala de visitas a passos medidos, examinando os cantos, apalpando as paredes, abrindo as gavetas, como um comprador em potencial que inspeciona um imóvel à venda. Quando passou perto do sofá, Alzira começou a rezar mais alto. Por via das dúvidas, olhou embaixo do sofá. Não havia nada lá. Voltou para a sala de jantar anexa. Estacou finalmente diante da cristaleira, onde se abrigavam alguns poucos copos e jarras, a maioria de vidro barato, e diversos bibelôs colecionados ao longo dos anos. Sem pedir permissão, rodou a velha chave e abriu a porta do móvel. Com um ar de triunfo, extraiu ali de dentro um pequeno passarinho de louça branca, pintado com tinta dourada que detalhava os olhos, o bico, a crista, a cauda, as asas. Fazia parte de um jogo de seis, um de cada cor: azul, amarelo, rosa, vermelho e verde. Brandindo-o como um detetive de cinema que encontra a prova cabal do assassinato, exclamou:

— O que que é isso?

Perplexa, dona Maria não teve outro recurso senão insistir na verdade.

— Isso não vale nada. É de louça. Meu marido me deu de aniversário. Ele sabia que eu adorava esses bibelozinhos.

— Foi seu marido que deu?

— Foi.

— Então, vale alguma coisa para a senhora...

— É, tem valor afetivo...

— Perdeu!

Assim dizendo, o assaltante colocou o passarinho branco no bolso. Um a um, extraiu os outros cinco de seu ninho na cristaleira e enfiou-os também na bermuda. O último passarinho não coube no bolso estreito e caiu no chão. No tombo, lascou a asa e quebrou a cauda delicada. O assaltante e dona Maria olharam em silêncio para o pequeno ser amarelo espatifado, seu alegre semblante aparentemente indiferente aos maus-tratos recebidos após tantos anos de zelosa preservação. Sua primeira chance de voar terminara em tragédia. Pobre passarinho! O bandido ergueu o semblante ao encontro do de dona Maria. Um sorriso astuto assomou por detrás de seus olhos.

— Esse aí eu não vou querer. Tá quebrado.

Maria resolveu não contar nada às filhas. Caso o fizesse, elas certamente a obrigariam a se mudar dali. Da última vez, haviam-na forçado a jurar que seria a última chance. Obteve a cumplicidade de Alzira com um misto de subornos e ameaças, sendo a principal a perspectiva de ser internada num asilo caso tivessem que abandonar a casa. Não contou nada a ninguém, por precaução, nem mesmo à polícia ou aos vizinhos. Apesar disso, ou talvez por isso, passou a viver um tanto sobressaltada. Não sentia propriamente medo de um novo assalto, nem mesmo do retorno do estranhíssimo assassino de passarinhos de louça. Sabia, em seu íntimo, que ele não voltaria. Havia conseguido dela tudo o que queria. Dali para a frente, ele intentaria vôos criminosos mais altos, com uma real probabilidade de lucro, além da oportunidade eventual de humilhar seus semelhantes. Não, não era medo o que sentia, mas antes uma vaga apreensão. Ela não sabia de quê. Talvez pela humanidade, que não parecia mesmo ter jeito. O mundo tornara-se outro, tão diferente daquele em que ela nasceu e viveu, que era como se fosse outro planeta. Todos de sua época estavam mortos, com a irônica exceção de Alzira, a qual nunca suportara mesmo. Tudo que lhe importava tinha ido embora. Ou, quase tudo... ainda havia sua bisneta. Certa tarde em que cuidava da menina, enquanto esperava os pais, Alice chegara-lhe com um papel, ofertado como presente. Nele, estavam desenhados com muito cuidado seis passarinhos, um de cada cor, iguais aos que tinham sido roubados, só que voando alto num céu estrelado.

— É para você não sentir falta deles, vó Maria. Eles não precisam mais ficar na gaiola.

Tinha mesmo o dom, a menina.

JADE, BONSUCESSO, 6.

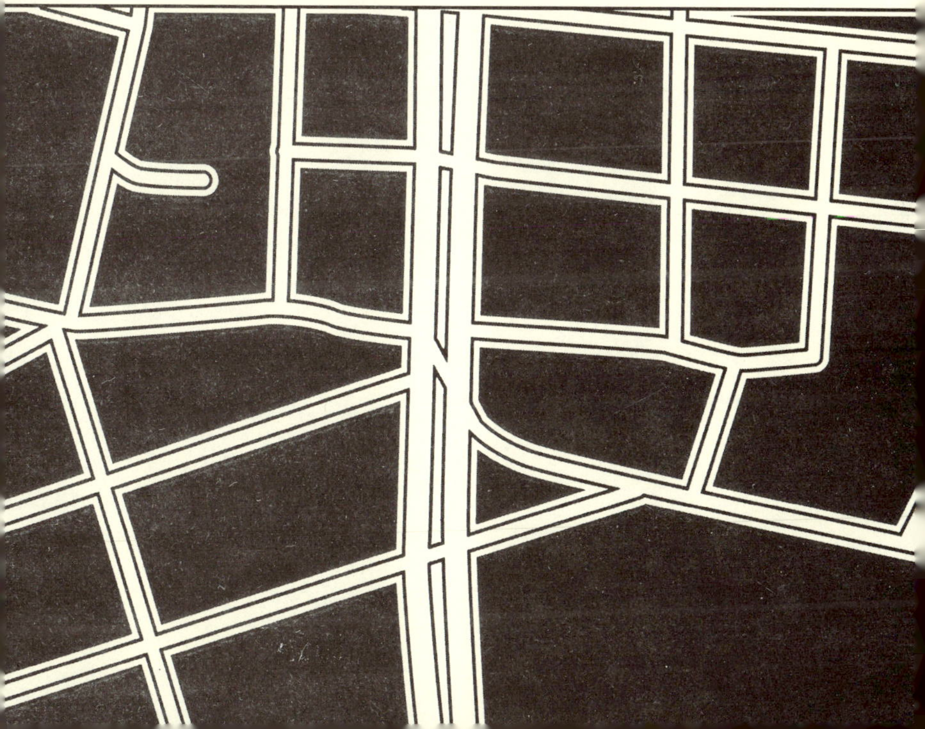

OOOOOOOiiiiiiiiiiiiiiiiiiiiiiiiiiiiiiiiiiiiiiiêêêê!!!!!!!!!!!!!!!!!!!!!!!!!!!!! Você já acordou? Acorda logo, dorminhoco, acorda! Minha mãe disse para eu não acordar você. Mas você já está acordado, não é, tio? Que bom. Assim a gente pode conversar melhor. Meu nome é Jade. Eu tenho seis anos. E você? Minha mãe disse que você ia brincar comigo. Ela foi trabalhar. Na casa da dona Yvete. Lá na Barra. Que é onde ela trabalha. Que é longe daqui. Você é amigo da minha mãe? Deve ser muito amigo para ela deixar você dormir aqui na cama dela. Eu também tenho uma amiga que dorme comigo às vezes. Ela se chama Kelly. Ela é minha prima, além de ser minha amiga. Mora com minha tia, ali na outra rua. Depois, a gente pode chamar ela pra brincar com a gente. Ela tem sete anos e é muito linda.

Sabe qual é a brincadeira que eu mais gosto? É brincar de escola. Você sabe brincar de escola? Eu ensino você. Você vai ser o aluno, e eu vou ser a professora. Só que você tem que ficar sentado ali. Levanta, tio, levanta! Vem comigo, vem. Você quer ir ao banheiro? Ah, tá. Pode ir. Eu espero. Você vai ao banheiro, e eu vou arrumar as coisas pra gente brincar. Aqui vai ser a sala de aula. E aqui é o quadro. E essa é a Jéssica, que é minha boneca preferida. E essa é a Samanta, que eu gosto menos, porque ela é loura e eu não sou. E tem que ter o livro, para ver a lição. Cadê o livro? Ah, tá aqui. Jéssica e Samanta sentam aqui. E o tio pode ficar aqui. Cadê o tio? Ei, tio, você não acabou aí no banheiro, não? Vem logo, tio! Você senta aqui, tá? Vamos começar a lição. Que horas minha mãe volta? Sei lá. Só mais tarde. Quando a tia Selma trouxer o almoço, você pode perguntar pra ela. Tia Selma não é minha tia de verdade. Ela é a vizinha. Minha mãe diz que é assim que funciona, uma mão lava a outra.

Não, claro que eu não costumo ficar sozinha em casa. Sou criança, né? Quem fica comigo é tia Carminha, mas ela está no hospital. Foi fazer exame de festa anteontem, e não voltou ainda. Deve estar boa essa festa! Tia Carminha é a tia de mamãe, ora! Ela é minha tia-avó, mas como eu não tenho avó de verdade, ela faz a vez. É assim que ela diz. Na verdade, é ela que me educa. Ela diz que mãe educa e vó deseduca, mas que ela tem que fazer as duas coisas porque minha avó morreu e minha mãe trabalha. É mole, ou quer mais? Ela sempre diz isso também. Tô com tanta saudade dela! Eu amo tia Carminha. Minha mãe disse que ela só vai voltar do hospital no sábado, se Deus quiser, e que aí eu vou ter que ficar sozinha de novo. Não sei direito por quê. Minha mãe disse que é porque vai ser dia de seu Jorge, e ela vai levar tia Carminha na Rua da Alfândega para pagar promessa para seu Jorge, porque é ele que vai conseguir tirar ela do hospital.

Eu fui lá uma vez, na Rua da Alfândega. É muuuito legal!!! Tem um monte de lojas de brinquedos e de festas e de roupas diferentes. Eu adoro. Eu pedi para ir junto no sábado, mas minha mãe não quer me levar. Ela disse que tem muito tumulto por causa do seu Jorge e que não é lugar pra criança. Acho uma besteira isso! Já estive no armazém dele várias vezes pra comprar bala e nunca vi tumulto nenhum. Só quando o maluco do Marquinho está de fogo e começa a gritar, mas isso é normal. Não entendo o que o seu Jorge fez de tão importante para merecer um dia só pra ele. Também não entendo por que tia Carminha tem que ir até a Rua da Alfândega pra pagar essa tal da promessa. Por que ela não paga na lotérica como todo mundo? Ou, então, por que ela não vai lá no armazém e acerta com seu Jorge logo? Tia Carminha é muito enrolada, às vezes. Deve ser porque ela é muito velha. Minha mãe disse que ela tem quase setenta anos. Você acredita? Isso é muito velho mesmo.

Quantos anos você tem, tio? Tio? Ei, tio, acorda! Ê, tio dorminhoco! Você tá com sono, tio? Por que você não toma café? Na garrafa, ora! Onde mais ia botar o café? Aqui, ó. Xícara? Que isso? Ah, tá. Usa esse copo aqui. Claro que já tem açúcar! Tia Carminha diz que de amarga, basta a vida. Se quiser mais, tem nesse vidro aí, ó. Mas não põe demais porque ataca os dentes, viu? Tio, posso te perguntar uma coisa? Aquela moto lá embaixo é sua? Você deixa eu subir nela depois? Jura? Eeebbbbbbbaaaaaaaaaaaaaaaaa!!!!!!!!!!!!!!! Que linda ela é, hein, tio! Parece a bicicleta do meu pai, só que bem maior. Você precisa ver a bicicleta do meu pai. É sem rodinhas! Não, meu pai não mora aqui, não. Imagina! Tia Carminha nunca que ia deixar. Ela diz que meu pai é um vagabundo. Ele ficou muito puto quando contei isso pra ele. Ih, falei "puto"! Tia Carminha sempre briga comigo quando falo palavrão. Não sei por que, ela e minha mãe falam o tempo todo. Não, meu pai só aparece de vez em quando, mas sempre traz um Kinder-Ovo para mim...

ou um pacote de jujubas ou amendoim com chocolate. Quer dizer, da última vez, não trouxe nada, nem uma bananada. É, pensando bem, ele é meio vagabundo mesmo. Ele tem uma namorada muito chata, a Charlene. Minha mãe que diz que ela é chata. Meu pai falou que a Charlene pode ser chata, mas é gostosa. Minha mãe ficou puta. Foi no meu aniversário. Meu outro tio quis bater nele. Ia rolar o maior barraco, mas tia Carminha disse que não na frente da menina, que sou eu. Kelly disse que era uma pena, porque ela queria ver meu tio bater no meu pai.

No meu aniversário, teve brigadeiro e guaraná. Brigadeiro preto e brigadeiro branco. Você prefere o branco ou o preto, tio? É mesmo? Por quê? Eu prefiro o branco. Você acha que é porque você é branco e eu sou moreninha? Tia Carminha diz que a gente sempre prefere o que é diferente da gente. Mas não é verdade, porque eu prefiro mesmo é doce de leite, que é quase da minha cor. Doce de leite é a melhor coisa do mundo, melhor que sorvete. Menos quando fica velho e ficam aquelas pedrinhas duras dentro. Isso mesmo, *cristralizado*. Doce de leite não devia ter nada duro dentro. Só a colher! A colher é o osso do doce de leite. Mas, no meu aniversário, teve é muito brigadeiro. A gente comeu até dizer chega, eu e a Kelly. Só quem não comeu até dizer chega foi o Fabiano. Ê, moleque enjoado! Chegou na festa e foi logo catando um monte de brigadeiro, antes da hora do parabéns. Toda hora, ele ia lá na bandeja e pegava um escondido. Mas você acha que ele comia? Que nada! Guardava tudo embaixo da mesinha onde ficavam os presentes, pra comer depois. Ele achava que ninguém ia comer, só porque ele lambia antes. Chegou o meio da festa, de repente, ele abriu o maior berreiro. Quando foram ver o que era, alguém tinha comido todos os brigadeiros dele. Minha mãe diz que a vida é assim. Deixou o brigadeiro à vista, outra criança pegou. Não adianta chorar depois.

Tiiiiiiiiiiiiiiiiiiiiooo!!!!!! Agora que me lembrei! Minha mãe deixou um bilhete pra você. Em cima da mesa da cozinha. Ela disse que era pra você ler. É esse aí. Eu já sei ler, mas não li, porque tia Carminha diz que é falta de educação ficar lendo as coisas dos outros. O que tá escrito, hein? Por que você tá fazendo essa cara, tio? Você tá com dor de barriga? Fala, tio! Fala logo. Seu sapato? Taí, embaixo da cama. Você vai embora, tio? É porque eu falo muito, né? Você tá aborrecido comigo. Meu pai também fica aborrecido assim. Tudo bem. Vai embora, não, tio. Eu prometo que vou ficar quietinha. (Jéssica, Samanta, vocês têm que ficar bem quietinhas, viu! Tem que falar baixinho assim, que nem eu. Não pode aborrecer o tio. De jeito nenhum, senão ele vai embora e deixa a gente sozinha. Agora, vamos fazer concurso de silêncio. Um, dois, três, e já.)

Calçar meu sapato? Pra quê, tio? A gente vai sair? Mesmo? A gente vai andar de moto? Eeebbbbbbbaaaaaaaaaaaaaaaaaa!!!!!!!!!!!!!!! Aonde a gente vai? O que você tá escrevendo aí? É um bilhete pra minha mãe? Ela só vai chegar muito mais tarde, depois que largar o serviço. Tio, posso falar com minha tia que a gente vai passear? Dá tempo sim. É aqui do lado. Tá bom, tá bom, mas então você tem que deixar um bilhete pra tia Selma, tá? Ela vai ficar muito puta que não tem ninguém pra almoçar. Vai reclamar até dizer chega. Ah, é? Como você sabe? É isso que tava no bilhete? Nossa, esse bilhete é poderoso, hein, tio?

[...]

Tio, posso te perguntar uma coisa? Como é seu nome? É mesmo? Rafael? Eu tenho um coleguinha que se chama assim.

A gente chama ele de Rafa. Posso te chamar de tio Rafa? Só Rafa? Então, tá. Beleza.

É alta a moto, hein, Rafa? Opa! Subi! Êêêêêêê!!!!! Vamos lá! Dá a partida! Tá, eu seguro, pode deixar. Que barulhão! Você tá me ouvindo, Rafa? Rafa! Rafa! Tio! Tá ouvindo nada. Eu vou passear numa moto muito grande, eu vou passear, lá lá lá lá li li lá. Eu vou passear, lá lá lá lá li li lá. Espera só até eu contar pra Kelly! Ei, Rafa! Ei! Rafa! Ei! Pra onde a gente vai? Tá, eu fico quietinha. Prometo. Tô segurando. Vam'bora! Nossa, que rápido! Nunca andei tão rápido assim. Tô com medo! Rafa, eu tô com medo! Vou segurar mais apertado em você.

[...]

Olha lá o Nelsinho! Oi, Nelsinho! Oi, oi, oi!!! Nelsinho me viu na moto. Agora, todo mundo vai saber que eu passeei de moto. Que legal! Olha aí o armazém do seu Jorge. Passou. Olha a padaria ali! É o seu Oliveira. Oi! Oi! Olha pra cá, seu Oliveira. Sou euzinha, na moto. Já passou. Ele nem viu. E a casa da Shayane. A casa do Fabiano. A casa da dona Marli. Passou, passou, passou. Nossa, a gente passou até a farmácia e o ponto de ônibus. A gente tá saindo do bairro. Nossa, a gente vai sair da Vila do João. Que legal. Tô com vontade de fazer xixi. Rafa, ei, Rafa, quero fazer xixi! Tá ouvindo? Quero fazer xixi!!!! Quero fazer xixi!!!! Quero fazer xiiixiiiiiii!!!! É. É isso. Tá, posso. Seguro mais um pouquinho.

Que lugar é esse? É um bar? Que parece a padaria, só que maior. Ah, pra eu fazer xixi? Onde é? Ali? Você vai comigo até lá? Claro que sei fazer xixi sozinha! Já sou crescida. Então, tá bom, vou lá, e você me espera aqui. Nossa, que banheiro grande! Mas, tá é fedido. Acho que alguém fez xixi no chão e não limpou. Xixi, xixi, xixi! Xiiiiiiiiii. Agora, lava a mão, senão tia Carminha briga. Poxa, não consigo alcançar a pia. É muito alta!

Já sei. Vou chamar o Rafa. Rafa! Rafa! Raaafffaaaaaaa!!! Vem cááááaaaa!!!!!

[...]

Você me levanta pra eu poder lavar a mão? Obrigada, Rafa. Você é muito legal. Pronto! Chega, tá bom! Vam'bora. Você conhece aquele moço do bar, Rafa? Por que você chamou ele de velho, se ele é moço? Ah, tá. É jeito de falar. Meu pai também faz isso. Só que ele chama todo mundo de meu irmão, mesmo gente que ele nunca viu. Acho que é porque ele não tem nenhum irmão de verdade. Que nem eu. Eu queria ter um irmãozinho, ou até mesmo uma irmãzinha. Se fosse menino, o nome dele podia ser Tiago. Ou Beto. Não, prefiro Tiago.

Opa! Como é alta essa moto! Pra onde a gente vai agora, Rafa? Quê isso, Benfica? É um lugar no Rio? Eu só conheço a Vila do João, que é em Bonsucesso, que é no Rio de Janeiro, que é no Brasil. Não, eu quase nunca saio do bairro. É longe? O que a gente vai fazer lá? Gráfica? Que isso? Não, nunca ouvi falar. É o quê? Imprime? O que é isso?!? O quê? Sério? Que nem história em quadrinho? Que legal!!! Que eu quero muito ver eles fazendo revistinha! Por que não? Mas, é possível, não é? Êêeebbbaaaaa! Pode deixar, eu seguro. Prometo. Por que eu tenho que usar esse capacete? Porque tem, não é razão. Minha mãe diz que... Tá, tá, eu coloco, eu coloco. Não precisa ficar brabo. Mas é muito grande! Não tô vendo nada. Tira, Rafa, tira, não tô conseguindo respirar. O que você vai fazer? Ah, tá. Boa idéia. Será que vai dar agora? Acho que agora deu. Consigo, mas só se eu ficar com a cabeça assim, ó. Se olhar pra baixo, não enxergo nada. Nossa, que rápido! Tô sentindo meu *estômbago* apertado. Tem que segurar no Rafa, pra não cair. Engraçado. Agora, ficou menos barulho, com o capacete. O Rafa é legal. Eu gosto dele.

Chegamos? É aqui, Rafa? É aqui que eles fazem as revistinhas? Que lugar grande! O que você tá fazendo? Por que você não toca a campainha? Tá bom, tá bom, vou ficar quietinha. Prometo. Não vou falar uma palavra quando a gente estiver lá dentro. Juro, ó, tô beijando os dedinhos.

[...]

[...]

[...]

(Não posso falar bom-dia pro senhor porque prometi ao Rafa que ia ficar quietinha aqui dentro. É. Meu nome é Jade. Seis. Obrigada. Eu quero! Essa vermelha aqui é de quê? E a amarela? Ih, o Rafa tá voltando aí. Sssshhhhhhh!)

[...]

[...]

[...]

[...]

[...]

Já posso falar, agora? Pfuiu! Até que enfim! Que alívio! Já tava engasgada de tanto comer letrinha! Tá vendo como eu consigo ficar quietinha? Você pode me levar onde quiser, Rafa, eu sou uma menina muito comportada. Tia Carminha diz que não é porque a gente mora na favela que tem que fazer falta de educação. É, tia Carminha manda bem. Ela é esperta. E, agora, aonde a gente vai? Eu? Sei lá! Eu sou criança; não conheço nada. Qualquer lugar, mas tem que ser de moto, tá? Tô, tô com fome. Vamos tomar lanche? E sorvete? Mesmo? Êêêbbbbaaaaaaaa!!!!!!!!!!!!! Você é muito legal. Ah, não! Tem que botar o capacete de novo? Tá, tá, eu boto. Opa! Subi! Acho que já tô sabendo andar de moto, não é, Rafa? Quando eu ficar grande, vou querer ter uma moto também, igualzinha à sua. Eu sei que custa caro, mas isso não é problema, porque eu vou ter muito dinheiro. Vou ser uma apresentadora de telejornal, que nem a Ana Paula Padrão. Tia Carminha diz que ela é mais que bonita, porque é inteligente também. Tia Carminha diz que mulher tem que ser independente; não basta ser brinquedo de homem. Eu não concordo com isso. Acho que ela diz isso porque ela não gosta de brincar com brinquedo. Eu gosto. Minha mãe diz que tia Carminha é de outro tempo.

A moto faz o maior barulhão, né, Rafa? É tanto barulho que você nem consegue me ouvir. Tô falando sozinha, tô falando sozinha, tô falando sozinha... uu-uuuuh, uuuu-uuuuuh, uuuuuuu-uuuuhhhh!!!!! Eu gosto tanto do Rafa. Queria que meu pai fosse que nem ele. Vou só ficar abraçadinha aqui, sentindo o quentinho dele e o ventinho fresco. Que rápido! Nunca pensei que podia andar tão rápido assim. É muito bom.

[...]

Nossa, mas que demora pra chegar nesse lugar que a gente tá indo. Onde será que o Rafa tá me levando? Deve ser muito longe. Deve ser lá na Barra, perto de onde minha mãe trabalha. Será que a tia Carminha tá sentindo minha falta? Será que a Kelly já chegou da escola? Espera só até eu contar isso pra ela!

[...]

Ih, paramos. E aí, Rafa, que lugar é esse agora? Lanchonete? Nossa, que linda! As cadeiras são verdes! Nunca vi uma lanchonete tão linda. A gente vai tomar sorvete? Tá bom, tá bom, eu como um sanduíche primeiro. Pode ser de queijo? Eu gosto de sanduíche de queijo. Quente, claro, né! Com banana?!? Queijo com banana? Nunca comi isso! É bom? Você gosta? Então, também quero um, igualzinho. E batata frita, pode? Êêêêêê!!! Tá, pode ser de laranja. Posso pedir outro sabor? Pode ser de morango? Adoro morango! É a fruta que mais gosto. Só que minha mãe não compra quase nunca, porque ela diz que é muito caro. Morango com laranja? É bom? Você vai tomar também? Então, tá, eu quero. Não vai ficar muito caro, Rafa? Você tem certeza que pode pagar? Que eu não tenho dinheiro nenhum.

[...]

Rafa, qual é sua cor predileta? É mesmo? A minha é vermelho. Antes, era amarelo, mas agora é vermelho. Às vezes, gosto de verde. Verde é bonito, mas vermelho é melhor. Rafa, que lugar é esse? Que nome engraçado! É Rio? Você mora por aqui? Ah, tá. É longe daqui, sua casa? Podemos ir lá, depois? Por que não? Mas você disse que não era tão longe. Ah, tá. Não é longe, mas também não é perto. Entendi. Outro dia você me leva? Promete?

[...]

Rafa, posso te perguntar mais uma coisa? Aqui é Zona Sul? Não?!? Mas é tão bonito! Ah, é que eu não conheço a Zona Sul. Claro que eu quero, né! Minha mãe diz que lá tem tudo, e onde a gente mora não tem nada. Ela disse que na Zona Sul tem praia e mar e loja e shopping e parquinho e casa bacana e um monte de coisa legal. Ela disse que, um dia, vai me levar lá, pra eu ver o que é um shopping de verdade. Mas tia Carminha diz pra ela não ficar enchendo a cabeça da menina de bobagem. Que sou eu, a menina. Não, eu não conheço a praia. Só a de Ramos, onde tem o piscinão, mas o irmão da Kelly disse que aquilo não é de verdade. Ele disse que aquilo é só pra enganar a gente e ganhar eleição. Eu queria conhecer uma praia de verdade. Deve ser muito lindo. Você me leva? Não precisa ser agora, pode ser outro dia. Jura? Êêêbbbaaaaa!!! Sabe onde eu queria mesmo que você me leve? No Zoológico! Pra ver os macaquinhos. É. Meu pai prometeu que ia me levar, mas ele sempre tem que trabalhar. Tia Carminha diz que ele só trabalha no dia que é pra ele ficar comigo. Ela diz que nunca viu ter tanto serviço pra vagabundo em dia de domingo.

Comi tudo, Rafa. Posso pedir sorvete agora? Êêêbbbbaaaaaaaa!!!!!!!!!!!!!!!! Pode ser de chocolate? É, só chocolate, tá ótimo. Ah, é? É mesmo? Quantos eu posso pedir? Dois? Sério? Você vai tomar de quê? Então, eu quero chocolate e flocos. Calda? O que é isso? É mesmo? Então, eu também quero! Qual que você gosta? Então, tá, de caramelo. Êêêêêê!!!

[...]

Poxa, Rafa, tá uma delícia esse sorvete! Acho que é o melhor sorvete que eu já tomei na vida. Você é tão legal comigo!

[...]

Rafa, eu queria te perguntar outra coisa... mas, tenho vergonha. Porque tenho! Não, tenho vergonha. Tá bom, tá bom, vou perguntar. Você tá namorando com minha mãe? Que Tia Carminha disse que quando um homem dorme com uma mulher, eles tão namorando, e que como você tava dormindo na cama dela, eu achei que vocês podiam estar namorando. Eu bem que ia gostar que você fosse namorado da minha mãe, viu, Rafa? Ela merece ficar com alguém legal como você. E, se vocês namoram bastante tempo, você pode ser meu segundo pai. Não ia ser legal isso? Eu ia gostar. Você é muito legal, sabia? Que foi, Rafa? Agora é você que ficou com vergonha! Fica assim, não.

[...]

Rafa? Posso te dar um abraço? Posso? Então, tá. É bom, bem apertado, assim. E vou te dar um beijo especial, estalado. Agora, você. Agora, a outra bochecha. Poxa, Rafa, você é o cara mais legal que eu já conheci.

Já? Não! Já tá na hora de voltar? Poxa, mas passou rápido o tempo, hein! Então, vamos lá. Pode deixar, eu mesma coloco o capacete dessa vez. Já sei fazer. Opa! Subiu! Tô, tô segurando firme. Vam'bora!

[...]

Já chegamos? Acho que viajei um pouquinho na moto. É, as cores são tão bonitas. Você não vai entrar não, Rafa? Entra um pouquinho. Espera minha mãe chegar. Ah, só um pouquinho... só até ela chegar. Depois você vai trabalhar. Ela vai gostar de encontrar você aqui. Quem sabe, vocês namoram um pouquinho? Eu fico aqui bem quietinha, brincando com a Jéssica e a Samanta. A tia Selma? É a casa aqui do lado. Ela já deve estar lá sim. Vou dar uma olhada. Peraí. Tia Selmaaaaaaaaaa!!!! Você tá aíííííííííííííííí? Tá bom, eu paro de gritar. (Que tia chata, essa.)

[...]

Tá, ela tá lá sim.

Ah, Rafa, não vai embora, não. Quero tanto que você fique aqui. É porque eu falo demais, não é? Você ficou aborrecido comigo. Que nem meu pai. Não tô chorando. Não tô chorando, não.

[...]

Você jura que não tá aborrecido comigo? Jura? É verdade? Mesmo? A mais simpática que você já conheceu na vida? Poxa, Rafa! Mas você deve conhecer tantas meninas ricas e bonitas. Poxa, Rafa, que legal. Eu também adorei você. Tá, tudo bem, entendo. Você tem que trabalhar. Eu sei. É normal. Mas, você jura que volta? Quando? Amanhã? Êêêbbbbaaaaaaaa!!!!!!!!!! Vem depois que minha mãe já voltou do trabalho. Vou dizer pra ela fazer uma janta especial pra você... com carne moída e purê de batata e feijão e nada de quiabo ou chuchu. Tchau, Rafa, me dá um abraço bem apertado. Opa! Tchau, Rafa, tchau!!!

[...]

[...]

[...]

Você acha mesmo que ele volta, Jéssica? Eu também acho. Ele gostou demais da gente.

MILENE (ANA), NITERÓI (ICARAÍ), 28 (30).

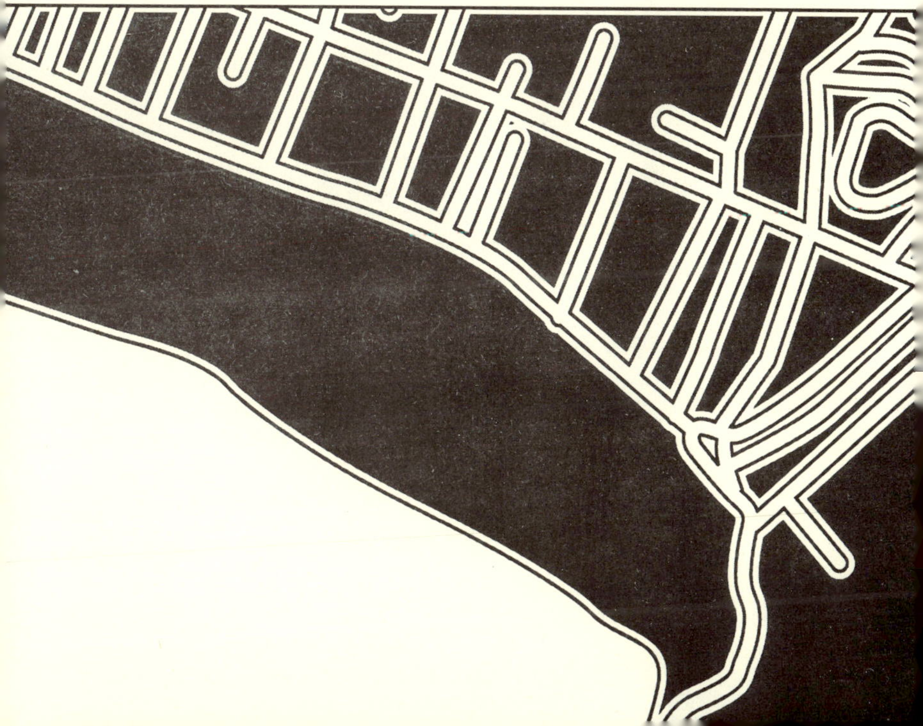

Recheio sabor chocolate aromatizado artificialmente (20%) (açúcar, xarope de glicose, água, leite, amido modificado, cacau em pó, sal, estabilizante: goma xanitana (INS 415), acidulante: ácido fosfórico (INS 338), conservador: sorbato de potássio (INS 202), corante: caramelo (INS 150a) e dióxido de titânio (INS 171) e aromatizantes), açúcar, farinha de trigo enriquecida com ferro e ácido fólico, ovo integral, gordura vegetal, amido, glicose, clara de ovo, farinha de soja integral, sal, estabilizante: monoestearato de glicerina (INS 471), umectante: sorbitol (INS 420), emulsificante: mono e diglicerídeos de ácidos graxos (INS 471), éster de ácidos graxos com poliglicerol (INS 475) e estearato de potássio (INS 470), fermentos químicos: bicarbonato de sódio (INS 505) e pirofosfato dissódico (INS 455), aromatizantes, estabilizante: lecitina de soja (INS 322), conservadores: propionato de cálcio (INS 282) e ácido sórbico (INS 200), melhorador de farinha: alfa amilase (INS 1100) e acidulante: ácido cítrico (INS 330). Contém glúten.

Esta é a receita do meu veneno. Vocês conhecem pelo codinome de "bolinho baunilha com recheio sabor chocolate" da Bauducco. Sirvo, por vôo, uma centena deles. Quarenta gramas de puro conforto. A dose calculada para amansar a executiva mais estressada, o mais mercenário vendedor. Daqueles que entram no avião com cara de ninguém-vai-me-fazer-desligar-meu-celular, que só atam o cinto de segurança quando instados, que bufam aborrecidos durante as instruções de segurança, que sonham com um dia encontrar uma maneira de ocupar ao mesmo tempo as poltronas da janela e do corredor, usando a do meio como repositório para suas pastas e notebooks. Por mais durões que sejam, basta abrir a caixinha do lanche e deparar com o amarelo panetone da embalagem que seus coraçõezinhos amolecem que nem o glóbulo viscoso de recheio chocolate prestes a explodir dentro de suas bocas gulosas. Hesitam por um instante, constrangidos, pensando na dieta, cogitando levar para o filhão. Em seguida, olham em volta e decidem: dane-se, posso morrer aqui dentro. *Carpe diem.* A embalagem é rasgada com um leve crepitar plástico e o bolinho abocanhado com falsa displicência. Depois, é só esperar o coquetel químico atingir os centros nervosos no cérebro... um... dois... três... pronto: aaaaaaaaaahhhhhhhh, pura regressão à hora do recreio, ao doce de leite espirrando quente do churro, boca adentro, goela abaixo, deixando um misto de gordura e canela a salpicar os lábios e escorrer quase imperceptivelmente pelo queixo. Vivam as endorfinas!

Sei muito bem do que estou falando. Ninguém é mais escrava do bolinho Bauducco do que eu. Atualmente, me controlo. São quatro por dia, nem unzinho a mais! Vocês acham muito? Meu recorde é 23. Já cheguei a comer oito de uma sentada só. Fazer o quê? É a única coisa que me dá alívio. De uns tempos para cá, desenvolvi um pouco de medo de voar. Afinal, ninguém é ateu na hora da decolagem. Não chega a ser um pânico. Não preciso tomar Frontal, nem nada. Dá para segurar. Só tenho que descarregar a ansiedade em alguma coisa. Fumar no avião, não pode, claro. Experimentei chiclete, bala, nada ajudou. Aí, descobri os bolinhos. Engraçado, nunca tinha provado antes. Sempre achei meio nojento. Um dia, fiquei muito nervosa no meio do vôo. Comecei a suar frio, e minhas mãos tremiam. Cheguei a derrubar suco de uva light num passageiro. A Ana Cláudia viu que eu não estava bem. Ela cismou que eu estava com a pressão baixa e me obrigou a comer um bolinho para aumentar a glicose. Comi um, depois outro. Quando ela viu que eu estava melhor, voltou para a frente. Comi mais três, escondida. Foi uma coisa meio compulsiva, totalmente trash.

Dei para engordar, é claro. Ninguém come dez, doze bolinhos por dia impunemente. Já vi o olhar do chefe de cabine patrulhando meu culote. Essas bichas saradas são as piores. Eles não toleram comissária gordinha. Não estou nem aí. Sei que já estou em fim de carreira mesmo. Estou ficando velha para o que faço. Imagino que isto possa soar estranho, sendo que acabei de completar 30 anos. Aliás, se o Gilmar soubesse que eu tenho 30, ele teria um ataque. Todo mundo aqui acha que eu tenho 28. Menti a idade para conseguir o emprego. Só a Ana Cláudia sabe disso. Mas, o que que tem mentir a idade? É tudo mentira aqui, até meu nome. Milene... todos me chamam de Milene. É o que está escrito no meu crachá. Vocês acham que meu nome é Milene? Coisíssima nenhuma! Meu nome é Ana. Acontece que já havia cinco outras Anas trabalhando nessa rota, duas só na equipe em que comecei; então resolveram inventar um nome para mim. Milene. Foi homenagem à ex-mulher do Ronaldinho, aquela das embaixadinhas. Na época, acho que eles nem eram casados ainda.

Sei que pode dar encrenca se eles descobrirem que menti a idade, mas quer saber de uma coisa? Estou de saco cheio dessa vida. Quero mais é que me demitam. Seria um favor que me fazem, já que não tenho coragem de pedir o boné por conta própria. Pelo menos, assim, receberia o Fundo de Garantia. As pessoas sempre acham que comissária de bordo tem obrigação de ser elegante e alto-astral. É pura bobagem isto. Está pensando o quê? Que ser aeromoça (desculpem, comissária) é chique? Só se for na Air France ou na KLM. Eu, meus queridos, trabalho muito, ganho pouco, tenho um chefe que me persegue e ainda sou obrigada a suportar o olhar lascivo de 90% dos homens que encontro pela frente, e isto porque os outros 10% não gostam de mulher. É verdade: todo homem tem fantasia de aeromoça. Fazer o quê? Não sei bem qual é o grande atrativo. Não acredito que seja apenas uma questão de clichê de cinema. Deve haver algo mais profundo, uma explicação psicanalítica. Até desenvolvi algumas teorias. Querem ouvir?

Acho que tem a ver, em parte, com a situação em que as pessoas deparam com a comissária, toda maquiada e perfeita em meio ao estresse alheio, sempre alerta para fazer cumprir as regras. Aperte o cinto, por favor. Coloque a poltrona na posição vertical. Somos treinadas para parecer seres de outra ordem, superiores, desvinculadas da bagunça que reina em terra. Até aí, não tem muita diferença entre nós e as enfermeiras, outra grande fantasia masculina, aliás. Elas também organizam o atendimento e vestem uniforme. Em termos de fetiche, ambas as profissões são uma espécie de cruzamento feliz entre militar e professora primária. Coisa de dominação, sem dúvida alguma. Porém, aeromoça é uma fantasia muito mais poderosa do que enfermeira. Por quê? A meu ver, a comissária tem um mistério especial, só dela, que advém do fato de estar desvinculada de qualquer contexto geográfico. Quando você depara com uma, é sempre em trânsito. Você nunca sabe se está indo ou vindo e nem a cidade onde ela reside. Por conseguinte, não tem como saber se tem namorado, como se chama o cachorro dela, ou mesmo se ela tem cachorro.

O jeitinho padronizado contribui para aumentar esse mistério, com certeza. Todas as comissárias parecem mais ou menos iguais, e não é somente por causa do uniforme. A maquiagem correta e formal, um pouco excessiva para a situação. O sorriso e os modos, ensaiados para simular uma simpatia radiante, capaz de disfarçar o cansaço de muitas noites trocadas pelo dia. E o cabelinho preso, é claro! *La pièce de résistance.* Alguém já viu alguma comissária despenteada, meus caros passageiros? Evidente que não! Os cabelos estão sempre presos, emplastrados com gel, embolados em coques, amarrados com redes, elásticos e presilhas. Para quê? Para não voarem, ora! Aí reside a parte mais perversa do fetiche: a fantasia do controle absoluto. Não seria de se esperar que, pelo menos às vezes, se esvoaçassem os cabelos de moças que têm como profissão voar? Pois, não se esvoaçam nunca, nunca! Ficam presos, parados, rentes à superfície gravitacional, como cabelo de bailarina clássica ou de estátua de mármore. Junta tudo isso — padronização, mistério, autoridade, cabelos aprisionados —, e tem-se um coquetel explosivo. Moças sem endereço, sem passado, iguais a todas as outras aerogarotas em todos os aeroportos do mundo, e prontas para mandarem em você. É uma imensa fantasia de bondage esperando para acontecer... quase uma tropa de elite a serviço da dominatrix rainha. No fundo, homem gosta mesmo é de ser submisso. Só pode ser este o atrativo. Não venha se fazer de machão comigo, senhor! Retorne ao seu lugar e afivele bem o cinto! E não tente me enganar, com esse seu mouse sem fio. Para sua segurança e dos outros passageiros, os banheiros são equipados com detector de fetiche.

Agora me diz, será para isso que eu coloco minha vida em risco? Para satisfazer às taras masculinas? *Je ne crois pas.* Ah, vocês estão estranhando as locuções francesas, imagino eu. Sem nem falar das considerações psicossexuais dos parágrafos precedentes. Pois é... mais ossos do ofício... essa coisa de todo mundo achar que aeromoça tem que ser burra. Não sou nenhum portento intelectual, mas gosto muito de ler. Leio de tudo. Literatura, filosofia, psicanálise, até física quântica. Minha verdadeira paixão é história do Rio de Janeiro. Amo o Rio antigo. Joaquim Manoel de Macedo, Moreira de Azevedo, Mello Moraes Filho, Noronha Santos, Luiz Edmundo, Vieira Fazenda, Gastão Cruls, Vivaldo Coaracy. Tenho todos. Vivo garimpando essas coisas nos sebos, quando estou de folga. O último que comprei é uma delícia — *Noturno da Lapa*, de Luís Martins, de 1964. Comprei autografado e tudo, por doze reais, numa banca de livros usados da Rua do Catete. Ainda não terminei de ler, mas assim que estiver na minha caminha em Niterói, vestida de moletom, dou cabo dele numa tarde. Não vejo a hora. Não preciso de muito para ser feliz: um livro, uma cama, um aconchego, ficar quietinha. Queria ter um gato, é verdade, mas teria pena de deixá-lo sozinho quando viajo, que é sempre. Acho que o principal obstáculo à minha felicidade é o maldito trabalho de comissária de bordo. Conforme disse, estou de saco cheio dessa vida.

O problema é que não sei o que mais eu poderia fazer. Não nasci rica, infelizmente, e o aluguel tem mania de vencer todo dia 10 do mês. Pensei em fazer mestrado, talvez em História. Dizem que tem um curso bom na UFF (isto é Universidade Federal Fluminense, para os passageiros de fora do Rio). Aí, eu podia ficar o dia inteiro em casa, só lendo. Imagina que delícia! Mas deve ser difícil conseguir vaga. Não sei se eu passaria na prova. Faz anos que não estudo... assim, sistematicamente, pelo menos uns sete ou oito. Eu fiz faculdade de psicologia — particular, dessas bem fraquinhas. (Prefiro nem dizer o nome, não somente porque tenho vergonha, mas também para não ficar fazendo propaganda de graça.) Pensando bem, nem sei se quero ser historiadora. Acho que não tenho vocação para isto. Na verdade, eu queria mesmo é escrever. Sobre o quê? Sobre a cidade, sobre as pessoas. É isto que mais me fascina. Vejo o Rio de Janeiro como um enorme acelerador de partículas. Elas se dispersam, esbarram-se, chocam-se, juntam-se em seu ambiente aparentemente caótico, mas dentro do qual reina uma ordem oculta, visível apenas para quem tem olhos para enxergar. Eu tenho olhos assim.

Adoro observar drama humano. Queria ser colunista de jornal só para poder escrever crônicas sobre tudo o que vejo. Já tenho até nome para a coluna — "Drama Humano" (ou deagá para os íntimos). Os aeroportos ainda são meus lugares prediletos para observar os deagás. Área de desembarque é emoção a rodo. Tem pai culpado chegando de viagem de negócios, cheio de presentes; filho pródigo voltando para casa, cheio de roupa suja; reunião de família para o fim de ano, cheia de segredos; até recepção da seleção vitoriosa tem, cheia de torcedor com faixa. Embarque também é bom. Não há nada mais comovente do que aquelas despedidas de casal já na fila do portão. Separação por tempo indeterminado; beijos prolongados entre lágrimas; as mãos que não param de se entrelaçar, dobrando o cartão de embarque entre os dedos. O último aceno antes de passar no controle de passaportes sempre me faz chorar. É de partir o coração.

Mas nem só de deagá vive minha imaginação. Às vezes, gosto de escrever umas coisas meio malucas, meio soltas. Não é poesia, mas também não é crônica. Da última vez que cheguei ao Rio, desandei a escrever uma coisa assim, informe, derramada. Estava de folga, pegando carona de volta de São Paulo. O avião estava vazio; consegui sentar na janela. Fazia muito tempo que eu não assistia com calma a uma aterrissagem no Rio. É muito deslumbrante, realmente. Espetacular, sem exagero nenhum. Acho que é uma das aterrissagens mais belas do mundo. Será que mostro para vocês o que escrevi? Tenho um pouco de vergonha. Ainda não está pronto. Preciso melhorar.

Sei que me deu vontade de registrar o que eu sinto cada vez que chego ao Rio de Janeiro. Uma sensação de eterno retorno, de volta às origens, de origens que se estendem muito além de mim mesma. Eu amo desembarcar no Galeão. Logo ao sair do avião, ainda dentro do finger (para os não iniciados, é aquela passarela móvel que engata na aeronave), tenho um prazer imenso ao sentir o contato do ar quente e úmido com minha pele. O beijo aveludado, sensual da terra carioca, amolecendo suavemente os músculos enrijecidos pelo frio estrangeiro, devolvendo a elasticidade à pele ressequida pelo vento áspero de outras paragens. O abraço cálido da cidade que recebe de volta os seus. Quem não é daqui, odeia. Calor abafado! Eu prospero nesse clima. Sou flor de estufa. Não agüento nem uma semana em lugar seco. Brasília é um horror para mim. Minha pele começa toda a rachar. Fico parecendo uma velha. Nasci para a lúbrica luxúria dos trópicos molhados.

Mas, chega de climatologia e geografia afetiva. Não foi para falar do tempo que nos reunimos aqui. Foi para falar de mulheres, não é mesmo? Das mulheres e seus dramas humanos. Dos deagás e sua escritura. Da vida entre as mulheres. E do tal do Rafael também, é claro. Sim, porque vocês já repararam que é praticamente obrigatória uma referência ao dito-cujo nestas páginas. Pois é, não posso decepcionar. Sou testemunha de que o gajo existe mesmo. Conheci-o uma vez, num vôo de Porto Alegre para o Rio. Ê, sujeitinho convencido! Ficou me azarando o tempo todo, cada vez que eu passava perto. Cheio de olhar 43. Até aí, tudo bem. Normal. Como eu disse, são 90% dos homens. O pior foi depois. Vocês acreditam que ele esperou todo mundo desembarcar e veio falar comigo? Levantou da poltrona, esticou os braços bem esticados, certamente para ostentar os bíceps e aquelas tatuagens ridículas de Tom e Jerry (podia ser mais infantil?). Foi chegando, cheio de charme, gingando feito malandro de filme nacional da década de 1970. Colou os olhos nos meus e baixou os óculos escuros para revelar que tinha olhos verdes. Como se isto fizesse alguma diferença para mim... de olhos claros, já bastam os meus. A única idéia que me passou pela cabeça na hora foi: que espécie de idiota usa óculos escuros dentro do avião?

Começou com um papo brabo sobre meu nome. Falou à beça. Até que a lábia do cara era boa, tenho que admitir. Foi logo dizendo que era DJ, que estava mixando uma música chamada "Milene", que viu meu crachá, que queria saber mais sobre as verdadeiras Milenes do mundo, se eu podia dar meu e-mail para ele. Ou, melhor ainda, o telefone. A gente podia se encontrar, tomar alguma coisa. No fim, me deu uma filipeta para uma festa em que estava botando som no dia seguinte. Perguntou se eu gostava de eletrônica. Sorriso Colgate. Tudo na hora exata, bem ensaiadinho, mas com jeito de improviso. Vocês precisavam ter visto a cara dele quando falei que meu nome não é Milene, é Ana. Só precisei falar isso, com cara de tédio, enquanto amarrava um saco de lixo cheio de copos usados e embalagens de bolinho e amendoim. Aproveitei para jogar a filipeta dentro, antes de amarrar. A carinha de sem graça dele foi de dar dó. Parecia que nunca tinha levado um fora antes na vida.

Não sou nenhuma über-feminista enraivecida. Nada disso. Gosto de homem, e acho que homem tem mesmo que chegar numa mulher. Faz parte. Só que tem que saber chegar, tem que saber que antes de ser uma mulher, é uma pessoa, única, diferente de todas as outras. Gênero é importante, claro, mas a parte definidora da humanidade acontece em nível individual. Antes de ser mulher, filha, irmã, brasileira, solteira ou aeromoça, sou Ana. Muito prazer. De toda a faculdade de psicologia, essa é a maior lição que ficou para mim. (Ah, e que toda família é maluca, também.) Saber chegar é saber perceber o outro. Saber olhar, saber ouvir, saber se colocar na pele alheia. Buscar conhecer, e não apenas se mostrar. O problema todo do Rafael é esse excesso de texto que ele dá. Fala demais. Joga demais. Exibe-se demais. Tem vaidade demais ali para haver qualquer profundidade.

Agora, sem preconceito, vamos combinar que os homens são seres meio primitivos. A maioria nem sabe direito o que é um orgasmo! Não estou nem falando do nosso. O deles mesmo. Tive um namorado uma vez que era adepto de sexo tântrico. Ficava o dia inteiro meditando e fazendo exercícios de fundo pélvico. Muito chato. Bem, um dia, ele foi me explicar o porquê de tanto esforço. Disse que o prazer durava um tempão, que envolvia o corpo todo em ondas, que era superintenso. Achei plausível a descrição. Lembrou um bom orgasmo profundo, daqueles que toda mulher conhece (ou deveria conhecer). Mas, aí, me pus a pensar. Se, para atingir um orgasmo assim, o cara tinha que embarcar numa busca filosófica oriental, então quer dizer que os homens comuns não sentem nada disso? Que horror! Quer dizer que, para a maioria, gozar é um alívio de tensão localizada, e nada mais? Meu Deus! Então, os homens ficaram lá atrás, antes da revolução sexual! Antes do Relatório Hite! Antes da existência da revista *Nova*! Será possível? É um tema interessante, do ponto de vista histórico. Talvez os milênios de opressão e as lutas para se libertarem tenham obrigado as mulheres a se aprofundarem na compreensão do outro e a evoluírem mais como seres humanos. Talvez isto explique por que as mulheres costumam ser mais interessantes do que os homens. Ou não. Não dá para generalizar, né? Afinal, qualquer um que já enfrentou um bazar da Carmim sabe que o princípio feminino também tem seu lado sombrio. Aquela mulherada enfurecida indo e vindo entre mesas carregadas de pilhas imensas de roupas, depenando araras, tocaiando a saída da mercadoria fresca com todo o frenesi de uma briga de cadeia. Já vi sair até tapa ali. Mas, tudo bem, esse é o lado *yang* do *yin*.

No mínimo, as mulheres são mais complexas do que os homens. Isto aí, são eles próprios que dizem. Acho que todo homem um dia já pronunciou a frase, "não entendo as mulheres", nem que seja na hora da dor-de-cotovelo. Se não entendem, é porque são incompetentes. Ou não. Sei lá. Parece que todo mundo quer entender as mulheres. Nós mesmas somos fascinadas pelo tema. Por que vocês acham que existe tanta revista feminina? Podem ir a qualquer banca de jornal do mundo e vocês vão ver que tem muito mais revista "feminina" do que "masculina". (Até porque revista masculina geralmente é eufemismo para sacanagem.) As outras revistas, de política, de esportes, de automóvel, de cultura, de culinária, não assumem um gênero. Pelo jeito, explicar mulher é um bom nicho editorial, que nem explicar vinho ou economia ou outro assunto complicado. Não pensem que estou denunciando alguma conspiração terrível da mídia. Pelo jeito, nós gostamos das coisas assim. Toda mulher que eu conheço adora ler caderno feminino do jornal, nem que seja escondida. Enfim, todo mundo quer entender e explicar "as mulheres" — as próprias mulheres, que vivem correndo atrás dessa quimera, e os homens, quando alegam não serem capazes de fazê-lo.

A resposta do grande mistério das mulheres é tão simples — (rufada de tambores) — não há mistério algum. Mulher não é uma unidade. Somos plurais. Cada uma é uma. Ou melhor, cada uma é mais do que uma. Cada uma é duas, três, quatro, dez. Somos seres humanos individuais, complexos como todos, enfrentando as dificuldades de se adequar aos arquétipos e estereótipos, normas e padrões, regras e punições, que a sociedade estabelece para poder funcionar. O mistério de difícil compreensão é a sociedade, não as mulheres. Quer nos entender? Só se for uma de cada vez. Ninguém pode me acusar de não ter dado uma pista. Quinze histórias já é um começo. Agora só faltam mais uns três bilhões, aproximadamente. Com o tempo, vocês chegam lá, queridos passageiros. Eu vou encerrar minha participação por aqui. Essa conversa de mulheres me cansa a beleza; e beleza é... bem, vocês sabem.

Este livro foi composto na tipologia Whitney-Book,
em corpo 10,5/15, e impresso em
papel off-white 80g/m^2, no Sistema Cameron da
Divisão Gráfica da Distribuidora Record.